# 十字架のカルテ

THE PSYCHIATRIST

MIKITO CHINEN

知念実希人

小学館

# 目次

装丁　川谷康久
写真　Shutterstock／MaLija

# 十字架のカルテ

# プロローグ

僧侶の低い読経が内臓を揺らす。線香の独特の匂いが鼻先をかすめる。

重く濁った空気に居心地の悪さをおぼえたセーラー服姿の少女は、首をすくめながら目だけを動かして周囲に視線を送る。式場にぎっしりとならんだパイプ椅子には、喪服の男女が五十人以上座っていた。その顔は一様に険しく、ハンカチでしきりに目元を拭っている者も少なくなかった。

息苦しさをおぼえて、少女は胸元に手をやった。去年、七十九歳で亡くなった祖父の葬儀に出席したが、その際とは比べ物にならないほどの哀《かな》しみと怒りが、この告別式の式場には充満している。

顔を上げて、正面の祭壇に無数の花とともに飾られている遺影を見つめる。そこでは、丸眼鏡をかけた少女が少し恥ずかしそうに微笑《ほほえ》んでいた。

見慣れた笑顔。携帯のカメラを向けると、彼女はいつもあんなふうに、はにかんでくれた。

ずっと隣にいた親友の写真が、この負の感情で飽和した空間に飾られていることが不思議だった。この数日間、現実感が希釈され、体に力が入らない。気を抜けば体が風船のようにふわふわと浮き上がってしまいそうだった。

焼香がはじまる。そのとき、すぐ前の席に座る二人組の中年女性が声を抑えて話しはじめた。その声が耳に届いてくる。

「まだ十八歳だったんでしょ。来年から大学生だったっていうのに、かわいそうに」

「ワイドショーで見たけど、包丁でめった刺しにされたんだってね。なんであんないい子がそんな目に遭わないといけないのよ」

「ねえ、犯人ってたしか逮捕されたのよね」

「そうみたいだけど、テレビとかじゃ全然名前が出ないのよ」

「ええ？　それってなんで？」

「なんかね、犯人が意味の分からないことを口走っているらしくて、頭の病気かなんかで裁判できないかもしれないとかなんとか……。だから、どこの誰かも公表できないんだって」

「じゃあ犯人は刑務所に行かないの？　それどころか、誰が殺したのかも分からないってこと⁉」

声を大きくした中年女性に、周囲の人々から非難の眼差《まなざ》しが注がれる。

そう、犯人が誰なのか分からない。中年女性たちが黙り込むのを眺めながら、少女は胸の中でつぶやいた。

この数日間、ネットやテレビのニュースに必死に目を通した。しかし、犯人に関する情報を得ることはほとんどできなかった。まるで、姿の見えない怪物が親友の命を奪ったかのように。

いったい『なに』が親友を殺したのか知りたかった。その正体を暴きたかった。しかし、自分にはその力がない。無力感が容赦なく少女の心を蝕《むしば》んでいく。

やがて、焼香の順番が回ってきた。少女は会場に来る前に必死におぼえた手順を頭の中でくり返しながら祭壇へと近づいていく。「この度はご愁傷さまでした」と親族席に一礼したとき、親友の母親の姿が目に入った。彼女は泣いていなかった。その顔には表情が浮かんでおらず、瞳からは意志の光が消え去っていた。

魂が抜けたように機械的に会釈を返してくる彼女の姿は絡繰《からく》り人形を彷彿《ほうふつ》させ、泣きはらした顔をしている他の親族よりもさらに痛々しく見えた。

親族席から目を背けた少女は、祭壇に近づいていく。焼香台の前に立ち、棺桶《かんおけ》を覗《のぞ》き込んだ瞬間、頭の中にあった焼香の手順が吹き飛んだ。

棺桶の小さな窓から、親友の顔が見えた。トレードマークの丸眼鏡を外し、いつも三つ編みにしている長い黒髪を解かれた親友が、穏やかな表情で目を閉じている。その姿は、ただ眠っているだけのように見えた。

こんな小さな箱に閉じ込められて……。

事件の知らせを受けてから、ずっと夢の中を彷徨《さまよ》っているかのようだった。いつも休み時間にくだらない話をして笑い合っていた親友が世界から消えてしまったことに、実感が湧かなかった。

しかし、棺桶の中に横たわる親友の姿を見た瞬間、残酷な現実が刃《やいば》となって胸に突き刺さった。背中に漬物石でも乗せられたような重みをおぼえ、体勢が前傾する。あやうく焼香台に向かって倒れこんでしまいそうになる。

ああ、そうか。必死に踏ん張りながら少女は気づく。犯人が罰を受けないなら、あの子が殺された罪は私が背負わなければならないんだ。あの日、私が違う選択をしていたなら、彼女は死なずに済んだかもしれないんだから。強い後悔が胸を焼く。

罪の十字架に圧《お》し潰されそうになりながら、少女は目を固く閉じた。

瞼《まぶた》の裏に、親友の姿が映る。いつも微笑んでいたはずのその顔には哀しげな表情が浮かび、丸眼鏡の奥の双眸《そうぼう》から、責めるような眼差しがこちらに向けて注がれていた。

# 第一話　闇を覗く

1

過剰なほど磨き上げられた白い廊下に革靴の足音が響き渡る。少し前を歩く白衣に包まれた細身の背中を眺めながら、弓削凛《ゆげりん》は胸元に手を当てた。掌《てのひら》に加速した心臓の鼓動が伝わってくる。

「緊張しているのか？」

抑揚のない声に凛は顔を上げる。凛が所属する光陵《こうりょう》医科大学精神科学講座の准教授であり、この病院の院長でもある影山司《かげやまつかさ》が、足を止めて振り向いていた。四十代半ばのはずだが、どこか鋭さを持つ整った顔は三十代でも通用しそうだ。ただ、かなり白髪が目立ち、遠目にはグレーにすら見える頭髪のせいで、総合的には年相応に見える。

「いえ、そんなことないです！」

慌てて答える。凛も女性としては身長が高い方だが、影山はさらに長身のため、見上げるような姿勢になってしまう。影山はあごを引くと、すっと目を細めた。

「普段より声が高い。それに瞳孔が開き、呼吸も浅くなっている。緊張している証拠だ」

見透かされ、凛は軽くのけぞる。

「深呼吸をするんだ。そうすれば、いくらか緊張もおさまる」

小さく頷《うなず》いた凛は、浅く速くなっている呼吸を必死にコントロールしていく。

光陵医大附属雑司ヶ谷《ぞうしがや》病院。東京都豊島《としま》区のはずれにあるこの病院は、大学附属病院としては珍しい精神科の専門病院だった。三百床の病床を誇り、様々な精神疾患の患者の治療に当たっている。光陵医大医学部を卒業後、二年間に及ぶ初期臨床研修を終えた凛は、今年の四月に光陵医大精神科医局に入局し、この雑司ヶ谷病院へ配属になっていた。

「精神科医には自分の心をコントロールする技術も必要だ。医療者の不安は患者に伝染する。この病棟のように不安定な患者が多い場所では、いつも冷静でいなさい」

「はい、分かりました……」

答えながら凛は周囲を見回す。開放感のある広い廊下に、等間隔に病室の出入り口が並んでいる。一見すると、なんの変哲もない病棟。しかし、ここには一般的な病棟とは大きな違いがあった。閉鎖病棟。患者の多くが措置入院や医療保護入院など、強制的な形式で入院してきているのだ。そのため、開放病棟と呼ばれる一般的な病棟に比べ、症状の重い患者が多かった。

近くにある病室の出入り口から初老の女性が出てきた。彼女は小声でぶつぶつとつぶやきながら、小刻みに足を動かして近づいてくる。焦点の合わない瞳が床を見つめていた。

「こんにちは、佐藤《さとう》さん」

機先を制するように影山が挨拶をする。口調には相変わらず抑揚がないが、どこか人を安心させるような柔らかさがあった。女性は足を止めると、緩慢に顔を上げる。影山は「調子はいかがですか?」と声をかけた。女性は不思議そうに二、三度まばたきをしたあと、にっと口角を上げた。

「ええ、いいですよ」

影山が「それは良かった」と頷くと、女性は会釈を返して背中を向け、病室へと戻っていった。

黙って経過を見ていた凜は、影山の横顔に視線を注ぐ。この病院に赴任してきてから二ヶ月ほど経《た》つが、診療グループが違う影山とはほとんど接点がなかった。カンファレンスなどで見かけても、いつも無表情で淡々と喋《しゃべ》る影山に近づき難い雰囲気をおぼえていた。しかし彼の態度は、刺激に対して過敏になっている精神疾患患者にとっては安心できるもののようだ。

「落ち着いたか？」

凜が「はい」と背筋を伸ばすと、影山は「では、行こう」と歩きはじめた。

「精神鑑定に興味があるなんて珍しいな」振り向くことなく影山が言う。「精神鑑定は割に合わない仕事だ。時間や手間もかかるし、触法精神障害者との接触はこちらも精神的に消耗する」

触法精神障害者。犯罪行為を行った精神疾患患者を、司法ではそう呼称していた。

「しかも日本では、精神鑑定は学問的な業績としてはほとんど認められない。金銭的な見返りも少ない。興味本位でできるようなものではない。それを全て理解したうえで、君は精神鑑定を学ぶ覚悟があるんだな」

廊下の奥にある扉の前で再び足を止めた影山は、凜に向き直ると切れ長の目で見つめてきた。その視線の鋭さに一瞬気圧《けお》される。

影山は精神鑑定の第一人者で、これまで多くの事件に携ってきた。その中には、誰もが知るような重大犯罪も少なからず含まれている。

先日、開放病棟のナースステーションでカルテを書いていた凜の耳に、ある噂《うわさ》が飛び込んできた。とある重大事件を起こした犯人の精神鑑定を、この病院で影山が行っていると。それを聞いた凜は昨日のカンファレンスが終わったあと、会議室を出た影山を呼び止めて言った。

「私に精神鑑定を教えて頂けませんか?」

珍しく驚きの表情を浮かべた影山は、すぐに無表情に戻ってつぶやいた。

「明日、私の鑑定面接に助手として同席しなさい」

そうして今日、凜は通常業務終了後、影山とともにこの閉鎖病棟へとやって来ていた。

影山の視線を浴びつつ、凜は唾を呑《の》み込む。もともと精神鑑定を学びたいと思っていた。だからこそ精神科医を志したのだ。興味本位などでは決してない。

「もちろん覚悟しています!」

腹に力を込めて言うと、影山は「ならいい」とポケットから鍵を取り出し、そばの扉を開いた。

影山に続いて中に入ると、幅二メートルほどの廊下が奥に向かって延び、そこに円形のガラス窓が嵌《は》め込まれた扉が五つ並んでいた。一番手前の扉には『保護室1』と記されている。

保護室。精神症状が苛烈で、医療者や他の患者に危害を加える可能性の高い患者を隔離するための部屋。凜は一番手前の窓を覗き込む。木目調の壁に囲まれた六畳ほどのその部屋には、床が一段高くなっただけのベッドと、トイレを隠すための一メートルほどの高さの木製の仕切りが置かれていた。全く突起のないその作りと天井の監視カメラは、患者の自殺を防ぐためのものだ。

部屋の中心では、痩せた初老の男が床で胡坐《あぐら》をかいていた。入院着は脱ぎ捨てられ、和彫りの刺青《いれずみ》が入った背中が露《あら》わになっている。彼は苛立《いらだ》たしげに貧乏ゆすりをしながら、腕や体をしきりにつねっていた。いたるところの皮膚が赤く変色し、血が滲《にじ》んでいる箇所も多い。

「わぁあー! あああぁーっ!」

唐突に、男は両手で頭を掻《か》きむしりながら奇声を上げる。不意を突かれ、凜は体を震わせた。

「元暴力団員の覚醒剤精神病患者だ。覚醒剤の密売をしていたが、そのうちに自分でも使うようになって、最終的に重度の覚醒剤精神病になった」

「……皮膚をつねっているのは寄生虫妄想ですか？」

寄生虫妄想は皮膚の下に虫が這《は》っているような妄想に囚《とら》われるもので、覚醒剤精神病の症状としてたびたび認められる。

「そうだ。覚醒剤の使用歴が長いため、治療に対する反応が悪い。ほぼ一日中ああやって虫を取ろうと皮膚をむしっているんだ」

説明しながら影山は廊下を進んでいく。

「このエリアには現在、三人の患者が入院している。二人は重症の覚醒剤精神病患者」

影山の後ろを歩きながら、凜は窓から部屋を眺めていく。『保護室3』では痩せた中年の男が、なにやら叫びながらベッドに横たわっていた。廊下の一番奥にある部屋の前で、影山は足を止める。

「そして、残りの一人が本日、私たちが面接を行う患者だ」

凜は『保護室5』と記された扉の窓から中を覗き込む。そこには若い男がベッドで体育座りをして本を読んでいた。どうやら、海外のミステリー小説のようだ。彼の表情は穏やかで、目には理知的な光が宿っており、その姿はこのエリアに入院している他の二人とはあまりにもかけ離れていた。自室でリラックスして読書を楽しんでいる若者にしか見えない。

「彼が……」胸の奥で再び鼓動が加速をはじめる。

「そう、彼が歌舞伎町《かぶきちょう》無差別通り魔事件の犯人、白松京介《しらまつきょうすけ》だ」

低く押し殺した声で影山がつぶやくと、青年、白松京介は本から視線を上げてこちらを見た。

その顔に、はにかむような笑みが広がっていった。

2

「不起訴ですか?」

凜が聞き返すと、影山は「そうだ」と頷いた。保護エリアを出た二人は、閉鎖病棟の隅にある面接室に来ていた。患者との面接に使う、机と椅子だけが置かれた六畳ほどの殺風景な部屋。

「弓削君、刑法三十九条は知っているな?」

「……はい、知っています」

凜は刑法の中で最も有名であろうその条文を口にする。

「一、心神喪失者の行為は、罰しない。二、心神耗弱《こうじやく》者の行為は、その刑を減軽する」

「その通りだ。精神疾患による幻覚や妄想等に囚われた結果として行われた犯罪行為を司法は罰しない。しかし、この条文に従って無罪や不起訴処分になった触法精神障害者の処遇については、刑法に全く規定はない。つまり、司法はその人々を押し付け続けてきたんだ」

「押し付けるというと、誰にでしょうか?」

「我々、医療者にだ」影山はわずかに唇の端を上げた。「無罪や不起訴になった触法精神障害者は多くの場合、精神科病院に措置入院になっていた。そして、その後は医療サイドに丸投げだ」

「丸投げ……」凜はその言葉をくり返す。

「そうだ。その後のことに、司法は関知してこなかった。触法精神障害者を入院させ続けるか、それとも退院させて社会復帰させるのか、その判断は全て治療に当たる医療者に一任されていた」

平板な影山の口調に凜は引き込まれていく。

「司法は触法精神障害者を自分たちの理解の外にある存在ととらえ、目を逸《そ》らし続けてきた。まるで汚いもののように、蓋をし続けていたんだ。結果、触法精神障害者への社会的な理解は進まず、彼らの孤立を深めた。それでは再犯率を下げることは難しく、誰もが望まぬ結果になってしまう」

抑揚のない影山の言葉から、触法精神障害者の処遇に対する怒りが滲み出す。

「白松京介は不起訴になると、先生はお考えなんですね」

「考えているというより、噂を聞いた。早く白松京介の不起訴処分を決定し、医療観察法に沿った対応をするよう、検察の上層部が圧力をかけているとね」

「なんでそんなことを？　こんな重大事件なのに」

「重大事件だからだ」影山の口調に、皮肉っぽい響きが含まれる。「検察にとって最も避けたいのは、起訴したにもかかわらず無罪判決が出て、世間から大きな批判を浴びることだ。そのリスクが大きいケースでは不起訴処分で済ませ、お茶を濁したいと思っているんだ」

「じゃあ、今回の事件でも……」

「検察内部では不起訴処分にするのが既定路線だ。ただ、担当検察官が熱い男でね、どうにか起訴に持ち込みたいと息巻いている。四人も犠牲者が出ているからな。ただ、状況は不利だ。白松京介には精神科の通院歴もあるし、検察庁で行われた簡易精神鑑定では、鑑定医が『統合失調症による妄想ゆえの犯行』と判断している。だから、私に鑑定依頼が来た」

「だから……？　影山先生だと検察に対して有利な鑑定が出る可能性が高いからですか？」

影山は「いや違う」と、首を横に振った。

「私の鑑定が誰よりも正確だからだ。私が『犯行時に犯人は心神喪失状態だった』と診断を下せば、不起訴という判断に不満ながらも納得できると担当検察官は考えたんだ」

影山の答えに、凛は軽く目を見張る。血液検査や画像検査などを元に診断を下す内科などとは違い、精神科の診断は主に患者との面接によってなされる。しかし、患者が医療者に対して協力的とは限らない。それゆえに、一般的な疾患と比較して、精神疾患の診断は難易度が高かった。そのうえ、下した診断の根拠を他人に納得させるのも困難だ。どれだけの精神鑑定を行えば、どれだけ触法精神障害者と接してくれば、ここまでの自信を持てるというのだろう。

「さて、お喋りの時間はお終《しま》いだ」

影山が言うと、扉のノブが回る音が響いた。ゆっくりと扉が開いていき、その向こうに入院着姿の白松京介が姿を現す。凛の喉がごくりと鳴った。

「失礼します、影山先生」

穏やかに挨拶をしながら、白松は屈強な男性看護師に付き添われて部屋の中に入ってくる。

「こんにちは白松君、調子はどうかな」

影山が訊《たず》ねると、白松は机を挟んで対面の席に腰掛けた。

「とてもいいです。ありがとうございます。あの、こちらの先生は……？」白松が凛を見る。

「弓削凛君だ。今日から私の助手として、君との面接に参加させてもらう。問題ないかな？」

白松は何度かまばたきをしたあと、人懐っこい笑みを浮かべた。

「ええ、もちろんです。よろしくお願いします、弓削先生」

凛は慌てて「こちらこそ、お願いします」と頭を下げた。

「さて、面接をはじめようか」

影山が目配せをする。出入り口近くで控えていた看護師が部屋から出ていった。扉が閉まる重い音が響き渡る。急に酸素が薄くなった気がした。こんな狭い密室で殺人犯と対面している。しかも、手錠などの拘束具を白松はつけていない。緊張が凜の呼吸を乱していく。

「さて白松君、今日から事件についての話になる」

笑みを引っ込めた白松が「……はい」と頷くのを見ながら、凜はカルテやマスコミの報道で得た『歌舞伎町無差別通り魔事件』の概要を頭の中で反芻《はんすう》していった。

事件が起きたのは二ヶ月ほど前の日曜、新宿《しんじゆく》歌舞伎町にあるシネシティ広場だった。

その日、大学生である白松京介は、一人暮らしをしている品川区大崎《おおさき》のマンションを出て山手線《やまのて》で新宿に向かうと、デパートで包丁を盗んだ。会計をせず売り場を出たことに気づいた警備員が声をかけると、白松は包丁をパッケージから取り出して奇声を上げ、警備員がひるんだ隙に逃走した。デパートを出た白松は、包丁を片手に歌舞伎町の大通りを駆けてシネシティ広場に到達すると、映画公開イベントで集まっていた群衆に襲い掛かった。結局、駆けつけた警察官に取り押さえられるまで、白松は十二人の男女を切りつけ、そのうちの四人が命を落とした。

逮捕後、白松は警察の取り調べに対して無言を貫き、送検されてようやく喋りはじめたが、その言動が支離滅裂であったため検察は簡易精神鑑定を実施。白松は『重度の統合失調症による妄想状態』と診断される。それとほぼ同時期に、彼に去年から精神科への通院歴があることが判明し、白松京介の名はマスコミの報道から一気に消え失《う》せた。

その後、検察はさらに正確な診断を求めて、二ヶ月ほどの時間をかけて詳細に行う本鑑定を影山に依頼した。それに伴い、検察庁からこの光陵医大附属雑司ヶ谷病院に白松の身柄が移されたのだった。

当初は奇声を発したり、暴れたりと精神疾患によると思われる強い症状を見せていた白松だったが、抗精神病薬の投与により急速に症状が改善し、二週間ほどで通常の会話が可能な状態になった。

主治医である影山は、これまでほとんど事件や疾患について話題にすることはせず、白松が好きだという欧州サッカーの話題など世間話を中心に面接を行っていた。刺激の少ない話を積み重ねる中で、患者と信頼関係を結んでいく。精神科の治療の中では標準的な方法だ。

「それではははじめよう」影山はあごを引いて白松を見つめる。「君の身になにかおかしな症状が生じはじめたのは、いつ頃からだった?」

白松は一度大きく息を吐いてから話しはじめた。

「はっきりといつからかは分かりません。ただ去年の春くらいから、所属していたフットサルサークルの仲間から陰口を叩《たた》かれていると感じるようになりました」

「実際に彼らは君を悪く言っていたのかな?」

「……分かりません」白松は哀しそうに首を横に振る。「耐えきれなくなって問い詰めても、みんな否定しました。けれど、あの頃の僕は絶対に悪口を言われていると確信していました」

「どうして確信を?」

白松はつらそうに、鼻の付け根にしわを寄せた。

「自分でも分からないんです。我慢できなくなってサークルを辞めたら、今度は大学の友人たちも同じように僕の悪口を言っているような気がしてきて……。それで大学に行けなくなりました」

「君は去年の夏休み明けに大学に行かなくなり、休学届を出して実家に戻っている。夏休み中はどのような生活を?」

「最初は大学に行かなければ大丈夫だったんです。けれど、そのうちに買い物などで外に出ると、周りの人が僕を監視しているような気がして……、その人たちの話し声が全部僕の悪口のような気がして……、それでマンションの部屋から出られなくなりました」

「外に出られない間、食べ物などの生活必需品は？」

白松を追い詰めないようにか、影山はゆったりとした口調で質問を重ねていく。

「ネットの宅配便を使っていました。配達の人が襲ってくるかもしれないと思って、マンションの宅配ボックスに配達してもらって、深夜にそれを取りに行っていました」

「その方法なら他人と顔を合わせなくてすむ。その生活で、気持ちは落ち着いたかな？」

「いいえ！」白松はやや興奮気味に言うと、片手で目元を覆った。「そのうちに、家の中にいても誰かに監視されているような気がしてきたんです。特にテレビ！　テレビからなにか電波が出て、僕を探ってくるというか、攻撃してくるというか……」

「大丈夫だ。落ち着いて。ゆっくり深呼吸をしなさい」

影山に促された白松は、「すみません」と素直に深呼吸をくり返す。

「さて、それじゃあ続けよう。夏休み明け、異変に気づいたお母さまが部屋に来たと資料には書かれている。そのあとはどうなった？」

「母は僕の状態に驚いて、すぐに実家の近くにある病院を受診させました」

影山は相槌《あいづち》を打ちながら、「それから？」と先を促す。

「最初は、自分は病気なんかじゃないと思っていたので、行きたくないと抵抗しました。けれど、母に『お願いだから』と懇願されて仕方なく治療を受けました。それで、処方された薬を嫌々飲んだら、すぐに気持ちが凄《すご》く楽になりました。悪口も聞こえなくなったし、監視されている感じもしなくなったんです。それでようやく、……自分が病気だっていうことに気づいたんです」

白松の顔に自虐的な表情が浮かんだ。

「そこの病院に一ヶ月半ほど入院した後、君は大学に復学したんだね」

「はい、主治医の先生がもう退院しても大丈夫だろうと言ってくれたので。復学してからは、とても調子が良かったです。授業も落ち着いて受けられたし、また友達と遊んだりもできました」

「けれど、また症状が悪化した」

影山の指摘に、白松はぎこちなく頷いた。

「……月に一回、実家のそばの病院を受診して、薬を貰《もら》っていたんです。けれど、あんまり調子が良かったんで、もう病気は治ったと思って、……薬を飲むのを勝手に止《や》めました。……絶対に止めちゃ駄目だって強く言われていたのに」

そのせいで、あんな事件が……。黙って話を聞いていた凛は、奥歯を噛《か》みしめる。

怠薬《たいやく》。自己判断で必要な薬の内服を止めること。それにより精神症状が再発する事例は、精神科の治療において極めて頻繁に認められる。

「飲むのを止めたらどうなった?」影山は白松の顔を覗き込んだ。

「また、あの症状がぶり返してきました。みんなが僕を監視して、僕の悪口を言っているような気がしてきたんです。だからまた……、部屋に閉じこもりました」

「なるほど、よく分かった。ありがとう」

大きく頷く影山の前で、白松は唇を噛んで目を伏せる。狭い部屋に、鉛のように重苦しい沈黙が降りた。息苦しさをおぼえた凛は襟元に手をやる。数十秒後、沈黙を破ったのは影山だった。

「さて、これから事件についての話を聞きたいが、大丈夫かな。負担が大きいなら、次回に……」

「大丈夫です!」白松は勢いよく顔を上げると、椅子から腰を浮かした。「大丈夫ですから続けてください。自分がなんで……、なんであんなことをしたのか、先生に聞いて欲しいんです」

身を乗り出した白松に、凛は恐怖をおぼえる。しかし、影山の表情はほとんど動かなかった。

「分かった。では、事件の日のことを話して」

椅子に腰を戻した白松は、胸に手を当てると、陰鬱な口調で再び話しはじめた。

「あの日、僕はネットで食料品の買い物をしていました。そうしたらニュースサイトで、九州で小さな地震があったっていう速報が流れたんです。それで、東京に大地震が来ると思いました」

「それはなぜ?」

影山の問いに、白松は髪を掻き乱す。

「分かりません。けれど、あのときはそう思ったんです! 九州の地震は誰かが人工的に起こしたもので、次は東京に大地震を起こすんだって!」

「それで、君はどうした?」

「止めなければと思いました。これに気づいているのは僕だけだから。一瞬、警察に通報しようとも思いましたけど、きっと警察も奴《やつ》らの手先だと気づいて止めました」

「奴らというのは?」

「分かりません。でも、警察も政府も、地震を起こす奴らの仲間だと思ったんです。その時期、総理大臣が海外にいたのも、地震が起きるのを知っているからだと気づいたんです。だから、いてもたってもいられなくなって……部屋を出ました」

「そのあと、君は大崎駅から山手線に乗り、新宿で降りている。それは覚えているかな」

「はい、できるだけ人が多いところに行く必要があったので」

「なぜ人が多いところへ?」

「……できるだけたくさんの血が必要だったからです」

あごを引いた白松は低くこもった声でつぶやいた。その迫力に、凜の背筋に冷たい震えが走る。

「血とは、血液のことかな？　なんのために大量の血液が？」

「地震を止めるためです。たくさんの血液が地面に染み込めば、それに含まれている赤血球の鉄分と、ナトリウム、カリウム、そして血液自体の生命エネルギーによって、都心の地下に仕掛けられている人工地震装置のコアが錆《さ》びついて作動しなくなる。そう思ったんです。あのときはそう信じていたんです」

白松は早口でまくしたてる。

「だから新宿で降りて包丁を盗み、歌舞伎町に行ったんだね？」

「……覚えていません。新宿で電車を降りてからのことはなにも覚えていないんです。気づいたら、手が……、体が……、血塗《ちまみ》れになっていて、周りにたくさんの人が……」

両手で頭を抱えた白松は、机に突っ伏して体を震わせる。

影山は手を伸ばし、白松の肩にそっと手を置いた。

「つらいことを思い出させてすまなかった」

その口調は柔らかかった。白松はおずおずと顔を上げると、充血した瞳を影山に向ける。

「すみません、取り乱して」

「いや、気にすることはない。今日の面接はこれくらいにしておこう。最後に白松君、なにかいま悩んでいること、心配なことなどはないかな」

白松はなにか考えるように視線を彷徨わせたあと、絞り出すように言った。

「家族が……、父と母がどうなっているか心配です。僕がこんな事件を起こしたせいで、きっとすごくつらい思いをしているだろうから……」

3

「さて、どう思う？」

重厚な黒塗りの木製デスクの奥に置かれた椅子に腰掛けるや否や、影山は訊ねてきた。

「どう思う、とおっしゃいますと？」革張りのソファーに座った凜は聞き返す。

面接を終えた影山は、凜とともに医局エリアの一番奥にある院長室へとやってきた。十畳ほどのスペースに、高級感のあるデスクと応接セットが置かれている。しかし、はじめてこの部屋に入った凜の目に最初に飛び込んできたのは、両サイドの壁一面に取り付けられた、天井にまで達する巨大な本棚だった。所狭しと専門書や資料が押し込まれた本棚の圧迫感で、部屋がやけに狭く感じる。

「白松君についてだよ。精神科医として、彼にどのような診断をつける？」

影山の口調にはわずかに挑発的な響きがあった。

「典型的な統合失調症だと思います。事件当時の強い妄想だけ見ると、妄想型のようにも見えますが、発症年齢と発病当初に閉じこもりや社会性の喪失などの陰性症状が目立っていることを考えると、破瓜《はか》型統合失調症だと感じました」

破瓜型統合失調症。おもに思春期に発症する、感情の鈍麻や意欲の減退など、陰性症状と呼ばれる症状が最初に生じることが多い病型。

「犯行時は怠薬による精神症状の悪化によって、妄想による混乱状態にあったんだと思います。小さな地震のニュースから人工的な大地震の陰謀を確信し、それを止めるために大量の血液が必要だという思考も支離滅裂で、妄想・幻覚によって支配されている状態だったと推測できます」

今日の面接で自分なりに下した診断を口にした凜は、緊張しつつ影山の反応を待つ。

影山はデスクの端に山積みになっている資料から、数枚の用紙を取り出した。

「これは先日、他の鑑定医が行った白松京介の簡易鑑定の報告書だ。この中で、鑑定医は君と全く同じ診断を下している」

鑑定医と同じ診断ができた、そのことに凜は安堵《あんど》する。

「影山先生はどのようにお考えなんですか？」

「……来なさい」

手招きをした影山は、凜が隣にやってくると、分厚い資料を開く。そこには一枚の写真が貼られていた。

「これは事件後、警察が撮影した白松君の部屋の写真だ」

写真を覗き込んだ凜は、思わず顔をしかめてしまう。そこに写っている空間は、部屋というよりゴミ置き場といった様相を呈していた。空き缶、ペットボトル、衣類、レトルト食品の容器など、ありとあらゆるゴミを詰めこんだビニール袋が、十畳はある広々とした部屋に床が見えないほどに積み重なり、その一部はベッドの上まで侵食していた。特に食品関係のゴミが多く、生ゴミも見受けられる。部屋は悪臭で満たされていただろう。

「すごいゴミの量ですね」

「元々、白松君は潔癖症気味で、部屋は過剰なほどに整頓されていたらしい。彼自身も、部屋を訪れたことがある友人もそう証言している。つまり、大量のゴミは精神症状の一つと見ることができる。ただ、注目すべきはそこだけじゃない。ここを見なさい」

影山は壁の一部を指さす。そこには何重にもガムテープが貼られていた。

「これは？」

「通気口があったらしい。ここだけではなく、ありとあらゆる通気口や排水口など、果てはコンセントの差込口にまでガムテープで目張りがされていた」

「監視を防ごうとしてですか？」

凜の問いに、影山は「そう白松君は言っている」と低い声で答えた。

精神疾患の症状として、常に誰かに監視されているという妄想をおぼえる患者は少なくない。彼らはときに、通気口などから盗撮されていると怯《おび》えて、それらを塞ぐという行動に出る。

「この部屋の様子も、白松さんが統合失調症による混乱状態にあったことを裏付けるもののような気がするんですけど……」

おずおずと言うと、影山はまた答えることなく、今度はノートパソコンを操作しはじめた。画面に映し出されたものを見て、凜の顔がこわばった。それは大手の動画投稿サイトだった。そして、ずらりと並んでいる動画、それらは全て、白松が起こした凶行を映し出したものだった。

犯行時、シネシティ広場には多くの人々がいた。誰もがスマートフォンを持っている現代、白松の凶行は様々なアングルから撮影され、動画が投稿サイトに上げられていた。残酷な映像のため、多くの場合はサイト管理者により消去されるのだが、またすぐにコピーがアップロードされるというイタチごっこになっている。

「これを……見るんですか？」

「犯行の瞬間をとらえた映像だ。鑑定において、どんな資料よりも有効な情報と言える」

影山はマウスを差し出してくる。震える手でそれを受け取った凜は、意を決して動画の一つにカーソルを合わせ、クリックした。悲鳴と怒号が部屋の空気を揺らした。凜はまばたきもせずに再生されている動画を見つめる。危惧していたような凄惨なシーンが流れることはなかった。ただ、パニック状態で行き交う人々の隙間からちらちらと、包丁を片手に立っている血塗れの若い男の姿が見えた。画質が悪くてはっきりとはしないが、それが白松なのだろう。

白松の足元に、何人かの男女が倒れているのが一瞬見え、凜は拳を握りしめる。

動画を撮影している人物も、逃げながら撮っていたようで、現場からどんどんと離れていっている。白松はターゲットを探すかのようにせわしなく辺りを見回すと、ふらふらと歩きはじめた。しかし、辺りにいた人々はすでに逃げ去っていて、もはやそこに獲物はいなかった。

白松の手から包丁が落ちる。彼の口が動いているのが、画質の悪いこの動画でもなんとか見て取れた。そして、動画が終了する。

「……見ました」凜は大きく息を吐いた。

「どう思った？」

「なんというか、……悲惨でした」

「最後……」影山はぽつりとつぶやいた。「最後、白松はなにかをつぶやいていた。彼がなんて言っていたか知りたいな」

「僕は白松京介、名空《めいくう》大学経済学部二年生、住所は栃木県……」

凜は感情を込めずに、白松がつぶやいた内容を口にする。影山の顔に、一瞬驚きが走った。

「あのときの白松さんを至近距離で撮影していた動画があります。そこで、白松さんははっきりと自己紹介をしているんです」

「なぜ、それを君が知っている？」影山の片眉が上がる。

「私だけじゃなく、何千万人も知っています。事件が起きてすぐ、ワイドショーがその映像を流しまくりましたから。白松さんに精神疾患が疑われるまで」

一般的に、容疑者に精神疾患の可能性がある場合、報道では実名が伏せられる。しかし、今回の事件では当初、大学になじめず社会から孤立した学生が暴発して起こした事件ととらえられ、白松京介の名は大々的に報道された。

「というか、影山先生がご存知なかったことに驚きました。テレビはご覧にならないんですか?」

「事件の報道、特にワイドショーなどは見ないようにしている。どの事件の鑑定を頼まれるか分からないので、先入観を植え込まれないように」

そこまで徹底しているのか。感心と呆《あき》れがブレンドされた気持ちを抱きつつ凜は口を開く。

「なんにしろ、やっぱり白松さんは統合失調症の妄想に支配されて犯行に至ったと思います。動機も支離滅裂ですし、現場近くのデパートで凶器を盗んだりと、計画性も皆無です。それに犯行後に誰にともなく自己紹介するなんて、やはり彼の思考は正常ではなかったはずです」

「もちろん、彼は異常だよ」

影山が言い放ったセリフに、凜の頬が引きつった。

「勘違いしないように。精神疾患患者が異常だと言っているんじゃない。現代の日本において、殺人を犯すという行為、それ自体が『異常』なんだ」

影山は抑えた口調で説明をしていく。

「この社会で、他人を意図的に殺害するという行為が最大級のタブーであることは議論の余地がない。にもかかわらずそれを犯す人物は、心に闇を、どこまでも深い闇を抱えているんだ」

「心に闇を……」凜はその言葉をくり返した。

「精神疾患を持つ人物は、犯罪を起こしやすいという誤解が世間には広がっている。しかし、統計的にそれは明らかな間違いだ。精神疾患患者はその他の人々と比較して、犯罪率が明らかに低い。そのことは知っているな？」

唐突に話題を変えた影山に少々面喰《めんくら》いつつ、凜は「知っています」と頷いた。

「ただ重大犯罪、特に殺人や放火では、残念なことに精神疾患患者の比率が非常に高くなっている。まあ、その中にはパーソナリティ障害など精神疾患とは言い切れないものまで含まれていたり、精神疾患患者の犯行は家族に向きやすい傾向があるため、一概にその他の人々に比べて社会的な脅威になるとは断定できないがな」

凜は黙って影山の言葉に耳を傾け続ける。

「君も知っての通り、統合失調症をはじめとする精神疾患は、文字通りの『疾患』、つまりは治療により改善が見込めるものだ。我々、精神科医は長い研究の末に抗精神病薬という武器を手に入れ、完全にではないものの、患者を苦しめる『疾患』を癒す術《すべ》を手に入れた」

影山の口調は相変わらず平板だが、そこに熱がこもっているのを凜ははっきりと感じていた。

「患者が重大犯罪を起こす場合の多くは、『疾患』により妄想や幻覚に襲われ、現実の世界を正しく認識できないことに起因する。誰かが自分を殺そうとしているという妄想に囚われ、身を守るために他人を害することなどがその典型だ。しかし、それらの症状は治療によって改善が可能だ」

「先生は、精神科医のアプローチで重大犯罪を減らすことができるとお考えなのですか？」

「できると信じている。人権等の問題があるので、システムを作るのは容易ではないだろう。ただ、触法精神障害者の大部分は疾患によって苦しみ、追い詰められた結果、事件を起こしている。可能ならば、彼らがそこまで追い詰められる前に社会が気づき、治療を施すシステムを構築したい。しかしそれには、精神疾患患者による犯罪から目を逸らさず、正面から向き合う必要がある。だからこそ、私はこうして精神鑑定を行い、人々の心の闇を覗き込み続けている。そして、その闇が疾患により生じたものなのか、それとも彼ら自身の心が生み出したものなのかを探っているんだ」

喋り疲れたのか、影山はデスクに置いてあったペットボトルの緑茶を一口含んだ。

「先生は、白松京介の心の闇を覗けたんですか？」

おずおずと訊ねると、影山は小さく首を横に振った。

「いや、まだ彼の闇の全容を捉えられていない。なにか違和感がある。まだ情報が足りない」

「情報が足りない……？」凛はデスクに積まれている資料の山を眺める。

「所詮これは、警察や検察が調べたものに過ぎない。精神疾患に対する知識も理解も、そして熱意も足りない彼らに調べられるのは、事件のうわべだけだ。だから、精神科医が直接出向いて話を聞く必要がある。今回の場合は、白松君の実家と、彼が最初に入院した病院だな。明日は土曜日だ。勤務もないし丁度いいだろう」

「え、栃木まで行って調べるんですか？　精神鑑定ってそこまでするんですか⁉」

「普通はしない。ただ、私は普通の鑑定医じゃない」

「はぁ、そうですか。お疲れ様です」

「なにを言っているんだ。君が行くんだよ」

「私⁉」甲高い声を出して凛は自分を指さす。

「君は私の助手だ。助手が鑑定をサポートするのは当然だろう」

口を半開きにして立ち尽くす凛を見ながら、影山はかすかに口角を上げた。

「最初に警告したはずだ。精神鑑定は割に合わないと」

4

「初めまして、光陵医大附属雑司ヶ谷病院の弓削凜と申します」

凜が頭を下げると、目の前に立つ恰幅《かっぷく》のいい白衣姿の男は、面倒くさそうに会釈をした。

「院長の増田《ますだ》です。まあ、とりあえず掛けてくださいよ」

増田と名乗った男は倒れ込むようにソファーに座った。凜は「失礼します」と対面に腰をおろす。

はじめて影山の助手として鑑定面接に立ち会った翌日の土曜、凜は新幹線とローカル線を乗り継ぎ、四時間ほどかけて白松京介の実家のある町までやってきていた。

こぢんまりとした町だった。ローカル線の窓からは工場が立ち並んでいるのが見えたので、おそらくそこで働いている住人が多いのだろう。

まず、凜は家族から話を聞こうと白松の実家へと向かった。そこは、サッカーグラウンドほどの広大な敷地に建つ日本家屋だったが、インターホンを鳴らしても反応はなかった。入り口の門には『人殺し!』『死んで詫《わ》びろ!』など、罵詈雑言《ばりぞうごん》の落書きや張り紙がされていた。

事件が起きた当初、白松の名前が伏せられなかったこともあり、彼の実家には大量のマスコミが押しかけ、家族に無遠慮なインタビューを試みた。また、住所がネット上に流れたことにより、身勝手な正義感に駆られた者たちが殺到し、『正義』という美名のもとに狼藉《ろうぜき》を働いたのだ。耐えきれず、家族が身を隠すのも当然だろう。

暗澹《あんたん》たる気持ちになりつつ、家族から話を聞くことを諦めた凜は、周囲の住人への聴取を試みた。

しかし、凜をマスコミ関係者と思い込んだ住人たちから情報を得ることはできず、塩でも撒《ま》かれそうな剣幕で追い払われた。

しかたなく、夕方になってから凜が向かったのが、去年一ヶ月半ほど白松京介が入院していたという この増田病院だった。白松の実家のある町からタクシーで三十分ほどのところにある、百床程度の精神科病院。おそらくこの地方一帯の精神疾患患者がここで治療を受けているのだろう。

「あんたみたいなのが京介君の精神鑑定を担当しているのか？」

増田の口調に、若い女性医師に対する偏見を感じ取り、表情が歪《ゆが》みそうになる。

「いえ、私の上司が鑑定をしております。私は助手としてお話を伺いにお邪魔しました」

慇懃《いんぎん》に説明すると、増田は興味なげに鼻を鳴らした。

「ドクター同士だから一応面会は受け入れたけどね、話すことなんてなにもないよ。私が警察に証言した内容は、資料で読んでいるだろ」

「はい、拝見しました。ただ、もう少し細かいことを伺いたくて、本日こうしてお邪魔しました」

「ああ！　物分かりが悪いお嬢さんだね」増田は羽虫でも追い払うように手を振る。「資料に書いてあることが全てだ。私はあれ以上、京介君についてなに一つ話すことはない」

「どんな細かいことでもいいんです。彼について主治医として知っていること、気づいたことを教えて頂けませんか」

「だめだ。警察でもない君と話す義務はないはずだ。分かったら、もう帰ってくれ」

苛立たしげにかぶりを振った増田は、ソファーから立ち上がると大股に出口に向かい、扉のノブを摑《つか》んだ。このままでは追い返される。そう思った凜は、ほとんど無意識に叫んでいた。

「四人です！」

振り返った増田は「なんだって？」と太い眉をしかめる。

「四人もの人が白松さんによって殺害されています。中には、まだ未成年の少女もいました」

「……京介君が悪いと言いたいのかな？」

「……分かりません。裁判官でもない私に人を裁く権利なんてありませんから。そもそも、精神疾患で妄想に囚われていたからといって、犯した罪について罰を受けなくていいのか、十字架を背負わなくてもいいのか、私には分かりません！　頭では理解していても、心が納得できないんです！」

精神科医としてあるまじき発言であることは分かっていた。しかし、昂《たかぶ》った感情が、セリフを呑み込むことを許さなかった。鋭い頭痛が走り、長い黒髪を三つ編みにした少女の後ろ姿が脳裏をよぎった。九年前の記憶。凜は小さなうめき声をあげてこめかみを押さえる。

気づくと、増田はドアノブを摑んだまま、呆然《ぼうぜん》とこちらを見ていた。

失敗した。こんなに取り乱してしまうなんて。凜は胸に手を当て、感情の嵐が凪《な》ぐのを待ってから再び口を開いた。

「なんにしろ、四人もの方々の未来が、白松さんによって無残に奪われたことは事実なんです。だから、私たちは被害者のためにも、何故《なぜ》そんなことが起きたのかできる限り正確に解明する義務がある。それには、先生のお話を伺わないといけないんです」

今度は感情的になることなく言葉を紡ぐことができた。凜は緊張しつつ、増田の反応を待つ。彼は硬い表情で数十秒黙り込んだあと、ゆっくりとドアノブから手を離した。

「で、なにが聞きたいんだ？」戻ってきた増田は再びソファーに座る。

「ありがとうございます！　まずは白松さんがこちらに入院した経緯から教えて頂けますか？」

増田は一度、重いため息をついたあと話しはじめた。

「去年、急に京介君のお母さまから連絡があったんだよ。息子を内密に診察してくれって」

「直接連絡ということは、先生は白松家とお知り合いだったんですか？」

「知り合いってほどじゃない。この病院を開業するときなど、ご挨拶させて頂いたぐらいだ」

「それなら、なんで突然の診察依頼を引き受けたんですか？　普通なら、外来を受診するように指示するんじゃ？」

「白松家は『普通』じゃないんだよ。先生、ここにくるまで工場がたくさんあったのを見ているだろ。あれはほとんど、白松家の工場だ」

「あんなにたくさん⁉」凛は目を剝《む》く。

「もともと、白松家はこの辺りの大地主だった。宇都宮《うつのみや》あたりでも色々と事業を展開していて、かなりの資産があったはずだ。そして、三、四十年前から宇都宮の事業を縮小して、この近くで製造業を展開しはじめた。産業らしい産業がなく、過疎化が進んでいたこの地方に、自動車部品の製造工場を建てていったんだよ。故郷が疲弊していくのを見かねた白松家の先代が、この辺り一帯を活性化させるために仕事を生み出してくれたってわけさ」

「白松家はこの地域の名士ということですね」

「名士どころじゃない」増田は両手を広げる。「白松家は王家だ。この周辺の住民の多くは、白松家の工場で働く従業員とその家族だからな。私の父も、白松家の工場で工場長をやっていた」

「つまり、白松家なら大抵のことに融通が利くと。それで、診察してどう感じましたか？」

「すぐに統合失調症だと診断したよ。典型的な破瓜型統合失調症の症状を呈していたからね。それで入院のうえ、抗精神病薬の投与を行った。治療に対する反応は良好で、症状はすぐに落ち着いた。その後、経過観察も兼ねて、うちの病院の個室病室に秘密裏に入院してもらったよ」

「秘密裏にと言いますと、どのような感じだったんでしょうか？」

「京介君の入院を徹底的に隠した。診察するドクターは私一人だけ。看護師もベテランで信頼のおける数人以外はかかわらせなかった。電子カルテも使用せず、彼の分だけ紙カルテを用意した」

「そこまで……」

「白松家の跡取り息子が精神疾患なんていう噂は、絶対に外に漏らせないからな」

増田は髪の薄い頭を掻くと、凜の目を見る。

「先生も精神科医なら分かるだろ。精神疾患患者を穢《けが》れたもののように忌み嫌う、理解の足りない人々は、残念ながら少なからず存在するんだ。本当に啓蒙《けいもう》が足りてないんだよ。統合失調症の有病率は一パーセント前後、他の精神疾患も入れればその有病率は二パーセント以上と言われている。軽度のうつ病などまで合わせれば、遥《はる》かに数値は上がるだろう。つまり、精神疾患は誰もが罹《かか》る可能性がある身近な疾病なんだっていうのに」

吐き捨てるように言う増田を前にして、凜は「分かります」と頷く。古来から世界中で精神疾患患者は、『悪魔が取り憑《つ》いた』『呪われた』などとされ、社会から隔離されてきた。日本でも『狐《きつね》憑き』などと言われ、ほんの数十年前まで、患者を座敷牢《ざしきろう》に閉じ込めていた歴史がある。

理解の及ばない存在を目の届かない場所へと押し込み、それが存在しないかのようにふるまってきた影響が、いまも偏見という形で社会には残っている。司法の触法精神障害者に対する扱いもそうだ。まるで存在しないかのように目を逸らし、医療者に対応を押し付けてきた。

精神疾患はいまや原因不明の不治の病などでは決してない。適切な治療により大部分がコントロール可能な疾患となった。だからこそ、昔のように目を背けることなく、社会全体で精神疾患に向き合わなければならないはずなのに……。凜は下唇を強く嚙む。

「話が逸れたね。まあ、そういうわけで京介君の入院は、私たち限られた医療従事者と彼のお母さまだけの秘密だったんだ」

「母親だけ？　それじゃあ父親は？」

　反射的に訊ねると、増田の表情がこわばった。

「……京介君のお父さまには話していない。というか、彼にこそ京介君が統合失調症であることを隠さなければいけなかったんだ」

「どういう意味ですか？」

「京介君のお父さまは立派な方だ。この地域のことをとても深く考えてくださる。そして、彼は一人息子の京介君をとても可愛《かわい》がっていた。ただ、それ以上に厳しくもあったんだ。白松家の跡継ぎとしての帝王学を、京介君に徹底的に叩き込んだ。それもこれも、この地域を、そして京介君を愛しているからこそだ。けれど、やはりあの方も古い人間なんで、もし京介君が精神疾患だと知ったら……」

　増田は言葉を濁すが、凜には状況が十分すぎるほど理解できた。京介の父親も、精神疾患に強い偏見を持つ一人なのだろう。

「けれど、いつかは分かることです。家族にはしっかり説明しておくべきだったのでは？」

「私も京介君のお母さまをそう説得したよ。だが、彼女は頑として受け入れなかった。そんなことになれば、自分と京介君は白松家から追い出されるかもしれないと怯えていたんだ。だから、なんとか京介君を治して欲しいと懇願された」

「治してって……」

　統合失調症はその症状こそかなりコントロールできるようになっているが、いまだに完全に治癒させる方法は見つかっていない。特に破瓜型統合失調症は一般的に、症状がゆっくりと、しかし着実に進行していくケースが多い。

「もちろん、難しいことは説明したよ。けれど、納得しては頂けなくてね。とりあえず症状は落ち着いていたし、退院して様子を見つつ、今後についてはおいおい相談していくことにした。それなのに、まさか怠薬をしてすぐ、あんなことを起こすほどの激しい妄想が生じるなんて……。事件の二週間前に診察したときには、症状は落ち着いていたのに……」

増田は悔しそうに顔を歪めた。

「最後の診察時、すでに怠薬していたという可能性はないですか？」

「いや、それはないよ。お母さまの希望もあって、毎回採血してしっかり内服しているか確認していたからね」

増田は背もたれに体重を預ける。その姿には、強い疲労感が滲んでいた。白松京介の主治医として、彼もあの事件に責任を感じているのだろう。

「お疲れのところ申し訳ありません。先生、もう一つだけ教えて頂けませんでしょうか。白松さんに統合失調症と思われる症状が生じるきっかけのようなものに、心当たりはないでしょうか」

統合失調症の症状が生じる際、その人物が強いストレスを受けていることは少なくない。白松も去年、なにか大きなストレスに心身を蝕まれていたのかもしれない。

「それなら、私も京介君に何回か訊ねたよ。最後の診察のときにほんの少し話してくれたかな。去年の初めに幼馴染《おさななじみ》の女性が自殺したって。子供のときから仲が良かったらしく、その子の自殺はとてもショックだったらしい」

「幼馴染の自殺……」

凜のつぶやきが、応接室の重い空気に溶けていった。

5

翌日の日曜、凜は雑司ヶ谷病院の院長室を訪れ、調査の結果を影山に報告した。

その間、ワイシャツ姿の影山はほとんど相槌を打つこともせず、パソコンを見つめ続けながら話を聞いていた。凜が説明を終えると、影山は険しい顔でパソコンを凝視したままあごを引いた。

影山の反応の薄さに凜は唇を尖《とが》らせる。

「ちゃんと聞いて頂けましたか？　そんな難しい顔をして、なにを見ているんですか？」

デスクを迂回《うかい》して影山の後ろへ回り込む。液晶画面を覗き込んだ凜は、大きく息を呑んだ。

動画が映し出されていた。大量の返り血を浴びた白松京介が近づいてくる動画が。おそらくカメラが倒れているのだろう。映像は白松を下方から見上げるような構図になっている。

ふらふらと左右に揺れながら歩いてきた白松は、足を止めると一瞬こちらに視線を送った後に、人工音声のような感情のこもっていない口調で喋りはじめた。

「僕は白松京介、名空大学経済学部二年生、住所は栃木県……」

やがて、画面から白松の姿が見えなくなり、影山が動画を止める。

「君の言うとおり、白松君がつぶやいた言葉をしっかりと拾っていた動画があった。ワイドショーなどは、ここから映像を借りたんだろう。ちなみに、ここには白松君が被害者を刺す様子がはっきりと映っている。私は昨日から、数えきれないほどこの動画をくり返し見た」

それがどれほど精神を蝕む行為なのか想像し、凜の背中に寒気が走る。

「なんでそんなことを……？」

「違和感がある。この一連の面接で私はずっと違和感をおぼえ、その正体を探っていた。そして、ようやく一つの仮説にたどり着いた」

「仮説？　この動画を見てですか？」凜は眉根を寄せる。

「この動画と、君が集めてきた情報を聞いてだ。その仮説が正しいか確認しよう」

「確認って、どうやって？」

聞き返すと、影山は立ち上がり、ポールハンガーにかけてあった白衣を羽織った。

「もちろん、白松君に面接をしてだよ。精神科医にとって面接こそが最大の武器だ」


扉が開き、入院着姿の白松京介が面接室へと入ってくる。一昨日と同じように、付き添っていた男性看護師はすぐに部屋から出ていき、白松は机を挟んで凜と影山の対面の席に腰掛ける。

院長室をあとにした影山と凜はすぐに閉鎖病棟に向かい、白松を面接室へと呼び出していた。

「急にすまないね、白松君」

影山が声をかけると、白松は柔らかく微笑んだ。

「いえ、そんなことはありません。それで、今日はどんなお話でしょうか？」

「事件当日の君の行動で、いくつか気になる点があったので、それについて話したい。いいかな？」

「……はい。分かる範囲でお答えします」白松の顔に緊張が走る。

「ではまず、なぜ新宿だったんだ？」

不意を突くように影山は訊ねた。白松は「どういうことですか？」と訝《いぶか》しげに聞き返す。

「君は大崎から山手線に乗って新宿に向かった。しかし、その途中には恵比寿《えびす》、渋谷《しぶや》、そして原《はら》宿など、駅前にたくさんの人々がいる駅があったはずだ。特に渋谷や原宿は、電車から人で溢れかえったスクランブル交差点や竹下《たけした》通りが見える。できるだけ多くのターゲットを必要としていた君にとっては、理想的な犯行場所だった。しかし、君はわざわざ新宿で降り、さらに駅前ではなく歌舞伎町まで移動して犯行に及んでいる。なぜ、歌舞伎町を犯行場所に選んだんだ？」

質問を終えると、影山は白松の双眸を覗き込む。心の奥底に潜む闇を観察するかのように。

白松は目を伏せると、消え入りそうな声で「……分かりません」と答えた。

「そうか。では、次の質問だ。被害者たちを襲い、周囲から人々が逃げ去ったあと、君は辺りを見回し、誰もいない方向へ歩いていった。なぜ君は、まだ逃げ遅れた人がいる方ではなく、そちらに向かったんだ？」

「……分かりません」

「なぜ、立ち止まっていきなり自己紹介をはじめた？」

「……分かりません」

「なぜ、大崎のマンションの住所ではなく、実家のある栃木の住所を言った？」

「……分かりません」

「なぜ、最初から人を襲うつもりだったのに、凶器を自宅から持ち出さず、現地で調達した？」

「……分かりません」

「なぜ、警察に捕まったあと、人工地震のことを伝えることなく黙秘を続けた？　なぜ、送検されてからは黙秘を止めて喋りだした？」

「分かりません！　なんで自分があんなことをしたのか、全然分からないんです！」

矢継ぎ早に繰り出される影山の質問に、とうとう白松は両手で頭を抱えて叫びだしてしまう。

「それでいいんだよ」

白松は「え?」と顔を上げた。

「自分がなんでそんなことをしたのか分からない。それは統合失調症の混乱状態でよく見られる症状だ。思考が分裂して、言動が支離滅裂となる。かつてこの病気が、精神分裂病と呼ばれていた理由だな。統合失調症による混乱状態にある人物の行動には、通常の人間が理解できるような整合性が見られなくなるんだ」

そこで言葉を切った影山は、鋭い眼差しで白松を睨《ね》めつける。

「逆に、もし支離滅裂に見える行為が、ある一貫した行動理念のもとに行われていたとしたら、その人物には正常な判断をすることができたということだ。その場合、責任能力は障害されていなかったと診断される」

部屋の空気が張り詰めていく。

「影山先生は、僕があの事件を起こしたのは、統合失調症のせいじゃないとお考えなんですか?」

声を低くする白松を見据えつつ、影山はゆっくりと薄い唇を開いた。

「小さな地震のニュースを見たことで、東京での大地震を確信し、しかもそれが人工的に起こされるものだと思い込む。さらに血液を地面に染み込ませることで、地震を起こす装置を止めることができると考え、それを実行に移した。その一連の思考はあまりにも突飛で、一貫性がなく、妄想に囚われていたと考えるのが妥当だろう」

白松の表情がかすかに緩む。しかし、すぐに影山は「ただし」と言葉を続けた。

「もし、妄想が全て出まかせで、一連の行動に全く違う目的があったら話は変わってくる」

「……違う目的? そんなものが本当にあるとでも?」

「君の犯行当時の映像を見て、気になったことがあったんだよ」

白松の問いに答えることなく、影山は淡々と話し続ける。

「犯行を終えた君が、何かを探すように周囲を見回しているシーンだ。最初、私はさらに犯行を重ねようとターゲットを探していると思っていた。しかし、君はなぜか逃げ遅れている人々を追うのではなく、誰もいない、なにもない広場の中心へと進んでいった」

白松がなにか言いかけるが、影山は掌を突き出してそれを止めた。

「どうしてそんなことをしたか分からない、と言いたいんだろ。たしかに、妄想に囚われている人物の思考を理解するのは困難だ。しかし、混乱状態にある人間も本人なりの行動理念、もちろんそれは通常では理解しがたいものだが、それに従って行動をすることが多い。君の場合それは、人工地震を止めるためにできるだけ多くの血液が必要だという妄想のはずだ。誰もいない方に向かった君の行動は、その行動原理に反している」

白松は無言のまま、影山を見つめ続ける。

「そこで私は一つ仮説を立ててみた。あの場面で君が辺りを見回していたのは、ターゲットではなく他のものを探していたためだと」

「他のもの？　さっき先生自身が言ったじゃないですか。僕がなにもないところに移動したと」

「そう、たしかに映像では、君は特段なにもない場所まで移動し、立ち尽くしていた。しかし、そこに本当になにもなかったわけではない」

「……なにが言いたいんですか？」

まどろっこしい影山の物言いに、白松は苛立ちを滲ませはじめる。

「なにもない場所に君が立つ映像、それが残っているということは、君のそばにはあるものが存在していたということだよ」

影山がなにを言いたいのか理解し、凜は目を見開く。

「もしかして、カメラですか⁉」

「その通りだ」影山は大きく頷いた。

「映像を撮ったカメラ、白松君、君のそばにはそれがあったんだ。他のアングルから撮られた画像を見てみると、君の足元にカメラが取り付けられた三脚が倒れているのが確認できた。詳しく調べたところ、あの日、シネシティ広場で行われていたイベントは、インターネットで生中継されていた。君を至近距離から映したのは、そのために用意されていたカメラだった。君が被害者たちを襲ったあとに周囲を見回していたのは、カメラを探していたからじゃないのか？」

「……もしそうだとしたら、なんだって言うんですか？」どこまでも硬い声で白松は言う。

「支離滅裂に見えた君の行動に、一貫性が出てくる。恵比寿、渋谷、原宿ではなく、わざわざ歌舞伎町で犯行に及んだのは、犯行の一部始終をリアルタイムで見てもらうため。逃げ惑う人々が持つスマートフォンではなく、生中継している固定カメラに向かって、ひいてはネットの向こう側にいる無数の人々に向けて、自分がその惨劇の犯人であることを知らしめるためだ。だから君は、カメラに近づき、その近くで自己紹介を行ったんだ」

凜の脳裏に、動画の中で自己紹介をする寸前、白松が一瞬カメラに視線を送った光景が蘇《よみがえ》る。

「……なんでそんなことする必要があるんですか？　あれだけの事件を起こしたんだ。どうせ逮捕されれば、全国に犯人として名前が知れ渡るじゃないですか」

白松の反論に、影山は小さく首を横に振った。

「そうとは限らない。もし早い段階で君が精神疾患患者かもしれないと警察が気づいていたら、マスコミは実名報道を控えていただろう。それを危惧した君は、編集のできないネット経由の生放送で自分の名前を全国に向かって宣言した」

影山は指で机をコツリと叩いた。

「そうであれば、君が警察で黙秘を続けていたのも理由が分かる。可能ならネットだけでなく、新聞やテレビなどのマスメディアでも、犯人として自分の素性を報道して欲しかったんだ。だから、精神疾患かもしれないと警察に気づかせたくはなかった」

「待ってください、影山先生」凛は思わず口を挟む。「逮捕されたとき正常な判断能力があれば、普通に受け答えすればいいじゃないですか。黙秘なんかするよりも、精神疾患を疑われる可能性は低くなると思います」

「それじゃあダメだったんだよ。自分の名前が凶悪犯として十分に知れ渡ったあと、精神疾患により凶行に走ったと判断される。それこそが目的だったんだからね。警察の取り調べに普通に応じたら、その後、支離滅裂なことを口走ったとしても、罪を逃れるための演技だと思われる」

「わ、わけが分かりません」凛は混乱した頭を押さえる。「なんでそんなことをしないといけないんですか?」

「それは私にもはっきりとは分からない。ただ、自分が凶悪犯罪の犯人であり、しかも精神疾患を患っていたと日本中に知らせる。それが目的だと考えると、白松君の行動には全て説明がつくんだ。凶器を現場近くで盗んだというのも、計画性のないことを印象付け、精神疾患による犯行であることを強調するためと考えることができる」

説明を終えた影山は、白松に視線を送る。白松はいつの間にか、眠ったかのようにこうべを垂れていた。掛け時計の秒針の音だけが部屋に響く。やけに粘着質な時間が流れていく。

緩慢に顔を上げた白松は、上目遣いにこちらを見た。昏《くら》く濁った瞳。彼の胸に宿る底なしの闇が映し出されたかのようなその双眸を目の当たりにして、凜の全身に鳥肌が立つ。

「僕が病気のせいであんなことをしたのではないと、影山先生は疑っているんですか？」

細身の体に似合わない、腹の底に響く低い声で白松は訊ねた。

「いや、疑っているんじゃない。確信しているんだ。犯行時、君は妄想や幻覚に囚われてなどいなかった。そもそも、君は統合失調症じゃない。それを装っていただけだ。今回の事件は、長い時間をかけて緻密に計算された、極めて計画的な犯行だよ」

なんの気負いもなく影山は言い放った。身震いするほど恐ろしい診断を。

「詐病《さびょう》……だとおっしゃるんですか……」凜はかすれ声で言う。

詐病、なんらかの利益を得ることを目的とし、自らが疾患に罹っていると装う行為。

凜の質問に、影山は「その通りだ」と頷いた。

「……なにか証拠でもあるんですか」白松は刃物のように鋭い視線を影山に向ける。

「司法関係者ではなく、医師である私が診断を下すのに『証拠』は必要ない。ただ、診断の『根拠』は必要だな。今回の場合、君の部屋の状況がその『根拠』だよ」

「え？　でもあの部屋って、精神疾患の特徴が……」

凜が声を上げると、影山は「重要なのはそこではない」と白衣のポケットから一枚の写真を取り出した。ゴミで埋め尽くされ、通気口が全てガムテープで塞がれている白松の部屋。

「この部屋に溢れかえっているゴミ袋の中身の大部分は、レトルト食品のパッケージやペットボトルなど飲食にかかわるものだ。さて、ここで質問だ。それらが積み重なり、床を覆いつくすほどに溜《た》まるには、どれだけの期間が必要だ？」

凛は「あっ！」と口元に手を当てる。同時に白松の顔から、みるみると血の気が引いていった。

「そう、どう見積もっても普通に食事を摂《と》っただけでは、これだけの量が溜まるのに数ヶ月はかかる。しかし、君は事件の二週間前には、精神症状が生じていないことが主治医によって確認され、同時に血液検査でしっかり服薬していたことも証明されている。君自身も、最後の診察後すぐに怠薬するようになり、精神症状がぶり返したと証言しているはずだ。そして、精神症状が生じていないとき、部屋は常に整頓されていたともね。それらの病歴と、部屋の状況の齟齬《そご》。それに対する論理的な説明はただ一つ、君は統合失調症を装うため、故意に必要量を遥かに超える飲食物を買い込み、大量のゴミを作りだしたんだ」

影山は回答を待つかのように言葉を切る。しかし、白松は机を見つめたままなにも答えなかった。耐え切れなくなった凛が、代わりに口を開く。

「なんで統合失調症を装う必要が？　通り魔事件を起こしても不起訴になるようにですか？」

いや、それはおかしい。凛は混乱する頭を押さえる。事件当時、妄想に囚われていなかったとしたら、そもそもあんな凄惨な事件を起こす理由がなくなる。

「不起訴になることは、統合失調症を騙《かた》った主たる目的ではないはずだ。ここからは私の想像でしかないが、白松君が犯行後、カメラに向かって自己紹介をしたとき、現在住んでいるマンションではなく、実家の住所を口にしていたことがヒントだろう」

「実家の住所……ですか？」

つぶやきながら、凛は横目で白松の様子を観察する。青白い唇が細かく震えていた。

「そうだ。住所をカメラに向かって言ったからこそ、彼の実家にはマスコミが殺到し、さらに捻《ね》じ曲がった正義感に駆られた人々に攻撃された。それこそが彼の目的だった。彼は実家の名誉を徹底的に貶《おとし》めるため、統合失調症を騙り、そして四人もの人々を無差別に殺害したんだ」

抑揚のない影山の声が、狭い部屋の壁に反響した。

実家を貶めるために、無関係の人間を殺す。あまりにも常識はずれな動機に、凜は耳を疑う。

「な、なんでそこまで……」舌がこわばって、うまく声が出なかった。

「これもあくまで推測するしかないが、おそらく自殺した幼馴染の女性が関係しているんだろう。主治医に発病のきっかけを訊ねられたとき、その女性のことを話している。違うかな？」

水を向けるが、白松は彫像のように微動だにしなかった。影山は小さく息を吐く。

「答える義務はない。どう答えようと私は、君の精神疾患のように見える症状は全て演技であり、事件当時、正常な判断能力があったと報告を上げるつもりだ。担当検察官はその報告を元に、君を起訴するだろう。もはや、君の処遇は司法の手に委ねられているに等しい。精神科医として純然たる好奇心から知りたかっただけだ」

影山は両手を机について身を乗り出すと、闇色の光を放つ白松の瞳を覗き込む。

「実家の名誉を貶めるというだけのために、一年もかけて念入りに精神疾患を装ったうえ、無差別に四人もの命を奪った。そこまで君を駆り立てた闇が、どこから生まれたものなのかをね」

白松は真正面から影山の視線を受け止めるが、その口から言葉は漏れなかった。影山はふっと表情を緩ませると、立ち上がる。

「ありがとう、白松君。今日の面接はこれで終了だ」

「……幼馴染じゃない」

注意しなければ聞き逃しそうな小さな声が、部屋の空気を揺らした。

「なにか言ったかな？」影山は顔を伏せた白松を見る。

「幼馴染なんかじゃない。あいつは……僕の恋人だったんだ。高校時代からずっと付き合っていて、将来は彼女と結婚するつもりだった」

「しかし、その女性は去年の初めに自ら命を絶ってしまった。いったいなにがあったんだ？」

影山は椅子に腰を戻した。

「彼女が妊娠したんだよ。僕の子供を妊娠したんだ！」

勢いよく顔を上げた白松の表情は歪みに歪んでいて、泣いているようにも、笑っているようにも見えた。

「僕は早く籍をいれようと、父にそのことを告げた。そうしたら、あの男は……、あいつは……」

白松は固めた拳を机に叩きつける。

「……あの男は、子供を堕《お》ろすように彼女に強要したんだ。僕の知らないところで」

「酷《ひど》い……」凛の口からうめき声が漏れる。

「父はあの辺り一帯の王だ。彼女の父親や親戚も大部分がうちの会社の工場で働いていた。堕ろさなければ、全員を解雇して家族を路頭に迷わせる。父はそう彼女を脅したんだ。だから、彼女は絶望して自殺したんだよ。……お腹《なか》の子供と一緒に。僕は父に、恋人と子供を殺されたんだ！」

「だから君は凶悪殺人事件の犯人になり、家族の名誉を穢すことで父親への復讐《ふくしゅう》を果たしたのか」

「そうだ！　あの男はずっと家柄にこだわっていた。それを穢すことこそ、あの男をもっとも苦しませることになる！」

叫ぶ白松の前で影山はあごを撫《な》でると、ひとりごつようにつぶやいた。

「なぜ君の父親は、その女性と君との結婚に、そこまで強硬に反対したんだ」

「……精神病だよ」白松は食いしばった歯の隙間から言葉を絞り出す。「彼女の叔父《おじ》が、過労が原因でうつ病になって自殺をしているんだ。父はそれが気に入らなかった。『うちの家に、穢れた血が入らなくてよかった』、彼女の自殺を聞いた父は、僕にそう言ったんだ。……心から嬉《うれ》しそうに」

あまりにも悪意と差別に満ちた行動に、凜は言葉を失う。許容量を超えるストレスにさらされれば、どんな人間でもうつ病を発症しうる。それを『穢れた血』だなんて……。精神疾患に対する世間の偏見は、自分たちが想像している以上に大きい。そのことを、まざまざと思い知らされる。

「君が統合失調症だと偽ったのは罪を逃れるためではなく、父親への意趣返しというわけか」

影山がつぶやくと、白松は嘲笑するように唇の端を上げた。

「そうですよ。自分の息子が精神疾患を発症して無差別殺人を起こした。しかも、それを日本中の人々が知っている。この状況にあの男は耐えられないはずだ。もうあいつに残された道は、首を吊《つ》ることぐらいだ。ざまあみろ！」

唐突に、白松は首を反らすと大声で笑いだした。どこまでも乾いた、寒々しい笑い。その声が部屋に響き渡る中、影山は椅子から再び腰を上げた。笑い声が止む。

「影山先生、あなたは最初から僕が詐病だって思っていましたよね。初めて会ったときに気づきましたよ、この人は僕を疑っているってね」

白松は自虐的に唇を歪めた。

「どうしてですか？　僕は必死に勉強をして、典型的な統合失調症を完璧に演じました。それなのに、どうしてあなたは僕が詐病だと見破ったんですか？」

「典型的だったからだよ」

「典型的だったから？」白松は訝しげに聞き返す。

「そう、君の症状はあまりにも典型的すぎた。まるで、教科書に載っている症状を、そのままなぞったかのように。しかし、一人一人に個性があるように、精神疾患によって生じる症状は極めて多様で複雑だ。『典型的な症状』というものは、それらを最大公約数的にまとめたものに過ぎない。実際の臨床現場では、それらが全てそろうことなど極めて少ない」

「……なるほどね、まいりましたよ」

白松は芝居じみた仕草で、万歳をするように両手を上げる。

「完璧に演じていたのに、その完璧さゆえに見破られるとは。年季の違いってやつですね」

影山は返事をすることなく、出入り口へと向かう。凜も躊躇《ためら》いつつそのあとを追った。ドアノブに手を伸ばしかけた影山は、「先生！」と白松に声を掛けられて振り返る。

「先生には勝てませんでしたが、べつに僕は勝負に負けたわけではありませんよ。僕が詐病だと裁判で認定されても、殺人犯であることには変わりありません。僕は家の名誉を穢して、父に復讐できたんです！　僕は目的を果たしたんだ！」

いびつな笑みを浮かべながら勝ち誇る白松の姿はあまりにも醜悪で、凜は目を逸らしてしまう。

「本当に君は目的を果たしたのかな？」

ぼそりと影山がつぶやいた。潮が引くように、白松の顔から笑みが消えていった。

「……どういう意味ですか？」

「私は精神科医として何度も面接をし、君の心に巣食う闇を覗き込んできた。君の闇に潜む、本当の貌《かお》と何度も向き合ってきた。そして気づいたんだよ、君は満足していないと。殺人を犯し、精神疾患を騙って家の名誉を穢す、それは君が本当にしたかったことではないと」

影山は座っている白松に近づくと、覆いかぶさるように彼の顔を、その双眸を覗き込む。

「本当に君がしたかったこと。それは自分自身の手で父親を殺し、恋人の仇《かたき》を討つことだ」

白松の体が大きく震えた。

「ただ、君にとって父親という存在は、直接対峙《たいじ》するにはあまりにも大きすぎた。直接手を下すことは恐ろしくてできなかった。だからこそ、君は父親がこだわっている家柄を穢すという、間接的な手段を思いつき、それを実行したんだ」

「ち、違……」白松が否定しようとするが、動揺のためか言葉にならなかった。

「君は異常者だ」

融《と》けるように、白松の表情が崩れていく。

「しかし、その異常性は精神疾患によるものではない。君の心に巣食う深く昏い闇は、君自身が生み出したものだ。畏怖を抱いている父親に手を出せないがゆえの代償行為として、君はなんの罪もない他人を襲うという卑怯《ひきょう》極まりない行動に出て、四人もの命を奪った。君は復讐を果たした英雄ではない。復讐するべき相手から逃げた卑怯者だ」

語り終えた影山は身を翻して出入り口に近づくと、もはや白松を見ることなく扉を開いた。

「自らの命を以《もっ》て罪を償う日まで、君はそのことを忘れずに過ごすべきだ」

影山が部屋から出る。机に顔を伏せる白松に視線を送りつつ、凜もあとに続く。

かすかに響く嗚咽《おえつ》が扉の閉まる重い音に掻き消されるのを、凜は背中で聞いた。

# 第二話　母の罪

## 1

心臓の鼓動が耳にまで響く。弓削凜はちらりと隣の席を見る。そこでは影山が腕を組み、目を閉じていた。日本人にしては彫りの深い彼の横顔に厳しい表情が浮かんでいるのを見て、緊張が高まっていく。

精神科の専門病院である光陵医大附属雑司ヶ谷病院、その閉鎖病棟の隅にある面接室で、数分前から凜と影山は重要な患者を待っていた。これから精神鑑定を行う患者を。

二ヶ月前、凜は精神鑑定を学ぶため、日本でも有数の精神鑑定医である影山の助手となった。しかし、最初に歌舞伎町無差別通り魔事件の犯人の精神鑑定を行って以降は、三回ほど拘置所に出向いての簡易鑑定に同行させてもらっただけだった。

専門施設に二ヶ月ほど入院させて行う本鑑定と違い、簡易鑑定は警察署や検察庁で容疑者と三十分ほど面接をして行う。この二ヶ月で同行した簡易鑑定は、器物損壊や窃盗等とそれほど重大な犯罪ではなく、さらに容疑者は明らかに精神疾患を患っており、鑑定も容易なものばかりだった。そのような状況に内心物足りなさをおぼえていたところに巡ってきたのが、今回の鑑定だった。

ノックの音が響く。影山は瞼《まぶた》を上げ、「どうぞ」と抑揚のない声で言った。

扉が開き、男性看護師に付き添われて、松葉杖《まつばづえ》をついた細身の女性が面接室に入ってくる。看護師に促された彼女は、ぎこちなく松葉杖を使ってデスクを挟んで対面の席に腰かけた。

「こんにちは、横溝美里《よこみぞみさと》さん。ご体調はいかがですか」

看護師が部屋から出ていくと同時に、影山が声をかける。横溝美里と呼ばれた女性は、蚊の鳴くような声で、「はい……」と答えた。

「さて、本日から事件のことについて本格的にお話を伺っていくことになります。助手としてこちらの弓削医師にも同席して頂きますが、よろしいですね」

影山に紹介された凜は、「弓削凜と申します。よろしくお願いします」と頭を下げた。しかし、美里はちらりと凜に視線を送っただけで、ほとんど反応を示さなかった。

凜は美里を観察する。年齢は二十九歳だったはずだが、表情筋が弛緩《しかん》しているせいか、やや老けて見える。背中は老人のように曲がり、瞳は虚《うつ》ろで焦点が合っていない。

観察を続けつつ、凜は資料で読んだ事件の概要を頭の中でさらっていく。

三ヶ月前の午後十一時ごろ、目黒《めぐろ》区自由《じゆう》が丘《おか》のマンションの一階に住む主婦が、屋外に重いものが落下したような音を聞いた。窓を開けて確認したところ、裏庭でマンションの住人である横溝美里が体を丸めて呻《うめ》いていた。

美里と顔見知りだったその主婦は、救急要請をしたうえですぐに裏庭に回った。そこで彼女ははじめて気づいた。美里の腕に、乳児が抱かれていることに。

駆けつけた救急隊により、美里と乳児は近所の総合病院に搬送された。美里は右足の脛骨《けいこつ》を骨折していたものの、命に別状はなかった。しかし、救急隊が駆けつけたときすでに乳児は心肺停止状態で、救急部の医師たちによって必死の蘇生《そせい》が試みられたが息を吹き返すことはなかった。

死亡確認のあと、救急部の医師が診察したところ、乳児には落下による外傷の痕跡はなく、代わりに喉元に明らかな皮下出血が認められた。これが単なる事故ではない可能性に気づいた医師はすぐに所轄の警察署に通報。駆けつけた警察官が美里に話を聞くと、乳児の殺害を認めたので緊急逮捕となった。死亡した乳児は、元看護師の美里と外科医の夫のあいだに生まれた長女、玲香《れいか》で、そのとき生後五ヶ月だった。

警察は美里が長女を殺害後、自殺を図ったとして殺人の容疑で送検した。しかし逮捕後、彼女はほとんど言葉を発することがなく、担当検察官ともコミュニケーションが取れなかったため、精神疾患の疑いがあると判断され、影山に精神鑑定が依頼された。

骨折の手術を終えたのち、美里の身柄はこの雑司ヶ谷病院に移送された。当初は抑うつ症状が顕著だったので、最初の一ヶ月間は影山の指示のもと、投薬による治療を行った。そして、症状が安定してきたため、今日からようやく本格的な鑑定面接を行うこととなっていた。

「それでは横溝さん、事件当日のことについて話して頂けますか」

影山が平板な口調でいきなり本題に入ると、俯《うつむ》いた美里はぽつぽつと話しはじめた。

「あの日……、夜になっても玲香は眠らないで泣き続けていました……」

話の内容を聞き逃さないよう、凜は聴覚に神経を集中させる。

「抱っこをしても、ミルクをあげても泣き止《や》まなかったんで、体調が悪いのかと……。けれど、熱もなかったし、ミルクもちゃんと飲んでいたんで、なにか違うことで泣いていると思ったんです」

「違うことと言うと?」影山が促す。

「たぶん、……私が母親であることが嫌なんじゃないかって」

「なぜそう思ったんですか？」

美里は痛みに耐えるような表情を浮かべる。

「……生後四ヶ月ぐらいまで、玲香は母乳で育てていたんです。ただ、私は乳腺が詰まりやすい体質で、なんども乳腺炎を起こして熱を出していました。だから、粉ミルクに切り替えたんです。そのころから、玲香が一晩中眠らないで泣き続ける日が出てきて……。もう一度母乳に戻そうと思ったんですけど、もう十分には出なくなっていて……。もうなにも考えられなくなって……」

「母乳をあげられなくなったから、娘さんが夜泣くようになったと思ったんですね」

「そうです。だって、それまで夜中に起きても母乳をあげれば眠ったんです。それなのに……」

美里は血色の悪い唇を嚙《か》んで黙り込む。

「他になにか思ったことはありますか？」

美里は「他に……」と視線を彷徨《さまよ》わせると、十数秒黙り込んだあとにぽつりと言った。

「……このままじゃ、迷惑がかかると思いました」

「誰に迷惑がかかると思ったんですか？」

「周りの人、みんなにです。育児にはお金がかかります。けれど、私は要領が悪くて、他のお母さんたちみたいに育児をしながら働くなんていうことができないので、このままじゃ周囲の人からお金を借りないといけないと思ったんです」

美里は下手な役者が台本を棒読みするように、感情のこもっていない声で喋《しゃべ》り続ける。

「玲香がかわいそうになりました。お金がなかったら玩具《おもちゃ》も買えないし、学校に通わせることもできない。あの子に悲惨な人生を送らせることになると思ったんです。親として、それが凄《すご》くつらかったです。それで……」

小さく体をわななかせ、口をつぐんだ美里に、影山は「それで、どうしました?」と声をかける。

美里はかすかに震える唇を開いた。

「だから……、死のうと思いました。まだ物心つかないうちに死んだら、玲香はつらい思いをしないで済むと思ったんです。そして、玲香の首を……」

机を見つめる美里の目に、意思の光が戻る。その表情がこわばっていった。寒さに耐えるように自分の肩を抱きながら体を震わせると、美里はか細い呻き声を漏らしはじめた。

「私は……、私は玲香を……。私は……」

呼吸が早く、浅くなっていく。このままだと過呼吸を起こしてしまう。そう思った凜が声をかけようとしたとき、一瞬早く影山が立ち上がり、美里の肩に手を伸ばした。

自らの肩を抱いたまま、美里は縋《すが》りつくような眼差《まなざ》しを影山に向ける。

「少し早いけれど、今日はここまでにしましょう。ゆっくりと深呼吸をしてください」

相変わらず平板な口調だったが、その薄い唇にはかすかに柔らかい笑みが湛《たた》えられていた。普段、無表情なだけに、影山が微笑《ほほえ》むとたんに柔らかい雰囲気になる。

美里は言われたとおり深呼吸を繰り返した。体の震えがおさまっていく。

「つらいことを思い出させてしまい、申し訳ありませんでした。部屋に戻って休んでください」

影山は机の上に置かれたボタンを押して、外に控えていた看護師を呼び込んだ。

部屋に入ってきた看護師に付き添われた美里は、松葉杖を使いながら出入り口に向かう。看護師が開けた扉をくぐろうとしたとき、美里は足を止めて振り返った。その顔には、なにかを決意したような表情が浮かんでいた。

「……影山先生、一つだけお伝えするのを忘れていたことがあります」

「伝え忘れていたこと？　なんでしょう」

　答えた影山を、美里はあごを引いて見つめる。

「あの日、悪魔が現れたんです」

「悪魔？」

　影山の目がわずかに大きくなる。凛も耳を疑った。

「はい、その悪魔は何度も繰り返し私を脅してきました。『娘を殺せ。すぐに殺せ。そうしないと世界が大変なことになるぞ』って。だから、私はあんなことをしたんです」

　はっきりした口調で述べた美里は、固まっている二人に向かい一礼して部屋から出ていった。


「……どう思う？」

　横溝美里が去った面接室で、無表情に戻った影山がぼそりとつぶやいた。

「どう思うといいますと？」硬直から解けた凛は居ずまいを正す。

「精神科医として、いまの面接でなにを感じたかだ」

「基本的には、典型的な産後うつ病による症状だと思います。かなり重症で、抑うつ症状が強いように見受けられました」

「あれでもかなり改善している。この病院に移送されてきた当初は、ほとんど発語もなく、コミュニケーションを取ることは困難だった」

「ただ……」

　凛はそこまで言ったところで口をつぐむ。頭に浮かんだ疑問が、口に出してよいものなのか判断ができなかった。

「ただ、どうした？」影山は横目で視線を送ってくる。「気になることがあるなら、迷わずに言いなさい。精神鑑定では様々な観点から、事件と被疑者を見る必要がある」

「はい、あの……。いくら抑うつ症状がひどいといっても、自分の子供を手にかけたりするでしょうか？　子供って、母親にとっては命より大切な存在だと思うんです」

思い切って訊《たず》ねると、影山は自らのあごを撫《な》でた。

「弓削君、この日本で一番他人に殺害される可能性が高い年齢は、何歳か知っているかな？」

「え？」話題の変化に戸惑いつつ、凜は考える。「えっと、やっぱり若者同士のトラブルとかで殺害されることも多いから、十八歳前後ですか。それとも、高齢者が強盗とかに狙われるケースとかあるから、八十歳ぐらいとか……」

「いや、違うよ」影山はゆっくりと首を横に振った。「０歳だ。他の年齢に比べ、０歳児が殺害されるケースは極めて多い」

凜が顔を引きつらせる前で、影山は表情を変えることなく説明を続ける。

「統計によると、この日本では毎年数十人の子供が虐待によって死亡している。その中でも０歳児が被害者になる割合は圧倒的に多い。そして、加害者として最も多いのが、実の母親だ」

凜は口を固く結んで、影山の説明に耳を傾ける。

「もちろん、その事例の多くは、親になるべきではなかった人物が、暴力やネグレクトによって自らの子供の命を奪うものだ。しかし一方で、今回のケースのように母親が子供と心中を図るケースも決して少なくない。そして、心中の原因で最も多いのは、加害者の精神疾患や精神不安だ」

喉を鳴らして唾を呑《の》み込んだ凜は、おずおずと口を開く。

「今回のような事件は、珍しくはないということですか？」

「なにをもって珍しくないというかは、定義しだいだな。ただ、母親が実の子供と心中を図り、そして子供だけが亡くなった事件の精神鑑定を、私はこれまでに十件以上経験している」

「十件も……」

「産後を含む周産期の抑うつ症状は、程度の強弱こそあれ頻繁に見られるものだ。自らの体内で新しい生命を育み、この世界に誕生させる。その過程で、女性の体内では極めてダイナミックにホルモンのバランスが変化していく。それにより、精神的に不安定になることは少なくない。また、出産後の生活パターンが一変することも、極めて大きなストレスになりうる。それは分かるな」

「はい……」

「新生児期は二、三時間おきに授乳かミルクにより、栄養を与えなくてはいけない。それ以外にも、泣くことの他に要求を伝えることのできない小さな命を、保護者は必死に守っていく必要がある。そうして数ヶ月が経《た》つと、今度は夜泣きがはじまる。子供によっては一晩中泣き続け、保護者の睡眠時間を削っていく。その際、周囲に負担を分け合える存在がいればよいが、そうでないと心身ともに消耗していく」

「美里さんの場合は……」凛は資料で読んだ美里の家族構成を頭に浮かべる。「たしか、旦那さんは総合病院の外科医だったんですよね。そして、実家は北海道だとか」

「そうだ。外科医である夫は、日々の業務や当直で家にいる時間が極めて少なかった。自然と、育児は彼女一人が担うことになった。実家も遠く、両親によるサポートも得られない。さらに悪いことに、出産のすぐ後に、夫が神奈川県の大学病院からいま勤めている病院に出向となり、彼女も引っ越しを余儀なくされた。つまり、周りに頼るべき知人もいない状況だったんだ」

出産直後に知らない土地に越し、睡眠時間すら削られながら、たった一人で初めての育児をしていく。それがどれほど心身に負担を強いるのか、想像しただけでも恐ろしかった。

「……今回の事件は、産後うつ病が原因だと先生はお考えなんですか？」

沈んだ声で訊ねると、影山はついさっきまで美里が座っていた椅子を見た。

「彼女は金銭的に苦しく、このまま育ったら子供が不幸になると思ったと言った。しかし、彼女の夫は医師で、決して収入は低くない。彼女自身も看護師の資格を持っているので、金銭的にそこまで悲観的になるのは道理に合わない。これは典型的な貧困妄想と思われる」

貧困妄想。現実の経済状態より自らが困窮していると信じ込んでしまう状態。うつ病でよく認められる症状だった。

「自分と子供が生きていると世間に迷惑をかける。これも、うつ病で認められる罪業妄想の一種だろう。なにも考えられなくなったという思考制止の症状も、うつ病であるという診断を支持するものだ。それらの状況を考えると、彼女の犯行は重度の産後うつ病により貧困妄想、罪業妄想で悲観的な未来像に囚《とら》われ、さらに思考能力が著しく低下していたことに起因すると思われる」

「あの……、影山先生」凜はおずおずと訊ねる。「基本的な質問で申し訳ないのですが、うつ病でも心神喪失が認められるものなのでしょうか？」

「誰かに監視されたり、危害を加えられると思い込むような強烈な妄想に囚われ、パニック状態になっていない限り、心神喪失は認められないと思っているのかな？」

「いいえ、文献などを読んでもその辺りが曖昧なものが多くて……。うつ病の場合、善悪の判断能力は保たれているわけですよね。今回のケースでも、美里さんは娘さんに対して強い罪悪感をおぼえているように見えます」

「たしかに、うつ病では弁識能力、つまり自分の行為の善悪について判断する能力は保たれていることが多い。しかし一方で、重症のうつ病では制御能力、善悪の判断に従って自らの行動をコントロールする能力が失われることがある。弁識能力と制御能力、この二つを合わせたものが現在の司法制度では『責任能力』と定義されている」

「それって、つまり……」凜は額を押さえて頭を整理する。「今回の場合では、娘さんを殺害することが許されない行為だと理解していた。けれど、そうしないと娘さんの将来が悲惨なものになるという妄想に囚われて、自分の行動を制御できずに心中を図ってしまったということですか？　先生は、事件当時に美里さんは心神喪失状態だったとお考えなんですか？」

「その可能性が極めて高いと思っていた。……彼女の最後のセリフを聞くまで」

「犯行の直前、悪魔に子供を殺せと脅されたという件ですね」

「神や悪魔などの超越者からの声が聞こえる症状、それは基本的にうつ病で認められないものだ。それが生じる典型的な精神疾患は……」

「統合失調症」

凜がつぶやくと、影山は「そうだ」と頷《うなず》いた。

「美里さんがうつ病と同時期に、統合失調症も発病していたということでしょうか？」

「強いストレスを契機に統合失調症が発症することもあるので、それも否定はできない。ただ問題は、事件後から今日まで、彼女が一度たりともそのような主張をしていなかったということだ」

「……どう考えればいいんでしょう？」

おずおずと訊ねると、影山は目を閉じた。

「パニック状態で忘れていたのか、捜査機関には言いたくなかったのか、それとも……」

「それとも？」

影山はゆっくりと瞼を上げた。

「話は変わるが弓削君、明日から週末だがなにか用事はあるかな？」

上司がなにを求めているかに気づき、凜は肩を落とす。

「分かりました。事件が起こった現場に行って、関係者の話を聞いてくればいいんですね」

完璧主義者の影山は、検察から提出された資料だけでは満足せず、鑑定のためにさらに詳しい情報を求める。そして、実際にその情報収集を行うのが、助手としての凜の仕事だった。

「それだけじゃなく、現場の周辺の写真をできるだけたくさん撮ってきてくれ。できるだけ画質のいいカメラでね」

影山は薄い唇に、かすかな笑みを浮かべた。

2

翌日の昼下がり、洒落《しゃれ》たカフェが立ち並ぶ自由が丘の街を、凜は外国人観光客のように無骨なデジタルカメラを首からぶら下げながら闊歩《かっぽ》していた。

天気も良いのでカフェで優雅なアフタヌーンティーでも楽しみたいところだが、向かっている場所で起きたことを考えると、そんな気分ではなくなってしまう。

スマートフォンの位置情報を頼りに駅を出て十分ほど閑静な住宅街を歩いていくと、目的の場所についた。事件現場となったマンション。八階建てとそれほど高さはないが、豪奢《ごうしゃ》なエントランスから高級感が伝わってくる。敷地を囲む高いブロック塀の上からは、背の高い樹々《きぎ》が青々とした葉を蓄えた枝を伸ばしている。

敷地の周りを一周してみる。生い茂る葉の隙間から、大きな窓やベランダがかすかに覗《のぞ》いていた。内廊下になっているらしく、外から住居の玄関を見ることはできなかった。首を反らすと、屋上にフェンスが張り巡らされているのが見て取れる。

さて、これからどうしようか。凜は頰を掻《か》く。影山に話を聞いてこいと言われたが、エントランスはオートロックになっている。マンション内に入るのは難しいし、住人に話を聞くのは輪をかけて困難だろう。

高級感あふれるマンションで起きた悲惨な事件。住人にとっては触れてほしくない話題のはずだ。

とりあえず、写真を撮りながら考えよう。昨日の帰り、家電量販店で購入したデジタルカメラを両手で構えた凜は、マンションにレンズを向けてシャッターを切っていく。

「ちょっと、あなた！」

屋上の撮影をしていると、突然背後から怒気を孕《はら》んだ声をかけられた。慌てて振り返ると、ワンピース姿の中年女性が、やや頰の肉がたるんだ顔を紅潮させていた。

「なに勝手にうちのマンションを撮影しているのよ！」

どうやら、このマンションの住人のようだ。なんと答えてよいか分からず、「いえ、その……」と戸惑っているうちに、女性は大股に近づいてきた。

「いい加減にしてよ！　あの事件から何ヶ月経っていると思っているの。もう、旦那さんも引き払ったんだから、ここに来ても意味ないでしょ。あんたたちみたいなのが面白おかしく記事を書くせいで、このマンションの価格がどんどん下がっているのよ！」

「いえ、違うんです。私は記者じゃありません」

凛が慌てて言うと、女性は「記者じゃない？」と疑わしげな眼差しを向けてきた。

「光陵医大附属雑司ヶ谷病院の医師で、弓削と申します」

凛はジャケットのポケットから名刺を取り出し、女性に差し出した。

「お医者さん……？」女性は受け取った名刺をまじまじと見る。「なんでお医者さんが、マンションの写真を撮ってるの？」

誤解が解けたようだが、凛を見る彼女の目つきには、いまだに強い警戒心が浮かんでいた。

「このマンションで起きた事件に関する精神鑑定をうちの病院が引き受けたため、あらためて情報収集を行っています」

正直に答えると、女性は腫れぼったい目をしばたたいた。

「それって、あなたの病院に横溝さんがいるっていうこと？」

「被疑者の居場所についてはお伝えできませんが、横溝美里さんの事件について調べています」

「そうなんだ……。本当に不幸な事件よね。まさか自分のお子さんにあんなことを……。でも、彼女の状況を考えると、あんまり責める気にもならないよねぇ」

「美里さんとお知り合いだったんですか⁉」

「知り合いってほどじゃないけど、同じ階に住んでいたからね。ときどきお話とかしたわよ」

「あの、よろしければ少しお話を伺わせて頂けませんか⁉」

勢い込んで言うと、女性は「べつにいいけど……」と軽くのけぞった。

「事件の直前、美里さんの様子はどんな感じでしたか？」

「見ていて不安になるぐらい顔色悪かったわね。こっちが挨拶しても、返事しなくなったし」

「無視するようになったってことですか？」

「無視というより、周りの声が耳に入っていないっていう感じ。まあ、あれだけ追い詰められれば仕方ないわよね」

女性はつらそうに首を横に振る。

「追い詰められたって、なにがあったんですか？」

「事件の一ヶ月くらい前から、娘さんの夜泣きがひどくなってね。それについて何度もクレームを入れる住人がいたのよ。気になって眠れないから、泣き止ませろってね」

「こんなしっかりした作りのマンションなのに、そんなに音漏れが？」

凜は反射的にマンションを見上げる。

「泣き声っていっても、窓を開けていればかすかに聞こえるっていうくらいよ。ただね、横溝さんの部屋の下に神経質な老夫婦が住んでいてね。夜風が好きだとか言って、窓を開けて寝るのよ。それで泣き声が気になるって言いだして。いやよねぇ、子供なんて泣くのが仕事なのに」

たった一人で誰にも頼れず、一晩中夜泣きする娘の育児を行い、さらに近隣住人からクレームを浴びていた。美里がとてつもないストレスに晒《さら》されていたことは想像に難くなかった。

「それで、追い詰められた美里さんは部屋から飛び降りたんですね。けれど運よくと言うか、足の骨折だけで済んだ」

「運よくってわけじゃないと思うけど……」女性はぼそりとつぶやく。

「え、どういうことですか？　たしか、美里さんの部屋は四階でしたよね。そこから飛び降りたら、普通なら命にかかわるような大怪我《おおけが》するんじゃないですか」

「地面が硬ければそうかもしれないわね」

「地面が硬ければ……」凜は首を回してブロック塀を見つめた。「このブロック塀の向こう側が、美里さんが落下した裏庭ですよね。そこってどうなっているんですか?」

「ここの裏庭は一面大きな花壇になっていて、いつもきれいな花が咲いているの」

女性が誇らしげに言うのを聞きながら、凜は首を反らしていく。

覆いかぶさるように生えている巨樹の枝が、やけに不気味に見えた。

3

「住人の主婦によると、これが美里さんが飛び降りたベランダらしいです」

凜が写真を指さすと、デスクの向こう側に座っている影山はかすかにあごを引いた。

事件現場を訪れた翌日の日曜日、凜は雑司ヶ谷病院の院長室で影山に調査の結果を報告していた。

美里の夫にも話を聞きたかったのだが、連絡したところ、「もう妻とはかかわりたくない」と断られてしまった。聞くところによると、弁護士を通じて美里に離婚を迫っているらしい。

「このベランダの下には、かなり密に樹の枝が生えています。そして、その下は広い花壇になっていて、柔らかい土が敷き詰められていました」

「あの程度の怪我で済んだのは、偶然ではないということか……」影山は鼻の頭を撫でる。

「そうです。この条件なら、もっと軽症でもおかしくありませんでした。マンションには屋上がありました。もし確実に自分の命を絶ちたいなら、屋上から飛び降りるんじゃないでしょうか?」

「横溝さんが本気で自殺をしようとしていたわけじゃない。そう思っているのかな?」

「それは、……分かりません」

正直に答えると、影山はデスクに積まれた資料の中からファイルを取り出した。

「これは、横溝さんが住んでいたマンションの間取りだ。このリビングで、彼女は娘さんの首を絞めて殺害した」

影山は見取り図を指さす。そこで起きた悲劇を想像し、凛は口元に力を込めた。

「そして、君が撮ってきた写真に写っているこのベランダは、リビングのすぐ外にある。娘を殺《あや》めてしまい、パニック状態になった横溝さんが、正確な状況判断ができないままベランダに出て飛び降りたとしても不思議ではない」

理路整然とした説明に反論ができなかった。影山の目がすっと細くなる。

「横溝さんは詐病《さびょう》、つまり精神疾患を装っているだけかもしれない。君はそう考えているんだな」

図星を突かれ、凛は表情をこわばらせる。

「すみません。患者さんに対してそんなふうに疑ってかかるべきじゃないとは思っているんですが、どうしても美里さんが口にした『悪魔に脅された』っていうセリフが引っ掛かって……」

頭を下げると、頭頂部に「顔を上げなさい」と鋭い言葉が飛んでくる。慌てて言われた通りにすると、影山と目が合った。心の奥底まで覗き込んでくるようなその眼差しに動けなくなる。

「謝罪する必要はない」

「え?」

「我々は主治医としてではなく、司法制度の定めに従って精神鑑定医として横溝さんに接している。彼女は鑑定すべき被疑者だ。精神鑑定医は事件の被害者のためにも、ありとあらゆる可能性を検討し、そのうえで正しい鑑定を下すよう最大限の努力をする義務がある」

そこで言葉を切った影山は、一呼吸置いたあとかすかに頷く。

「だから、君は間違っていない」

尊敬する指導医からの言葉を受け止めつつ、凜は「はい！」と覇気のこもった返事をした。

影山はデスクに両肘をつくと、「さて」と手を組む。

「もし君の想像通り、命までは落とさないことを分かってベランダから飛び降りたと仮定したら、どういうことになる？」

「事件当時、妄想により完全に混乱していたわけではなく、ある程度の判断能力が残っていたことになると思います」

「判断能力が残っていたにもかかわらず、なぜ娘を殺害するという恐ろしい行動にでた？」

「美里さんが育児に追い詰められ、産後うつ病になっていたのは、近所の住人の話からも間違いないと思います。そして、原因である娘さんがいなくなればと思ってしまい、発作的に……」

「それで？」言い淀《よど》んだ凜に、影山が先を促す。

「娘さんを殺害後、我に返った美里さんは、とんでもないことをしてしまったと気づいた。このままだと、殺人罪で逮捕されることになる。だから少しでも罪を軽くしようと、心中を装った」

「たしかに同じ殺人でも、心中の失敗により子供だけ亡くなったケースでは、情状酌量により罪が軽くなることが多い。それを狙ったということか」

凜が「そう思います」と答えると、影山は組んだ両手にあごを載せる。

「その仮説が正しかった場合、犯行の要因として産後うつ病がかかわっているが、犯行時に責任能力が完全に失われていたわけではない。つまり心神耗弱《こうじやく》状態で、減刑の対象ではあるが、罪には問えるということだ」

「もしかしたら、美里さんにはその辺りの知識があったんじゃないでしょうか？　元看護師だったから、精神疾患と司法について、ある程度の知識があってもおかしくないと思うんです」

「あり得る話だ。彼女は数年間、大学病院に勤務し、そのうち一年ほど精神科病棟に属していた」

凛は「え?」と目を大きくする。渡された資料には、美里がどの病棟に所属していたかまでは記載されていなかったはずだ。影山が薄い唇の片端をわずかに上げる。

「君に調査をまかせて、ここでふんぞり返っていたとでも思っていたのかな」

そう思っていた凛は、「いえ、それは……」と言葉を濁す。

「昨日、横溝さんが以前勤めていた大学病院の知人に電話をかけ、彼女の勤務態度を確認してもらった。知人が調べてくれたところによると、真面目で有能だがやや融通がきかず、責任を背負い込みすぎるところがあったらしい。うつ病になりやすい性格といえるだろう」

「その……、お疲れ様です」

凛が首をすくめると、影山は普段の無表情に戻る。

「さて、これまでの君の仮説をまとめると、横溝さんは産後うつによる心神耗弱状態で娘を殺害してしまった。そして、罪を軽くしようと、死ぬことはないと分かったうえでベランダから飛び降りた。計算通り、密に生えていた樹の枝と、花壇の柔らかさで衝撃は吸収され、彼女は足を骨折しただけで済んだ。そこまでは道理が通っている。しかしそれならなぜ、彼女は一昨日の面接の際に突然、『悪魔に脅されてあんなことをした』などと言い出したんだ?」

「これもあくまで仮説なんですが、美里さんは私と同じような勘違いをしたんじゃないでしょうか?　うつ病では心神耗弱の鑑定は受けられても、心神喪失は認められないと」

「つまり、このままでは不起訴にはならないと考えた彼女が、事件の際、統合失調症による混乱状態であったと見せかけようとしているということだな」

「はい、そう考えたら辻褄《つじつま》が合うと思うんです」

影山は無言で考え込みはじめる。凜は緊張しつつ、彼の次の言葉を待った。

たっぷり三分は黙り込んだあと、影山は薄い唇を開く。

「たしかに論理だってはいる。しかし、まだあくまで一つの仮説でしかない。これから、君の想像が正しいのか慎重に判定していく必要がある」

「判定と言うと、どのようにですか？」

「もちろん面接でだ。明日の午後、また彼女の面接を行う。面接を重ねて相手の心の奥底を覗き込み、そこに蠢《うごめ》く闇の正体を探る。それこそが精神鑑定だ」


院長室をあとにした凜は、白衣を着て閉鎖病棟の廊下を歩いていた。横溝美里の面接は明日行うことになっている。今日はもう帰宅してもいいのだが、その前に美里の姿を見ておきたかった。

彼女は本当に詐病なのだろうか？　責任能力がある状態で我が子を手にかけたのだろうか？

一昨日の面接の際、痛みに耐えているような表情で俯いていた美里の姿を思い出す。

精神疾患による妄想に囚われていたわけでもなく、自分の子供の命を奪う。そんな恐ろしいことを彼女が起こしたと信じたくなかった。

けれど、美里さんが娘を殺害したことは、紛れもない事実……。頭痛をおぼえた凜は、顔をしかめてこめかみを押さえる。この二ヶ月、影山の助手となってから頻繁に、九年前の記憶がフラッシュバックするようになっていた。哀《かな》しみ、怒り、そして後悔、あの日の感情が鮮明に蘇《よみがえ》ってくる。

心神喪失者の行為は、罰しない。刑法三十九条のその規定は正しいものなのだろうか？　犯人がどのような状態であったとしても、被害者、そしてその周囲の者が受ける苦しみには違いはない。

いや、犯人が法で裁かれない分、その苦しみは大きいかもしれない。

果たしてそれでいいのか？　心神喪失者が犯した罪、背負うべき者が存在しないその十字架はいったいどこに消えてしまうというのだろう。九年前の事件、自分の価値観を一変させたあの恐ろしい事件から数えきれないほど繰り返し考えてきた疑問が頭の中に溢《あふ》れてくる。

いや、いまはそんなことを考えるべきじゃない。精神鑑定医として先入観を持つことなく診断を下すように努めなくては。頭を振った凜は、病棟の奥にある保護エリアの扉を開ける。

短い廊下を進み、美里がいる一番奥の保護室の前まで移動すると、そっと窓を覗き込む。六畳ほどの殺風景な部屋で、美里は床が一段高くなっただけの低いベッドに腰かけ、俯いていた。その横顔には長い髪がかかり、はっきりと観察することはできないが、かすかに口元が動いているのが見てとれる。

凜はここに来る前に看護師から聞いた話を思い出す。昨日あたりから、美里はこれまでほとんど見られなかった独語が目立つようになっているらしい。その内容ははっきりとは聞き取れないものの、頻繁に『悪魔』という単語が出てくるということだ。

精神症状が悪化したのではないかと考え、主治医である影山に処方の変更などの必要がないか訊ねたが、「明日の面接まで様子を見たい」という返答だったらしい。

黙って観察を続けていると、美里がこちらを見た気がした。簾《すだれ》のような髪の隙間から、ビー玉のような生気のない瞳が覗く。

視線が合った。凜がそう思った瞬間、唐突に美里が自らの手首に噛みついた。

なにが起こったのか理解できなかった。美里の手首から紅《あか》い血液が溢れだすのを、ただガラス窓越しに眺めながら、凜は立ち尽くす。

手から血を滴《したた》らせながら美里が崩れ落ちるのを見てようやく我に返った凛は、ポケットからキーケースを出して錠を開けると、保護室に飛び込んだ。

「美里さん！　美里さん、大丈夫ですか⁉」

倒れている美里に駆け寄ると、彼女はなにか小声でつぶやいた。

「なんですか？　なにが言いたいんですか⁉」

ハンカチを傷口に当てながら、美里の口元に耳を近づける。木目調の床に血液が広がっていた。

「悪魔……、悪魔が自殺しろって……」

熱に浮かされたようなその言葉を聞いた瞬間、背中に冷たい震えが走った。

「誰か来て！　患者が負傷した！　早く救急カートを！」

凛は圧迫止血を試みつつ、天井に取り付けられている監視カメラに声を張り上げる。やがて、遠くから数人の足音が近づいてきた。気づいた看護師たちが駆けつけているのだろう。

安堵《あんど》の息を吐いて美里に視線を戻した凛は、目を疑った。

美里が微笑んでいた。血色の悪い顔には嘲笑するような、いびつな笑みが浮かんでいた。

看護師たちが部屋に飛び込んでくる。

「弓削先生、なにがあったんですか⁉」

凛は答えることもできず、呆然《ぼうぜん》と美里の顔を見つめ続けた。

## 4

「悪魔に自殺しろと言われた。そう彼女は言ったんだな」

隣の席に座る影山の質問に、凜は固く口を結んだまま頷いた。

翌日の夕方、凜は影山とともに面接室にいた。横溝美里との面接を行うために。

昨日、手首を噛んだ美里は、すぐに緊急処置を受けた。幸いなことに傷は動脈に達しておらず、数分後には止血することができた。大学病院の本院から呼ばれた外科医が傷の縫合処置を行い、いまは再び保護室に隔離している。

面接を延期した方がよいのではないかと思ったが、昨日、監視カメラのモニターで治療後の美里の様子を確認した影山は、「面接は予定通り行う」と決定を下した。

「あの、本当に今日面接して大丈夫なんでしょうか？　昨日あんなことがあったんだから、少し落ち着くまで時間を置いた方がいいんじゃ……」

「あんなことがあったからこそ、今日面接を行うんだ」影山は迷いのない口調で言う。「なぜ昨日、自殺を図ったのか、彼女自身の記憶が鮮明なうちに話を聞きたい。一般的な精神科の治療では、患者が混乱している場合、ひとまず落ち着かせるのがセオリーだ。しかしこと精神鑑定では、興奮状態で面接を行い、精神症状を観察するのも一つの方法だ」

「美里さんは、……本当に自殺しようとしていたのでしょうか？」

「どういう意味だ？」影山が横目で視線を送ってくる。

「手首を嚙み切る前、美里さんはガラス窓から覗いている私をちらっと見た気がするんです」

「君がいるのを確認してから、自傷に及んだということか。その状況なら、すぐに処置を受けることができ、命を落とすことがないと分かっていて」

「はい、そう思います。そもそも、本気で自殺する気なら、手首を嚙んだりはしないんじゃないでしょうか。手首に走る橈骨《とうこつ》動脈は頑丈な腱《けん》と骨に守られていて、そう簡単には損傷しません。看護師ならそれくらいのこと、当然知っているはずです。事実、美里さんの傷もすぐ止血できました」

「なるほど、しかしこうも考えられる」影山は人差し指を立てた。「保護室は自殺を防止するために細心の注意を払って作られている。首吊《くびつ》りを防止するため、ものを引っかけるような突起は一切ない。食事の際もナイフやフォークなどは使わせず、食器はプラスチック製のスプーンと皿ぐらいだ。そのような環境のため、しかたなく手首を嚙み切るという方法を取った」

「……笑ったんです」

凜は喉の奥から声を絞り出す。影山は「笑った？」と眉をひそめた。

「そうです。看護師が駆けつけたとき、美里さんは……笑っていたんです」

「……計画通りに自殺未遂を装うことができ、自分が精神疾患で混乱しているということを強くアピールできた。そう思って横溝さんは笑った。そう言いたいのか？」

「そうです。昨日の自殺未遂と、事件の際の飛び降り、私にはこの二つが全く同じ目的で行われたもののような気がするんです！」

早口でまくしたて、拳を握り込んだ凜は、影山に「落ち着きなさい」と諭されて我に返る。

「仮説を検討するのはいいが、感情的になるべきではない。強い感情は視野狭窄《きょうさく》を引き起こし、診断の妨げになる」

「……すみません」

「君の主張はよく理解できた。ただ、そのうえで少し気になることがある」

「気になること？　それはなんですか？」

勢い込んで訊ねるが、影山は質問には答えず「ああ、そうだ」とつぶやいた。

「今日の面接は君が中心になって行いなさい。私は頭を整理しながら、横で見ていよう」

「私がですか⁉」声が裏返る。「待ってください。私は先生の助手にして頂いて二ヶ月しか経っていないんですよ。まだ、一度も自分で精神鑑定の面接をした経験もないですし……」

「では君にとって今日が、精神鑑定医としての初めての面接というだけのことだな」

こともなげに言う影山に、凜は「だけって……」と言葉を失う。

自分が精神鑑定を行う。法に触れる行為を行った人物に、責任能力があったか否かを判定する。背中にのしかかってきた責任感に押しつぶされそうだった。

「精神鑑定は初めてでも、これまで精神科医として多くの患者を診察してきたはずだ。基本的にはそれと変わりない。それに、当然私もサポートをする。だから自信を持ってやりなさい」

一人で鑑定を行うわけではない。日本有数の精神鑑定医が隣にいてくれる。揺れていた心の重心が安定する。

「……分かりました。やります」

覚悟を決めたとき、見計らっていたかのようにノックの音が響いた。影山が「どうぞ」と答えると、やけにゆっくりと扉が開いていった。看護師に付き添われ室内に入ってきた美里の姿を見て、心臓の鼓動が加速していく。松葉杖をつく彼女の右手の手首には、包帯が厚く巻かれていた。

机の向こう側の椅子に美里が腰かけ、看護師が部屋から出ていく。

凜は乱れている呼吸を整えつつ、美里の様子を観察する。背中を曲げ、力なく俯いている姿は前回と同じだ。しかし、髪の隙間からこちらを見る目、それが全く違っていた。前回は焦点の合っていなかったその瞳が、昏《くら》い闇を湛えてこちらに注がれている。

凜は喉を鳴らして唾を呑み下す。

「手首のお加減はいかがですか？　痛みはありませんか？」

影山が訊ねると、美里は「はい……」と弱々しく答えた。

「それは良かった。本日の面接は弓削医師が主にお話を伺う予定です。よろしいでしょうか？」

美里はゆっくりと首を回し、凛を見つめる。

「……かまいません」

「ありがとうございます。それでは弓削先生、どうぞ」

影山に促された凛は、頭の中で訊ねるべきことをシミュレーションしつつ口を開いた。

「美里さん、昨日手首を噛んだときのことを覚えていますか？」

「はい……、覚えています」美里はほとんど唇を動かさずに言う。

「どうしてあんなことをしたんですか？」

「悪魔に命令されたからです。『手首を噛み切って死ね』って」

「……そうですか。すぐに駆けつけた私にそう言いましたね」

「昨日はありがとうございました。弓削先生が助けてくれたおかげで、死なずに済みました」

「……悪魔に命令されて死のうと思ったのに、助かってよかったと感じるんですか」

「ええ、もちろん。死ぬのは怖いですから」

美里は作り物じみた笑みを浮かべる。

「あのとき、私が外にいたことに気づいていましたか？」

「いいえ、全然気づきませんでした」

嘘《うそ》だ。手首を噛む前、この人は間違いなく私を確認した。

胸の中で美里に対する疑惑が大きく膨らんでいく。しかし、気づいていたはずだと指摘しても、水掛け論になるのは目に見えていた。もっと客観的な根拠を探さなくては。凛は思考を巡らせる。

「この前の面接の最後に、悪魔に脅されて娘さんを殺害したと言っていましたね。その悪魔は、昨日あなたに手首を嚙み切るように命令した悪魔と同じですか」

「……はい、同じ悪魔に見えました。気持ちが悪かったです」美里は鼻の付け根にしわを寄せた。

「警察や検察の取り調べでは、これまで一度も悪魔のことは言っていませんね。どうして、いまになって急に悪魔のことを教えてくれたんですか」

「忘れていたんです」

「忘れていた？」

「事件のときのことはよく覚えていなかったんです。けれど、落ち着いたら、私はずっと悪魔に悩まされていたことを思い出しました。悪魔が『このままだと破産する』とか言ってきて」

「え？　それも悪魔に吹き込まれたんですか⁉」凜は目を見開く。

「ええ、そうです。だから、私は将来が不安になったんです」

それでは、話が変わってくる。貧困妄想があったとしても、それは産後うつ病からではなく、全く違う原因によるものとなる。

いや、あまり複雑に考えない方がいい。答えはもっとシンプルなはずだ。凜は軽く頭を振ると、隣に座る影山の様子をうかがう。彼はまばたきもせず、美里を見つめていた。

ここまでの話を聞いているだけで、ある程度経験のある精神科医なら診断を下せるはずだ。きっと影山ももう確信しているだろう。

横溝美里は精神疾患を、統合失調症を装っているだけだと。

美里の言動は、あまりにも統合失調症患者とかけ離れている。ただ問題は、精神鑑定では素人にも分かるように、診断の根拠を示す必要があることだ。

どうする？　どうすれば、目の前の女性が詐病だと証明できる。必死に頭を働かせる凜に向かい、美里が声をかけてきた。

「あの、弓削先生。私って統合失調症なんじゃないでしょうか？」

虚を突かれ、凜の口が半開きになる。まさか自分から言いだすとは思っていなかった。

「……どうしてそう思うんですか？」

「だって、悪魔に命令されて自殺しようとしたり、娘を殺したりしたんですよ。そんなの、統合失調症しか考えられないじゃないですか」

こちらが『統合失調症』という病名を口にしないことにしびれを切らし、誘導しようとしているのだろうか？　だとしたら、これは悪手だ。

「いえ、その可能性は低いのではないでしょうか」

「なんでですか⁉」美里の声が高くなった。「悪魔に命令されているんですよ。統合失調症の症状でしょ。それに抑うつだって、統合失調症の患者によくみられるじゃないですか」

「一般的に、統合失調症の患者さんは病識、自分が病気であるという認識が希薄です。自分から統合失調症かもしれないと言うことは、ほとんどありません」

「でも、例外はあるんじゃないですか？」

「それだけじゃありません。強い妄想に囚われている統合失調症の患者さんは、思考が支離滅裂になって会話が成り立たないことが多いんです。けれど、美里さんの場合、悪魔の話以外は論理だった会話ができている」

「それは……、逮捕されてすぐは、なにも考えられなかったんです。ただ、この病院に入院して、影山先生の治療を受けてから症状が落ち着いて、こうやって会話ができるようになってきました」

「美里さん、あなたが受けたのはうつ病の治療であって、統合失調症の治療ではありません。二つの病気では、全く違う治療を行います。もし治療により症状が劇的に改善したとしたら、あなたは統合失調症ではなかったという根拠になります」

凛は噛んで含めるように言う。美里は渋い表情で黙り込んだ。

論理だった会話、そしてうつ病の治療による病状の回復。この二点をあげることで、美里が統合失調症ではないという鑑定は可能だろう。しかし、誰をも納得させる根拠としては弱い。起訴した場合、弁護士は徹底的にそこを突いてくる。

そのときあることに気づき、凛は口元に手をやる。産後うつ病による心神耗弱状態で犯行に及んだ美里が、さらに罪を軽くするために統合失調症を装っていると思っていた。しかし、もしかしたらうつ症状自体が詐病だったのではないだろうか。周囲の人間に抑うつ状態であることをアピールしたうえで、自らの人生の邪魔となった娘を手にかけ、罪を逃れようとした。

そんな恐ろしいことをしたとは考えたくない。しかし、美里の言動はそれを疑わせるに足るものだった。

少なくとも、彼女は起訴されるべきだ。そのためには、統合失調症でないことだけでもはっきり証明しなければ。けれど、どうやって……。

考え込んだ凛はふと、ついさっき美里が発した言葉を思い出し、目を見開いた。

「美里さん、さっき『同じ悪魔に見えました』って言いましたよね」

「はい。それがどうかしましたか？」美里は首をひねる。

「その悪魔は、どんな姿をしているのか説明ができますか？」

「……ええ、もちろん」美里は視線を天井あたりに彷徨わせながら説明をはじめる。「顔は牛で、大きな牙と角が生えています。身長は天井に届きそうなくらい高くて、手には槍《やり》を……」

美里の説明を聞き終えた凜は、小さく息を吐いた。

「美里さん、本当にそんな姿をした『悪魔』が見えたんですね」

「だから、そう言っているじゃないですか」

美里は苛立《いらだ》たしげにかぶりを振る。

「けれど美里さん、統合失調症でよく認められる幻覚は、『幻聴』なんですよ。悪魔や神様の『声を聞く』ことはありますが、『姿を見る』のは、かなりまれなんです」

顔をこわばらせる美里を見つめながら、凜が話し続ける。

「これで、統合失調症だという主張の根拠となっていた幻覚も、典型的なものではないことが分かりました。これに論理的な受け答えができ、さらにはうつ病の治療によって回復したことも合わせて考えると、あなたは統合失調症を患ってはいないと診断できます」

目を泳がせる美里に向かって、凜ははっきりと宣告する。

「……間違ってました」美里が声を絞り出す。「悪魔の姿が見えたっていうのは勘違いでした。本当は声を聞いただけです」

「……そうですか」

凜は冷めた声で言う。あれだけ具体的に『悪魔』の特徴を述べておいて、いまさら勘違いだとは。語るに落ちたとはこのことだ。

この人は犯行当時、統合失調症ではなかった。それだけでなく、おそらく抑うつ症状も詐病……。

「お願いだから信じてください。私は自分の意志で、あんな恐ろしいことをしたわけじゃありません。誰かに操られて……。だから、私に責任はないんです！」

縋りつくように言葉を重ねる美里を見て、凜は軋《きし》むほどに強く奥歯を噛みしめる。そうしないと、美里を怒鳴りつけてしまいそうだった。たとえ、精神疾患で正常な判断ができなかったとしても、自らの子供の命を奪ってしまったという事実に違いはないのだ。それなのに、なぜ母親の口から「私に責任はない」などという言葉が出てくるのだろうか。

「興奮させてしまい、申し訳ありません。今日の面接はこれで終わりにしましょう」

必死に慇懃《いんぎん》な態度を保ちつつ、凜が提案する。美里はさらに興奮し、「話を聞いて!」「誤解です!」などとわめきたてた。

凜が机の上にあるボタンを押して看護師を呼ぼうとしたとき、不意に影山が声を発した。

「安心してください、横溝さん。あなたに責任はないですよ」

凜は耳を疑い、硬直する。影山の言葉の意味が理解できなかった。机の向こう側で、美里も呆《ほう》けた表情を晒している。

「影山先生、いったい何を……?」

凜が聞き返すと、影山は小さく肩をすくめた。

「君が言った通り、横溝さんは統合失調症とは思えない。しかし、統合失調症ではなかったとしても、悪魔の姿をはっきり見て、それに命令されるままに犯行に及んだとしたら、事件当時は妄想に囚われた状態で、正常な判断ができなかったと思われる」

「で、でも、美里さんはいま、悪魔の姿は見ていないって……」

「それは君に追い詰められ、混乱してしまったからだろう。昨日、自殺を図ったことも考えると、まだ横溝さんには強い精神症状が出ている。その状態では、受け答えがおかしくなるのも当然だ。横溝さんは犯行時、非定型の精神疾患による妄想に突き動かされ、自らの行動をコントロールできなかった。それが私の診断だ」

そんな馬鹿な……。あまりにも道理から外れている影山の診断に言葉を失う凜の隣で、影山は普段とはうって変わって柔らかい口調で言った。

「大丈夫ですよ、横溝さん。私がいま言った内容を鑑定書にして提出すれば、検察はあなたを不起訴にするでしょう」

そこで言葉を切った影山は、美里に向かってかすかに微笑む。

「あなたは裁かれることはありません。なんの責任もないのですから」

そんなのダメだ！　凜が声を上げようとした瞬間、大きな音が響き渡った。見ると、顔を真っ赤にした美里が、ギプスを嵌《は》めた足をついて立ち上がっていた。その後ろには立った勢いで倒れたのか、椅子が転がっている。

「ダメです！」悲鳴じみた声で美里は叫ぶ。「そんなの絶対にダメです！」

肩で息をする美里を前に、凜は唖然《あぜん》とする。なぜ、美里が興奮しているのか分からなかった。

「なにがダメなんですか？」

平板な口調に戻った影山は、すっと目を細めた。美里ははっとした表情で立ち尽くす。

「いま私は、あなたには犯行に対する責任がないと言ったんですよ。あなたが主張していた通りの診断です。それなのに、なぜそんなに興奮して否定したんですか？」

影山は立ち上がって机の向こう側に回り込むと、倒れている椅子を「どうぞ」と立てた。美里は崩れ落ちるように、その椅子に座る。

「あ、あの、どういうことなんですか？　美里さんは統合失調症じゃないんですよね？」

状況が理解できず、凜は軽く頭を振った。

「ああ、統合失調症じゃない。もちろん、悪魔に命令されたという話もでたらめだ」

「それじゃあ、さびょ……」

反射的に『詐病』と口にしかけ、凜は慌てて口をつぐむ。しかし、そんな凜を尻目に、影山は「いいや、詐病でもない」とはっきりと言った。

「詐病というのは、自分が疾患に罹《かか》っていると誤認させ、利益を得ようとするものだ。しかし、今回のケースはそれに当たらない。横溝さんは自分が統合失調症だと誤認させようとも、利益を得ようともしていないからだ」

「でも、美里さんは自分が統合失調症だって……」凜は混乱する頭を押さえる。

影山は再び、美里の対面の席に腰かけた。

「最初から説明しよう。鑑定のために移送されてきた横溝さんを見てすぐ、私は重度のうつ病だと診断した。ほぼ全ての症状がうつ病で説明がつき、置かれていた環境も産後うつ病を十分に発症しうるものだった。そして、うつ病の治療を行って症状が回復していったのも、診断を裏付けた」

影山は細かく震える美里を見る。

「前回の面接では、犯行当時の話を聞いて、事件がうつ病の妄想によって引き起こされたことを確かめるつもりだった。けれど、最後にあなたは予想していなかったことを口にした」

「……悪魔に脅された」

凜がぼそりとつぶやくと、影山は「そうだ」と頷いた。

「その妄想はうつ病ではなく、統合失調症などで認められるものだ。しかし、横溝さんの言動と治療に対する反応を見ると、産後うつ病を患っていたのは間違いない。そこで私は二つの仮説を立てた。一つはうつ病と同時に、統合失調症も発病していた。そしてもう一つは……詐病だ」

影山は美里を見つめたまま、一定のペースで話していく。

「うつ病だけでは不起訴にはならないと考えたあなたが、統合失調症を装って罪を軽くしようとしている可能性がある。そう考えた」

そうだ、私もそう思った。それを裏付ける根拠も、いくつも見つけた。それなのになぜ……？

影山は「しかし」と説明を続ける。

「あなたの言動は、あまりにも統合失調症とかけ離れていた。もしあなたが素人なら、統合失調症の症状を知らなかったと考えたでしょう。だが、あなたは精神科病棟での勤務経験がある。統合失調症の患者を多く見てきたはずだ。そこで私はもう一つの仮説を思いついた」

「もう一つの仮説⁉」凛は前のめりになる。「それはなんですか？」

「横溝さんは統合失調症だと診断して欲しかったんじゃない。統合失調症を装った詐病だと診断してもらうこと、それこそが目的なのではないか。そう思ったんだ」

「詐病だと診断……？　でも、そんな鑑定書が提出されたら、美里さんは裁判に……」

「そう、裁判にかけられる。あなたはそれを望んでいた。違いますか？」

影山が問いかけるが、美里は俯いて口を固く結んだままだった。

裁判にかけられること。不起訴にならないことこそが目的？　想像だにしなかった言葉に、あんぐりと口を開く凛を尻目に、影山がさらに言葉を続ける。

「私が考えた仮説はこうです。事件後はうつ病による思考能力の低下で、あなたは今後のことまで想像できなかった。しかし、治療により病状が回復し、前回の面接で事件のあらましを説明した際に気づいた。このままでは、自分は心神喪失として不起訴になると。だからこそ、とっさに『悪魔に命令された』という作り話を口走った。詐病だと思わせるために」

抑揚のない影山の言葉が、部屋に反響する。

「そして、あなたは弓削君が見ている前で手首を噛んだり、悪魔の姿をこれ見よがしにまくし立てたりと、おおげさな芝居を繰り返し、必死に自分が詐病であるかのように見せかけた。そうすれば、鑑定書では統合失調症については『詐病』という報告になる。その結果、うつ病についても疑惑が生まれ、検察は起訴が可能という判断をすると思ったから。それが私の仮説でした」

影山は一度言葉を切ると、美里の瞳を覗き込む。

「だから、私はさっき『犯行時、心神喪失状態だった』という鑑定書を書くと言ったんです。あなたが罪を逃れたいと思っているのか、それとも断罪されたいと思っているのか知るために」

その結果、美里は心神喪失の鑑定を受けることに強い拒否反応を示した。つまり、影山の最後の仮説が正しかった。

「なんで、そこまで……」

凜が言葉を漏らすと、影山は小さく息を吐いた。

「なんで？　そんなの決まっているじゃないか。赦《ゆる》せなかったからだよ。たとえ疾患により判断能力を失った状態であっても、我が子を手にかけてしまった自分自身を」

美里の表情が大きく歪《ゆが》む。

「もし起訴されれば、殺人罪で第一審は裁判員裁判となる。必死に統合失調症を装って罪を逃れようとしていたと報告されれば、裁判員の心証を著しく損ねるだろう。極めて重い判決が下される可能性が高い。それこそが、あなたの計画だった。そうですね？」

影山に水を向けられた美里は、細かく震える唇を開いた。

「私は……、これからどうなるんでしょう……？」

「犯行時、重度の産後うつ病による妄想状態にあったという鑑定書を検察に提出します。もちろん、ベランダから飛び降りたのは、本気で心中を図ったものだったとも。彼らはおそらく不起訴の判定を下し、あなたは医療観察法に基づいて、指定された精神科病院で社会復帰を目指して治療を受けることになるでしょう。一般的には、鑑定を受けたこの病院に入院することになります」

「社会復帰⁉」美里は喘《あえ》ぐように叫ぶ。「私が社会復帰なんてしていいわけがありません！ 私が罰を受けないなんて、そんなの赦されるわけないじゃないですか！ 影山先生、お願いですから、犯行時に私が正常だったという鑑定書を提出してください。どうか、私を殺人で……、あの子を殺した罪で裁いてください！」

「それはできません。私の職務はあなたを裁くことじゃない。精神鑑定医としてあなたを診察し、正しい判断を下すことです」

感情を排した声で影山が告げると、美里は両手で頭を抱えた。

「でも、私は覚えているんです！ この手で娘の首を絞めたことを。守らなきゃいけない命を、自分で奪ってしまったことを。たとえ病気が原因だったとしても、私があの子を殺してしまったという事実は変わらないんです！ だからお願いです。……私に償いをさせてください」

「法は贖罪《しょくざい》のための道具ではなく、社会の秩序を維持するために定められたルールです。個人の感情によってそれが歪められることはありません」

美里は呻き声を漏らして机に顔を伏せた。悲痛な慟哭《どうこく》が満ちる部屋で、凛はただ呆然と成り行きを見守ることしかできなかった。

不意に影山は身を乗り出すと、美里の震える肩に手を添える。美里は緩慢に顔を上げ、充血した目で影山を見上げた。

「横溝さん、あなたを犯行に駆り立てた心の闇は、疾患により生じたものです。だから、法によって罰せられることでの償いはできない。それなら、あなたはそれ以外の方法で罪を償うことを考えるべきではないでしょうか？」

「……それ以外の方法？　そんな方法が……あるんですか？」

何度もしゃくりあげながら美里は訊ねる。

「それはあなた自身が考え、見つけていくんです。これからの人生をかけて。それが、本当の贖罪ではないでしょうか。私は精神科医として、それを見つける手伝いをします」

美里は嗚咽《おえつ》をこらえるためか、口を固く結んだ。

「まずは治療を進め、あなたの心に生じた闇を消し去りましょう。そして、これからどう生きていくべきなのかを、ゆっくり考えてください。きっと、それを娘さんも望んでいると思います」

耐えきれなくなったのか、美里が大声で泣き出す。凜は目を伏せ、彼女から視線を外した。

「ごめんね……、玲香、ほんとうにごめんね……」

切れ切れの謝罪が、凜の鼓膜を揺らした。

数分して美里が落ち着くのを見計らって、影山が机の上にあるボタンを押し、外に控えていた看護師を呼んだ。看護師に付き添われた美里は、泣きはらした顔をこちらに向けると、会釈をして部屋をあとにした。

「不満そうだな」

扉が閉まると同時に、影山がつぶやく。

「それを娘さんも望んでいると思います。私のその言葉が気に入らなかったようだな」

内心を見透かされ、凜は「いえ、その……」と言葉に詰まった。

「君が正しいよ。そんな言葉、気休めの詭弁《きべん》に過ぎない。物心つく前に母親に殺害された子供が、そんなことを望むはずがない。そもそも、死者の気持ちを推測するなど傲慢《ごうまん》もいいところだ」

予想外の辛辣《しんらつ》な言葉に、凜は目を見張る。

「犯行の原因が精神疾患であっても、被害者やその周囲の者の苦悩がやわらぐわけではない。ただ、法では犯人を裁けなくなる、それだけのことだ。このシステムが本当に正しいのかさえ、議論の余地は残るところだ」

昨日、自分が考えていたことと全く同じセリフが影山の口から飛び出し、凜は驚く。

「じゃあ、なんで先生はあんなことを美里さんに言ったんですか？」

「私は彼女の精神鑑定医であると同時に、今後、主治医となる可能性があるからだ。その詭弁が、彼女の心の闇を消すためには必要だと判断した。これで納得できるかな？」

「はい……。あの……、さっきは申し訳ありませんでした」

凜がおずおずと謝罪すると、影山は「なにがだ？」と眉根を寄せた。

「美里さんの診断です。私は騙《だま》されて、美里さんが罪を軽くしようと詐病をしているものだと……」

「謝る必要はない」

凜が「でも……」と口ごもると、影山が目を見つめてきた。

「君は見習いだ。私は君に、鑑定医として正しい診断を下すことを期待していたわけではない」

正しい診断を期待されていなかった。肩を落とす凜に向かい、影山は諭すように言葉を続けた。

「君がするべきことは、経験を積むことだ。助手として多くの症例を経験し、彼らの心の奥底に眠る闇と対峙《たいじ》するんだ。そうすることで、精神鑑定医として成長していくことができる。分かるな？」

「は、はい。分かります」

「君は今回のように精神疾患によって引き起こされた犯行であっても、犯人に罪はあると、本来なら罰せられるべきだと思うかな？」

不意にかけられた重い質問に、凜は言葉に詰まる。それは九年間、凜がずっと悩み続けてきた問いだった。十数秒の沈黙ののち、凜は躊躇《ためら》いがちに答える。

「……分かりません」

「それでいい」

凜は「え？」とまばたきをした。

「いまはまだ、分からなくていい。経験を積んでいくうちに、答えは見つかるだろう。君なりの答えが。それまで、一生懸命学びなさい」

「はい！」凜は丸まっていた背中を伸ばして、声を張り上げた。

「さて、それでは鑑定書をまとめないとな。弓削君、手伝ってくれ」

影山が腰を上げ出入り口に向かう。凜は大きく頷くと、胸を張って立ち上がった。

# 第三話　傷の証言

## 1

「疲れたぁー」

玄関扉を閉めると同時に、そんな声が漏れてしまう。パンプスを脱ぎ捨てると、ジャケットのボタンを外しながら廊下を進んでいく。部屋に入った弓削凜は、バッグを机に放ってジャケットを椅子の背にかけると、顔からベッドに倒れこんだ。抗議するようにスプリングが軋《きし》む。

日曜にもかかわらず、日直に当たっていたため一日中働きづめだった。

名目上、日直は午前八時から午後六時までの待機業務となっている。しかし、凜が勤める光陵医大附属雑司ヶ谷病院は、都内でも最大規模を誇る精神科の専門病院だ。病棟の回診、精神状態が不安定な患者の診察、救急で運ばれてきた急性の覚醒剤精神病患者の治療と入院手続きなど、立て続けに仕事が押し寄せ、昼食を摂《と》る間もなく一日が過ぎていった。

ひとしきりベッドで横になって気力を充電した凜は、ストッキングを脱ぎ、部屋の隅に置かれている小型冷蔵庫に近寄った。扉を開けると、五百ミリリットルのビール缶を取り出し、プルトップの蓋を開ける。炭酸のはじけるシュワシュワという音が、鼓膜を心地よく刺激した。

唇を缶につけようとしたとき、バッグに入れてあるスマートフォンの着信音が響いた。

「なによ、こんなときに」

一瞬、気づかないふりを決め込もうという誘惑にかられるが、病院からの緊急連絡の可能性もある。大きなため息をついた凜は、ビール缶を片手に机へと近づいていった。

病院からでなかったら無視をして、ビールを呷《あお》ろう。そう心に決めてスマートフォンを取り出した凜は、画面を見て肩を落とす。病院からではない。しかし、無視するわけにはいかない相手だった。缶を机の上に置いた凜は『通話』のアイコンに触れ、スマートフォンを顔の横に持ってきた。

「どうも、こんばんは」

挨拶をすると、『こんばんは、弓削君』という、機械音声のような平板な声が返ってきた。

「あの、影山先生、こんな時間になんのご用でしょうか?」

凜は警戒心を込め、電話の相手である影山司に訊《たず》ねる。三ヶ月ほど前から凜は、日本有数の精神鑑定医である影山の助手を務め、精神鑑定を基礎から学んでいた。妥協という言葉を知らない影山は、鑑定に際して徹底的な調査や、大量の資料を必要とする。それを収集することが助手としての凜の一番の仕事だった。これまで何度か、影山がこうして突然電話をかけてきては、資料収集の指示を出されたことがある。

「ご存知かもしれませんけど、さっきまで日直業務で病院中駆けまわっていて、いまようやく家に着いたところなんです。明日も朝から勤務なんで、早めに休みたいんですけど……」

どうせ無駄なんだろうなと思いつつも、同情を誘うような口調で言ってみる。

『そうか、鑑定の依頼が入ったので君も同席したいかと思ったんだが、それなら仕方ないな』

「ちょ、ちょっと待ってください!」通話を終えられそうな気配を感じ、凜は慌てて言う。「いまから鑑定に行くんですか？」

『中目黒《なかめぐろ》で起きた殺人未遂事件の被疑者に精神疾患の疑いがあるということで、鑑定の依頼があった。君も立ち会うかと思って声をかけたんだが、どうやら疲れているようだな』

「いいえ、そんなことありません！　すぐに行きます！」

凜はスマートフォンを両手で持つ。影山の鑑定に立ち会うことは、精神鑑定医を目指す凜にとってなによりも優先するべきことだった。

『いまから車で自宅を出る。十分程度で君のマンションの前につくから待っていなさい』

用件だけ言い残して影山は電話を切った。スマートフォンをバッグにしまった凜は、机の上に置かれたビール缶を手にすると、大きなため息をつきながら廊下にあるキッチンへと向かう。

「ごめんね、飲んであげられなくて」

つぶやきながら流しの上でビール缶を逆さまにする。白い泡を立てながら、琥珀《こはく》色の液体が排水口に吸い込まれていった。


影山の運転するＳＵＶが目黒警察署の裏手にある駐車場に滑り込む。エンジンを切って車を降りた影山は、無言で警察署の裏口に向かっていった。足の動きはそれほどでもないが、長身で歩幅が広いので速い。凜は小走りにあとを追っていった。

「光陵医大雑司ヶ谷病院の影山です。被疑者の精神鑑定の依頼を受けてきました」

影山が用件を告げると、裏口に立っていた制服警官は「お疲れ様です。お待ちしておりました」と敬礼をする。署内に入った影山は、迷いのない歩調でエレベーターまで進み、案内を見ることもなくボタンを押す。おそらく何度も訪れているのだろう。

エレベーターを降りると、広いフロアが蛍光灯の漂白された光に煌々《こうこう》と照らされていた。天井からチェーンでぶら下がったプレートには『刑事課』と記されている。しわの寄ったワイシャツ姿の男たち数人が、書類が山積みになった机で事務作業を行っていた。

椅子の背もたれに体重をかけて天井を仰いでいた中年の男が、影山たちに気づいたのか、立ち上がって近づいてくる。

「どうも、影山先生。お待ちしておりました」

しわがれた声で言うと、男は破顔する。固太りした男だった。首から肩にかけての筋肉が発達しすぎているためか、襟元が閉まっていない。腕の筋肉がワイシャツを突き上げ、耳は潰れて餃子《ギョーザ》のようになっている。おそらく柔道経験者なのだろう。無骨な顔に笑みを浮かべる姿は肉食獣が牙を剝《む》いているようで、凜は威圧感に一歩下がってしまう。

「久しぶり、串田《くしだ》さん」

顔見知りらしく、影山は小さく会釈をする。串田と呼ばれた男は、凜の姿を見た。

「おや、こちらの方は?」

「私の病院の精神科医、弓削凜だ。助手として連れてきた」

「ほう、こんな若いお嬢さんが先生なんですか。私は刑事課の串田です。どうぞよろしく。で、早速ですが影山先生、ホシは奥の取調室にいます。いつでもはじめられますよ」

串田は親指を立てると、肩越しに奥にある扉を指した。

「その前に、調書を読ませてもらいたい」

「はいはい、そう言うと思って用意していますよ」

軽い口調で言うと、串田はフロアにあるデスクへと案内する。そこには薄いファイルが置かれていた。椅子に腰掛けた影山が調書を開く。凜も影山の肩越しに覗《のぞ》き込んで、その内容に目を通していく。

事件が起こったのは、今日の昼下がりのことだった。中目黒駅から徒歩十五分ほどの住宅街に建つ一軒家で、主婦である沢井雅恵《さわいまさえ》がリビングの掃除をしていると、二階から甲高い悲鳴が聞こえてきた。驚いて廊下へ出ると、書斎で仕事をしていた夫の貞夫《さだお》も部屋から顔を出した。二人が警戒しつつ階段を上がっていくと、二階廊下の突き当たりにある息子の部屋の扉が開き、大学四年生である娘の涼香《すずか》がふらつきながら、「助けて……」と近づいてきた。

腹部を押さえる涼香の両手の下から血液が溢《あふ》れているのを見た両親が驚き、なにが起きたのか訊ねると、涼香は背後を指さし、「一也《かずや》に刺された」と答えた。貞夫たちがそちらを見ると、涼香の弟である一也が血に濡《ぬ》れた果物ナイフを片手に、呆然《ぼうぜん》と立ち尽くしていた。

貞夫はすぐに涼香を連れて階下に避難するように妻に指示し、持っていたスマートフォンで救急と警察に通報をすると、慎重に一也に近づいてナイフを捨てるように説得した。一也が素直に従ったので、貞夫はそれを回収して警官を待った。

到着した救急隊により涼香は雅恵に付き添われて搬送され、近くの交番から駆けつけた警官が貞夫とともに一也から話を聞こうとした。しかし、声をかけられた一也は突然、大声で叫んで警官を殴りつけたので、公務執行妨害で現行犯逮捕されることとなった。

近くの総合病院に搬送された涼香は、幸い命に別状はなく、救急部で治療を受けたあと入院となっている。

調書には、涼香が事件の詳細について語った内容も記されていた。おそらく、涼香の容態がそれほど深刻ではないことを知った刑事たちが病院に押しかけて、話を聞いたのだろう。

涼香によると、三年前に高校を中退後、自室に閉じこもっている二歳年下の弟に文句を言いに、彼の部屋に向かったということだった。両親に迷惑をかけないよう、早く仕事を見つけて実家を出るように説教をする間、一也はほとんど反応することなく話を聞いていた。しかし、説教を終えた涼香が「あんたなんか、いなくなればいいのに」と吐き捨てると、一也は突然、「ぶっ殺してやる！」と叫んでナイフを取り出し、刺してきたということだった。

涼香の話を聞いた刑事たちは容疑を殺人未遂に切り替え、一也の訊問《じんもん》を開始した。しかし、話しかけても一也は意味の分からない発言をくり返すだけで会話が成立しなかった。そのため精神疾患が疑われ、影山に鑑定が依頼された。

調書を閉じた影山は、無言であごを撫《な》でる。

「どうかしました、影山先生？」

声をかけてきた串田に、影山は横目で視線を送った。

「沢井一也の経歴は分かっているかな？」

「え？　ああ、もちろん。病院で両親に話を聞いてきましたから」

串田は椅子の背に掛けてあるスーツのポケットから手帳を取り出し、パラパラとめくりだす。

「えっとですね、沢井一也、二十歳、無職。現在、両親と姉と実家に同居。三年前に高校を中退して、その後は仕事もせず、ほとんど部屋から出ることなく過ごしていたということです。まあ、俗にいう引きこもりですね」

「精神科の受診歴は？」

「精神科にかかっていたかどうかですか？　いやあ、両親に話を聞いたときは、まさかあんな奇妙な受け答えをすると思っていなかったので、特に訊《き》いてはいないんですよね。ただ、そういう話が両親の口から出ることはありませんでした」

「食事などは家族と一緒に？」影山は続けざまに質問をする。

「いいえ、母親が一日三食、部屋の前まで持っていっていたようです。家族と顔を合わせることも、最近はほとんどなかったということです。まあ、そんな生活している弟が同居していたら、姉としては気味悪く思うのもしかたがないですね。特に、ガイシャはかなり優秀ですからねえ。引きこもっている弟を見て、腹が立ったのかもしれません」

「優秀というと？」

「ガイシャの沢井涼香は、帝都《ていと》大学法学部の四年生なんですよ」

「帝大ですか？」

凜は思わず声を上げる。帝都大学は国立大学の中でも最難関校だ。その法学部ということは、文系の日本最高峰と言っても過言ではない。

「しかも、卒業後はアメリカの大学に留学するらしいです。天才様ってところでしょうかね」

串田がいかつい肩をすくめると、影山が椅子から立ち上がった。

「必要な情報は揃《そろ》った。本人と話そう」

「ご案内しますよ。こちらへどうぞ」

串田に連れられて影山と凜は、『取調室1』と記された扉の前にやってくる。

「念のため、私も同席しましょうか？」

扉の鍵を開けながら串田が訊ねてくる。影山は「いや、必要ない」と首を振った。

「そうですか。扉の前にいますので、万が一なにかありましたら大声で知らせてください。すぐに飛び込んでいきますので。では、よろしくお願いしますね」

串田が扉を開く。凜は影山の後ろについて室内へと入った。

重い音を立てて扉が閉まる。蛍光灯が灯《とも》っているにもかかわらず、室内は少し暗く感じた。凜はすぐにその理由に気づく。部屋の中心に置かれた机のそばに腰掛けている若い男、彼から滲《にじ》み出している負の雰囲気が空気を淀《よど》ませ、部屋を薄暗く感じさせているのだろう。

「こんばんは、沢井一也さん」

影山が声をかける。しかし、一也は俯《うつむ》いたままだった。その態度を気にするそぶりも見せず、影山は机を挟んで一也の向かいの席に腰掛ける。凜も影山の隣のパイプ椅子に座った。

「光陵医大附属雑司ヶ谷病院の影山と弓削です。警察から依頼を受け、君の精神鑑定をしにきました。よろしく」

やはり一也は反応を示さない。視線を机の上に注ぎ続けていた。

緊張をおぼえつつ、凜は目の前に座る男を注意深く観察する。今回、影山が依頼された精神鑑定は、『簡易鑑定』と呼ばれるものだ。専門の施設に入院をさせたうえで二ヶ月ほどの時間をかけてじっくりと行う『本鑑定』とは対照的に、簡易鑑定では一般的に、わずか三十分程度の面接で鑑定を行わなければならない。

短時間の面接だけで正確な鑑定を行うのは困難だが、実際にはそうやって作られるインスタントな鑑定書を元に、検察は被疑者を起訴するか否かを決定している。

もっと時間をかけて正確な鑑定をするべきという意見は当然ある。しかし現実問題として、それは困難だった。精神鑑定を必要とする事件は数多くあり、その被疑者全員に詳しい鑑定をするには予算もマンパワーも不足しているのだ。

殺人などの重大事件の精神鑑定では、本鑑定が行われる場合が多い。しかし、それにも一定の基準があるわけではなく、捜査員や検事の個別判断によって決められているのが実情だった。

一也はいまだにこちらに視線を向けることすらしない。肩まで伸びた髪は光沢が生じるほどに脂が浮いている。肌は少し浅黒く見えるが、日焼けしているわけではなく、皮膚を薄く覆い尽くすほどに垢《あか》が溜《た》まっているためのようだった。かなりの期間、入浴をしていないのだろう。漂ってくるすえた悪臭が、凛の想像を裏付けていた。

机を見つめる目は焦点が合っていない。震えるようにわずかに動き続ける唇から、かすかに声らしきものは聞こえるが、その内容まで聞き取ることはできなかった。

「こんばんは」

影山が再度、挨拶をする。首の関節が油切れしたかのようなぎこちない動きで、一也はかすかに顔を上げた。

「アルキメデス……」一也の口から古代の数学者の名前が零《こぼ》れ落ちた。

「アルキメデスがどうしたのかな?」

影山が聞き返すと、一也の口から「ひひっ」という、しゃっくりのような笑い声が漏れる。ひび割れた彼の唇が、いびつに歪《ゆが》んだ。

「アルキメデスは金を水に沈めて本物か調べたのです」抑揚のない口調で一也は話しはじめる。

「でもね、アルキメデスが出ていった風呂には垢が浮いていて、それが集まって垢太郎になった」

有名な古代の逸話から、マイナーな日本の昔話へと話題が変わっていくのを、凛は影山とともに黙って聞く。

「垢太郎は桃に入って、猿と雉《きじ》を連れて鬼退治にいったけど、犬がいなくて、犬は交通事故で死んじゃったんだ。でも、墓から這《は》い出してきたんで、節分の豆で追い出そうとしたんだけど、鬼をやっつけなくちゃいけないから、家の中に入ってきて、排水口に入り込むのです。だから警察はレーダーを使って家を監視して、けどカーテンを閉めたら電波を防がれるから、通気口からスパイを入れた。それが家で増えて……」

一定のリズムで支離滅裂な話を垂れ流し続ける一也を、凜は見つめ続ける。十数分間、一也は喋《しゃべ》り続けた。その内容は北欧神話や政府による陰謀論、はてはアニメやアイドルの話題までとりとめなく多岐にわたっていた。その間、彼は時々引きつったような笑みを浮かべたり、眉間にしわを寄せたりするものの、基本的には能面を被《かぶ》ったかのような無表情だった。

話を終えた一也は、電池が切れたかのように再び虚《うつ》ろな眼差《まなざ》しを机に向ける。

「ありがとう。とても興味深い話だった。さて、もしよければ数時間前に起きたことについて話をしたいのだが、いいかな?」

影山が話しかけるが、一也は視線を上げることすらしない。その様子を見て、串田がなぜ事件当日に簡易鑑定を依頼してきたのか、凜には分かった気がした。

串田たち刑事課の人間にとって、今回のケースは『面倒で割に合わない事件』なのだろう。自分たちが捜査して犯人を追い詰めたのではなく、家族の通報によって交番の巡査が逮捕した事件。殺人未遂事件ということで刑事課が担当しているが、起訴できたとしても自分たちの手柄になるようなものではない。そのうえ、逮捕した被疑者と会話が成立しないとなると、さっさとこの事件を終わらせたいと思うのも当然だった。

簡易鑑定で犯行時に心神喪失状態だったという診断を下してもらい、送検する。そうすれば事件は警察の手を離れ、検察に引き継がれる。串田たちは一刻も早くその手続きを行い、『割に合う事件』の捜査に力を割きたいのだろう。

「今日、君の部屋にお姉さんがやって来たことを覚えているかな?」

影山が訊ねる。一也の体が大きく震えた。目だけ動かして影山を見る。

「覚えているようだね。そこでなにがあったのか、もしよかったら話してくれないかな」

影山がゆっくりと話しかけると、一也の手に震えが生じた。その震えは虫が這うように腕、体幹、そして顔面へと這い上がっていく。蒼《あお》ざめた唇が開く。

「ああああああーっ!」

唐突に、一也の口から絶叫が迸《ほとばし》った。壁が震えるほどの音量に、凜は反射的に両手で耳を覆う。

「ああ! ああああー! あああああああーっ!」

一也は脂ぎった髪を掻《か》き乱しながら叫び続ける。体が前後に大きく揺れ、椅子が軋みを上げげた。

「どうしました!」

扉の外で控えていた串田が飛び込んでくる。突然現れた熊のような男を見て、一也の声がさらに音量を増した。

これはまずい。血が滲むほどに頭皮に爪を立てて暴れる一也を前に、凜の脳内に警告音が響きわたる。完全に恐慌状態になっている。このままだと自傷行為に走ってしまうかもしれない。鎮静薬の注射が必要な状況だ。しかし、手元に治療道具はない。

どうしていいか分からず凜が固まっていると、影山が立ち上がり、散歩でもするような足取りで暴れる一也に近づいていった。

「大丈夫だ」一也の背中に手を置いた影山は、いつも通りの平板な口調で囁《ささや》く。「ここは安全だから、落ち着きなさい」

振り回された一也の手が影山の頬を叩《たた》く。爪が当たったのか、小さな傷が生じ、血が滲み出す。目を剝いた串田が走り寄ろうとするのを掌《てのひら》を突き出して止めると、影山は再び一也に囁いた。

「ここは安全だ。ここには君を傷つける者はいない。だから、怖がらなくていい」

一也の全身を覆い尽くしていた震えが弱まっていく。それ自体が独立した生物のように不規則に蠢《うごめ》いていた両腕の動きも落ち着いていった。

「それでいい。疲れただろうから、今日はもう休みなさい」

一也の背中に手を置いたまま影山は、ちらりと串田に一瞥《いちべつ》を送る。その意味を理解した串田は、扉を開けて外の同僚たちに声をかける。すぐに二人のワイシャツ姿の男たちが部屋に入ってきて、放心状態の一也の両脇を支えて立たせると、部屋の外へと連れていった。

「留置場に入れておきます。それで、影山先生。鑑定はどんな感じでしょうか？」

媚《こ》びるような笑みを浮かべて串田は言う。ここで影山が、「犯行時に精神疾患により心神喪失状態であった」と鑑定を下せば、おそらく刑事たちはすぐに送検の手続きをはじめ、その後、検察が一也を不起訴にするだろう。串田たちは、裁判のために証言や物証を集めるという面倒な仕事から解放されることになる。

「この部屋はもう使わないのかな」

串田の質問に答えることなく、影山は訊ねた。

「は？　ええ、まあ今夜はもう使う予定はないですが……」

「なら少しの間、借りても？　弓削君と意見交換をしたい」

「はぁ、それはまあ、かまわないですが……」

歯切れ悪く串田が答えると、影山は「ありがとう」と言って、さっきまで一也が座っていた椅子に腰を掛ける。串田は渋い表情で、「少しだけですからね」と言い残して部屋から出ていった。

影山は両肘を机につくと、組んだ手の上にあごを載せた。

「さて、君の鑑定を聞こうか。沢井一也をどう思う?」

向かいに座る影山からのプレッシャーに、凜の口の中が乾燥していく。医学生時代、教授と一対一で行った口頭試問を思い出した。

「統合失調症。おそらくは破瓜《はか》型だと思われます」

「その診断の根拠は?」

「先ほどの面接で、支離滅裂な発言が続きました。思考が解体して、まとまりのある言動ができなくなっていると思われます。また、場にそぐわない引きつった笑みや、しかめっ面なども破瓜型統合失調症によくみられるものです。高校を中退して引きこもるようになったというのも、典型的なエピソードです。おそらく、その頃に統合失調症を発病していたものと思われます」

影山は鷹揚《おうよう》に頷《うなず》くと、「詐病《さびょう》の可能性は?」と質問を重ねてくる。

「詐病の可能性は低いと思います。彼からは統合失調症患者にみられる独特の雰囲気を感じました。あれは簡単に模倣できるものではありません。また、詐病の場合は精神疾患だと診断されることにより何らかの利益を得ようとするものですが、彼はこれまでその診断を受けた形跡はありません」

「つまり君は、事件当時、彼は統合失調症による心神喪失状態であったと鑑定するんだな?」

影山がまっすぐに目を覗き込んでくる。凜は喉を鳴らして唾を呑《の》み込むと、口を開いた。

「はい、私はそう判断しました」

「なるほど……」

影山は背もたれに体重をかけると、長い足を組んで天井を眺める。黙り込んだ影山を前にして、凜の胸に不安が湧きあがってくる。

なにか間違っていただろうか？　私はなにか見逃していたのだろうか？

たっぷり、一分以上無言で天井を見つめたあと、影山はぼそりとつぶやいた。

「私の診断も同じだ」

緊張が解けた凜は、肺の底に溜まっていた空気を吐き出す。

「彼は間違いなく破瓜型の統合失調症だろう。言動、外見、そして生活歴、全てがその診断を裏付けている」

そこで言葉を切った影山は、天井に視線を送ったまま「ただ……」と口にした。

「ただ、なんでしょう？」

「ただ、一つだけ腑《ふ》に落ちない点がある。それについて気づかないかな？」

「腑に落ちない点……」

その言葉をくり返しながら、凜は必死に頭を絞る。沢井一也との面接を最初から反芻《はんすう》する。しかしどれだけ考えても、とくにおかしな点を見つけることはできなかった。

「……申し訳ありません。分かりません」

「君は優秀な精神科医だ」

唐突な賞賛に、凜は目をしばたたかせる。

「あ、ありがとうございます」

「精神疾患にかかわる君の診断はかなり正確だ。しかし、精神鑑定をするなら被疑者の診断だけではなく、事件の状況との整合性も検討する必要がある」

「事件の状況と……ですか？」

「そうだ」影山は姿勢を戻した。「私が今回の事件で気になったのは、姉を襲った際に彼が発したという言葉だ。『ぶっ殺してやる！』、彼はそう叫んで姉を刺した」

「はい、たしかに調書にはそう書かれていました」

「つまり、彼は明確な殺意を持って姉を刺した。そういうことになる」

虚を突かれた凜は「あっ！」と声を上げた。

「もちろん、統合失調症の妄想に囚《とら》われ、現実の認識がうまくいかなくなった結果、殺意を持って相手を傷つけることもないわけではない。その場合でも、妄想による一般的に理解できない動機で犯行に及んだなら、心神喪失が認められる」

「けれど、今回の場合は……」

「何年も引きこもっていることを姉に責められたうえ、すぐに仕事を見つけて家から出ていくように迫られた。それに対して激高し、『ぶっ殺してやる！』と叫びながら姉を刺した。短絡的ではあるが、一般的に理解できない動機では決してない」

「では、犯行時に一也さんに責任能力があったということですか？　心神喪失ではなく、心神耗弱状態だったと？」

だとすると、不起訴にはならない。心神耗弱状態での犯行は、情状酌量はあるものの、裁判で裁かれなくてはならないのだ。

「弓削君、さっきの彼を見て、今日の昼に心神耗弱状態だったと思うか？」

数秒間、面接の記憶を思い起こした凜は、はっきりと首を横に振った。

「いえ、そうは思いません。未治療の状態が続いたせいで、一也さんの病状はかなり進行しています。現実を正確に把握する能力は、著しく阻害されているはずです」

「私もそう思う」影山は腕を組んで、天井辺りに視線を彷徨《さまよ》わせた。「犯行の状況と、被疑者の病状の乖離《かいり》。これがなにを意味するのか……」

思考を邪魔してはいけないと思って凜が口をつぐんでいると、唐突に影山が立ち上がり、扉へと向かう。凜は「え、どこに？」と慌てて彼のあとを追った。

「影山先生、お疲れ様です。それで鑑定の結果は出ましたか？　やっぱり精神病でしょ？」

部屋から出ると、外で待ち構えていた串田がいまにも揉《も》み手《で》をしそうな態度で訊ねてくる。

「被害者と両親は、いまも病院に？」

「え？　まあ、ガイシャは入院していますからね。両親も付き添っているんじゃないでしょうか」

「では、いまからそこに行くので、どこの病院に搬送されたか教えてもらえるかな。あと、精神鑑定医が話を聞きに行くと、先方に伝えておいてもらえるとありがたい」

「ちょっと、待ってください！　病院に行くってどういうことですか？」串田は目を白黒させる。

「そのままの意味だ。これから被害者と、その両親に話を聞いてくる」

「なんでそんなことする必要が？　彼らの証言なら、調書に全て書いてあったでしょう」

顔を紅潮させる串田の気持ちが、凜には十二分に理解できた。簡易鑑定は基本的に三十分程度の面接のみで行う、文字通り簡易的なものだ。にもかかわらず、影山はこれから被害者とその両親に話を聞きに行こうとしている。

「被疑者の病状と、家族が証言した犯行時の状況に、いくつか不可解な点が見つかった。その理由を探るために、事件にかかわった人々から直接話を聞く必要がある」

「いえ、でもですね、簡易鑑定でそんなことする方を見たことないんですが……」

「一般的な鑑定医はやらないだろう。ただ、私は正確な鑑定をするためには労力を惜しまない」

精神鑑定に対する影山の執念を普段から目の当たりにしている凛は、「いや、労力を惜しまないと言われても……」と戸惑う串田に同情する。こうなった影山はてこでも動かない。

「あのですね、影山先生。私たちもたくさんの事件を抱えていまして、あまりこの件に時間を割くわけにはいかないんですよ。今日中に鑑定をして頂いて、方針を決めたうえで明日には送検したいんです」

哀れを誘う声を出す串田の前で、影山は腕時計を確認した。

「いまは、午後八時十八分だ」

「はぁ、それがどうしましたか?」

「『今日』はまだ三時間四十二分ある。それまでに鑑定できるように努力しよう」

影山は薄い唇の端を上げる。それを見て説得は無理だと悟ったのか、串田は筋肉で盛り上がった肩を落とした。

## 2

目黒第一総合病院の面談室に入る。昼間は患者と見舞客が話をするために開放されている広々とした空間も、いまは時間外のため閑散としていた。部屋に数台置かれた円形デスクのうち、端にある一台のそばで、中年の男女が力なく俯いて座っている。

目黒署をあとにした影山と凜は、被害者である沢井涼香が搬送されたこの病院にやってきた。串田が連絡を入れてくれていたおかげで、夜間受付に向かうと、すぐにこの病棟に案内してもらえた。

まずは両親の話を聞きたいと看護師に頼み、面談室に沢井夫妻を呼んでもらっていた。

「はじめまして、私は光陵医大雑司ヶ谷病院の……」

影山と凜が自己紹介をすると、二人は虚ろな瞳を上げた。調書によると、二人とも五十代前半だということだったが、表情が弛緩《しかん》しているせいか還暦前後に見える。身に着けている服は落ち着いているにもかかわらず、高級感を醸し出していて、経済的に余裕のあることをうかがわせた。

「刑事さんから連絡があったんですが、一也のなんというか……精神状態を鑑定するとか」

父親である沢井貞夫が、ぼそぼそと聞き取りにくい声で言う。

「はい、犯行時の息子さんの精神状態がどのようなものであったのか、それを鑑定します」

「それはつまり……、あんなことをしたとき、一也がパニックになって、わけが分からなくなっていたということでしょうか？」

奥歯にものが挟まったような貞夫のセリフが、凜は気になった。影山の眉尻もかすかに上がる。

「それを調べるため、ご両親にお話を伺いたいのですが、よろしいでしょうか？」

沢井夫婦は無言で顔を見合わせたあと、おそるおそるといった様子で頷いた。影山は近くから椅子を持ってくると、夫婦に向き合うように座る。凜はその隣に立って、影山がどのように話を進めていくのかに意識を集中させた。

「それでは、まず一也さんが高校を辞めたころの話を聞かせて頂けますか？　なぜ彼は中退をしたのでしょう？」

「……学校でいじめを受けたんです」雅恵が首をすくめながら話しはじめた。

「いじめ？　具体的にはどのような？」

「それまで仲の良かった友人たちが、陰で悪口を言うようになって、それに一也を仲間外れにするようになっていったんです」

やっぱり……。凜は内心でつぶやく。他人に悪口を言われているように感じるという症状は、統合失調症の初期に極めて高い頻度で生じる。

「一也さんがいじめを受けていることについて、どのような対応をとりましたか？」

「最初は子供同士のことなので、親が口を出すのはどうかと思ってなにもしませんでした。ただ、次第にいじめがエスカレートして、物を盗まれたり、授業中もずっと悪口を言われたりするようになったので、担任の教師に抗議をしました」

「教師の反応は？」

「調査したが、クラスにそんないじめは存在しないとしらを切られました。それで、校長にまで抗議をしたのですが、結果は一緒でした」

凜の眉間にしわが寄る。実際はいじめなどなかったのだろう。しかし、脳がうまく情報を処理できなくなっていた一也にとっては、それは現実に行われていたことなのだ。

「それで一也さんは学校に行かなくなったんですね？」

影山の質問に、貞夫は苛立《いらだ》たしげにかぶりを振った。

「私は登校するように何度も言ったんだ。いじめに負けているようじゃ、社会に出たときに役に立たないから。ただ、そのうちあいつは部屋に鍵をかけて立てこもるようになったんです」

眉間のしわが深くなる。精神疾患を発症して苦しんでいるにもかかわらず、さらにプレッシャーをかけられたりすれば、病状は間違いなく悪化してしまう。

「それから、あの子はほとんど部屋から出なくなりました」雅恵が沈んだ声でつぶやいた。「一日中部屋にこもって、なにをしているのか分かりません……。入浴もほとんどしないし。ただ、もう少し休息をとれば、やる気を取り戻して勉強をはじめてくれると思っていたんです。なのに……」

「私はもう、あいつになにも期待していなかった」貞夫は吐き捨てるように言った。「あんな弱い男じゃまともな社会人になんかなれるはずはない」

「あの……、病院には連れて行かなかったんですか？」

耐えられなくなった凜が口を挟む。雅恵は「もちろん行きましたよ」と唇を尖《とが》らせた。

「あまりにも顔色が悪いし、つらそうなんで、近所のクリニックを受診して採血やらレントゲンやらで調べてもらいました。けれど、体には全く異常がないって言われたんです」

「……心には？」

雅恵が口にした「体には」というセリフが気になり、凜は低い声で訊ねる。精神疾患の患者が、体の不調を訴えて内科を受診することは多い。経験の豊富な内科医なら、一也が精神疾患を患っている可能性が高いことに気づくはずだ。

雅恵の顔に恐怖に近い色が走った。彼女は首をすくめて、隣に座る夫に視線を送る。

「あの医者はヤブだ！」貞夫は頬を紅潮させて声を大きくする。「あいつは一也が精神の病気かもしれないから、精神科に行くように言ってきたんだ！」

やはり精神科の受診を勧められていた。凜は「それでどうしたんですか？」と身を乗り出した。

「もちろん受診なんかさせなかった。精神病なんかのはずがないからな」

「はずがないって……」

言葉を失う凜の前で、貞夫は芝居じみたしぐさで両手を開いた。

「精神病っていうのは遺伝するんだろ？　うちの家系にはこれまで一人も精神病患者なんて出ていない。だから、一也が精神病のはずはない」

「たしかに精神疾患の中には遺伝的な要因がかかわっているものもありますが、それだけではありません。近親者に患者がいないということだけで、精神疾患を否定することはできません」

「一也のことは親である私たちが誰よりも理解している。あいつは病気なんかじゃない、ただたんにサボっているだけだ。気合が足りないから、勉強も仕事もせずに閉じこもっているんだ」

あまりにも前時代的な意見。反射的に反論しかけた凜の前に、腕が突き出される。黙って話を聞いていた影山が軽く首を左右に振った。凜は「……すみません」と、一歩後ろに下がる。

冷静さを取り戻すにつれ、凜は沢井夫妻の考えを理解していく。この二人は決して教育レベルが低い人たちではない。息子が精神疾患かもしれないということは理解しているはずだ。しかし、感情がそれを認めることを許さないのだろう。

沢井夫婦、とくに夫の貞夫にとっては、精神疾患というものは自分とは全く無関係の世界に存在する概念だった。だからこそ、息子が精神疾患かもしれないという現実を必死に否定し、目を逸《そ》らしてきた。それが結果的に、適切な治療を受ける機会を息子から奪ってしまった。

「一也さんのことはよく分かりました。それでは、被害に遭われた娘さん、涼香さんについてお話を伺えますか？」

影山が話を続ける。貞夫は戸惑いの表情を浮かべた。

「あの子に関しては、別に喋ることなんて……。とても優秀な子だよ」

「たしか、来年から海外の大学に留学するとか」

「ああ、そうなんだ。そう簡単にできることじゃない」貞夫は誇らしげに言った。

「では、涼香さんと一也さんの関係はいかがでしたか？」

沢井夫婦の顔色が変わった。

「……正直言って、良くはなかった。涼香は早く一也を家から追い出すべきだと言っていた」

貞夫はあごを引くと、緩慢な口調で言う。それは失言をしないよう、慎重に考えながら喋っているように見えた。

「昔は仲が良かったんですが、一也が引きこもるようになってから……。数ヶ月前には、涼香に無理やり家から追い出されそうになった一也が暴れて、警察を呼ばれたことまであったんです」

雅恵が小声で言うと、貞夫が「おいっ！」と妻を怒鳴りつけた。

「……ごめんなさい」

雅恵はうなだれて口を固く結ぶ。夫婦の歪んだ力関係が垣間見《かいまみ》えた。

「まあ、そんなわけで姉弟《きょうだい》仲は決して良くなかった。だからと言って、まさか涼香を刺すなんて……。あの馬鹿が……」

貞夫の歯ぎしりの音が響くなか、影山はすっと立ち上がる。

「ありがとうございました。あと、最後に一つだけ伺ってもよろしいでしょうか」

影山は二人に鋭い視線を投げかける。

「一也さんが涼香さんを刺したときに叫んだという、『ぶっ殺してやる！』という言葉。お二人はそれが聞こえましたか？」

沢井夫婦は一瞬顔を見合わせたあと、はっきりと首を横に振った。


沢井夫婦から話を聞き終え、面談室をあとにした影山と凜は、その足で病棟の奥にある個室病室までやって来た。

扉をノックした影山は、「失礼します」と引き戸を開ける。六畳程度の病室、窓際に置かれたべッドには若い女性が横たわっていた。理知的で整った顔立ちだが、険しい表情も手伝ってか、ややきつい雰囲気を纏《まと》っている。

「……精神鑑定医の方ですね」目だけ動かしてこちらを見た女性、沢井涼香は硬い声で言う。

「ええ、そうです。光陵医大雑司ヶ谷病院の影山と弓削と申します。警察から連絡があったかと思いますが、一也さんの精神鑑定のために、お話を伺いにまいりました」

影山と凜がベッドに近づくと、涼香はこれ見よがしにため息をついた。

「話なら、刑事さんに全部しましたよ」

「正確に鑑定をするため、直接お話を聞きたいと思っています。よろしくお願いいたします」

「……いいですけど、早く終わらせてください。あいつに刺された傷が痛むんですよ」

「では、さっそくはじめましょう。今日の昼、あなたは自ら弟さんの部屋に向かったんですね」

「そうですよ、それがなにか?」そっけない態度で涼香は答える。

「鍵はかかっていなかったんですか？　弟さんが鍵を開けてくれたんですか？」

「普段は鍵をかけて閉じこもっています。けどあいつ、母が部屋の前に食事を置いていくと、扉を開けてそれを取るんですよ。その隙を見計らって部屋に入りました」

「どんな内容の話をしたんですか？」

「いつまでも家でダラダラしていないで、さっさと仕事でも見つけて、出ていけって言いました」

「なぜ、出ていけと」

「なぜって、当然じゃないですか！」

涼香の声が大きくなる。傷に響いたのか、彼女は顔をしかめた。

「一也と私の部屋は隣同士なんですよ。壁一枚挟んだ先に、あんな引きこもりがいたら気持ち悪いでしょ。ときどき大声で叫んだりするし、悪臭まで漂ってくるんですよ」

「家から出ていくように言われ、一也さんはどんな反応を示しましたか？」

「いいわけだかなんだか知りませんけど、ずっと俯いたまま、ぶつぶつつぶやいていました」

「そんな一也さんを見て、あなたはどうしましたか？」

「はっきりと答えない一也に腹が立って、いろいろと責めました。なんというか、挑発的なことも言ったと思います。人間のクズとか、生きている価値がないとか」

凛の頬が引きつる。その表情に気づいたのか、涼香は少しばつが悪そうに視線を逸らした。

「私はあいつのためを思って言ったんです。発破《はっぱ》をかければやる気を出すんじゃないかと思って」

たしかに涼香は本人のためと思ってやったのかもしれない。しかし、精神疾患に苦しめられている人物に対してストレスを与えることは、病状を悪化させせこそすれ、改善させることは決してない。

「その後、事件が起きたんですね？」

「……はい」涼香の表情がこわばった。「あいつはゴミの山の中から果物ナイフを取り出して、『ぶっ殺してやる！』と叫んで私に向かってきたんです。とっさのことで逃げることもできませんでした。あいつは真正面から思いっきり体当たりをして、ナイフを刺してきました。お腹《なか》が焼けるように痛くて……、このままじゃ殺されると思って、必死に逃げ出しました。そうしたら両親が来て助けてくれて……。あとのことはよく覚えていません」

涼香の語った内容は、調書に記されている通りのものだった。影山は細いあごをひと撫でする。

「あなたを刺すとき、一也さんは『ぶっ殺してやる！』と叫んだ。それは間違いありませんか？」

「間違いありません！」

涼香は即答する。しかし凛には、涼香の目が一瞬泳いだように見えた。影山が「なるほど」と腕を組むと、涼香はベッド柵に手をかけて軽く身を起こした。痛みが走ったらしく、その口から小さな呻《うめ》き声が聞こえる。

「聞きたいんですけど、鑑定の結果によっては、あいつが起訴されない可能性があるんですか？」

「検察の判断次第ですが、犯行時に心神喪失状態だったと判断されれば、不起訴になるでしょう」

「そんな！　あいつは私を刺したんですよ！　私を殺そうとしたんですよ！　あいつがなんの罰も受けないで、すぐに隣の部屋に戻って来るなんて、私には耐えられません！」

ベッド柵を摑《つか》んで、涼香は声を荒らげる。

「落ち着いてください、涼香さん。すぐに戻ってきたりはしませんから」

凜は慌てて言う。涼香は「どういうことですか？」と視線を送ってきた。

「たとえ心神喪失状態が認められて不起訴になったとしても、すぐに釈放されるわけではありません。法に則《のっと》って、専門の施設に入院して治療することになります」

「……すぐには帰ってこないということですか？」

凜が頷くと、涼香は安堵《あんど》の表情を浮かべて再びベッドに横になる。

「あいつはどれくらい、施設に入ることになるんですか？」

「それは分かりません。裁判官と精神科医が退院しても問題ないと判断するまでです。その期間には個人差があります」

「できれば、一生閉じ込めておいてください。あいつを二度と外に出さないでください」

険しい表情で天井を睨《にら》んだ涼香は、入院着の上から臍《へそ》の辺りを押さえた。

「すみません、これくらいにしてくれませんか？　本当に疲れているんで」

「分かりました。大変なところお邪魔しました」

影山は会釈をすると、身を翻して出口へ向かう。引き戸の取っ手を摑んだところで、影山は首だけ回して振り向いた。

「よろしければ、あなたの傷の詳細について主治医から説明を受けてかまいませんか。それも鑑定の参考になるので」

涼香は「はぁ、べつにかまいませんけど……」と曖昧に頷いた。


「幸いなことに、傷は皮膚と皮下組織、腹筋の一部を切り裂いただけで、腹腔《ふくくう》内までは達していませんでした。出血はやや多かったものの、内臓の損傷がなかったので手術室への搬送はせず、救急部で私が止血と縫合を行いました」

ナースステーションにある電子カルテの前で、涼香の主治医である中年の外科医が説明をする。画面には処置の内容などが記されていた。

涼香の病室をあとにしてすぐ、影山は看護師に頼んで涼香の主治医を呼んでもらった。もう午後十時近い時間だというのに、よく『病院に棲《す》みついている』と揶揄《やゆ》される外科医だけあって、主治医は院内で仕事をしていた。

「傷の大きさなどはどの程度でしょうか?」

影山が訊ねると、外科医は「口で説明するより、見てもらった方がいいですよね」とマウスを操作する。電子カルテのディスプレイに、生々しい切創が口を開けた腹部の写真が映し出される。

臍の少し右側から脇腹にかけて数センチの長さがある傷口からは、黄色い脂肪と、その下に広がるピンク色の筋組織が顔を覗かせている。傷の周りの皮膚には、赤黒い血が大量に付着していた。

胸のむかつきをおぼえ、凜は鳩尾《みぞおち》に手を当てる。研修医の頃は外科や救急科も回ったので、手術にも立ち会ったし、ひどい怪我《けが》も多く見てきた。しかし、初期臨床研修を終え精神科医になってからは、血を見る機会が劇的に減っていた。いつの間にか耐性が下がっていたようだ。

「かなり綺麗《きれい》な傷ですね」影山はディスプレイに顔を近づける。

「ええ、鋭い刃物による傷だったんで、縫合も容易でした。傷跡もそれほど残らないでしょう」

「この傷は？」

影山はディスプレイに映し出された傷口の上を指さす。そこには二筋ほど、二、三センチの小さな傷が走っていた。

「ああ、その傷なら皮膚を浅く切っていただけなんで、縫合の必要もありませんでした。刃物を持った相手と揉み合いになったときにでもついたんですかねえ」

「そうですか……」

小さく頷きながらも、影山の視線はディスプレイに映る写真に注がれ続けていた。そのとき、外科医が首からぶら下げていたＰＨＳが着信音を立てる。

「はい、どうした？　……ああ、……了解。すぐに行く」

通話を終えた外科医は頭を掻く。

「すみません、担当患者が発熱したらしく、他の病棟に呼ばれてしまいました。見終わったらカルテを閉じておいてもらえますか」

「分かりました。お話ありがとうございます」

画面を見つめたまま影山が礼を言うと、外科医は「では」と小走りにナースステーションから去っていった。凜は影山の横顔を覗き込む。

「あの、影山先生、なにがそんなに気になっていらっしゃるんですか？」

「この傷口だ。刺されたというには長すぎる。これは『切られた傷』だ」

「刺したあとに横滑りしたんじゃないでしょうか？」

「普通、人を刺すときは刃を縦に構えることが多い。私の経験上、横に滑ることはまれだ」

多くの悲惨な事件の精神鑑定を行ってきた影山の言葉は生々しく、凜は顔をこわばらせた。

「でも、絶対に縦に構えるというわけじゃ……。とくに一也さんの場合、現実の認識能力も下がっているんで、普通と違うことをしてもおかしくないと思います」

「それ以外にもおかしい点がある」

影山はマウスを操作すると、写真を拡大していく。ディスプレイいっぱいに創部が拡大される。

「この写真では、臍の近くの傷はほとんど皮膚を裂いているだけだが、脇腹に向かうにつれて脂肪まで露出している。つまり、脇腹の傷の方が深い。一般的に刺した傷が広がる場合は、最初に刺された部分の傷が一番深くなり、刃が滑っていくにつれて浅くなるはずだ」

「ということは、涼香さんは最初に右脇腹を刺されたということですか？」

「それだと、証言と合わない。被害者はナイフを構えた弟に、いきなり真正面から体当たりをされたと言っている」

「じゃあ、どういうことに……？」混乱した凜は額に手を当てる。

「引きこもっていたとはいえ、被疑者は若い男性だ。それなりに身長も体重もある。それに対し、被害者は細身の女性。このケースで腹部を刺された場合、致命傷、そうでなくても重傷になることが多い。男の腕力で突き出されたナイフは、容易に薄い皮下組織や筋肉を貫通し、腹腔内に達して内臓を損傷する」

「では、なぜ今回はそうならなかったんでしょう?」

凜が眉を八の字にすると、影山は創部の上にある二筋の傷を指さした。

「この小さな傷こそがヒントだ。このような傷を見たことはないか?」

「え、見たこと?」

凜は腰を曲げると、顔をディスプレイに近づける。引っかいたような小さな傷。

「すみません、分かりません……」

首をすくめると、影山はさらに画像を拡大する。もはや画面には大きな切創の一部と、その上の小さな二つの傷しか見えず、それが体のどの部分を写したものかさえ分からなかった。

「では、これが腹でなく、手首だと仮定したらどうかな?」

「手首?」

凜は画面を凝視し続ける。手首の大きな傷口と、その周囲にある小さな傷……。そこまで考えたとき、凜は息を吞んだ。

「分かったかな?」

硬直している凜に、影山が声をかけてくる。凜は呆然としたまま、震える唇を開いた。

「ためらい傷……」

ためらい傷。刃物などで自傷行為をする際、力を込めて切る前に覚悟が決まらず、弱い力でつけてしまう浅い傷。

「その通りだ」

「そ、それじゃあ、今回の事件は……」

目を見開く凜に向かい、影山は大きく頷いた。

「沢井一也は犯人ではない。全て沢井涼香の自作自演だ」

3

「……まだ信じられません。涼香さんの自作自演なんて」

自動販売機で買ったホットココアをすすりながら凛がつぶやく。

「しかし、状況から考えるに、その可能性が一番高い」

ブラックのコーヒーが入った紙コップを片手に、影山が言った。

ナースステーションで沢井涼香の診療記録を見終えた凛と影山は、一階の外来待合へと移動した。

間もなく午後十一時になる時刻、非常灯の薄い灯《あか》りが照らす広い待合には、二人以外に人影はない。

ここなら他人に聞かれる心配なく話をすることができた。

「なんで、警察は気づかなかったんでしょう?」凛は紙コップの中のココアを回す。

「被疑者である沢井一也が否認をしていれば、裁判で争うことを考え緻密な捜査を行い、その結果、沢井涼香の証言の矛盾に気づいただろう。しかし、被疑者と会話が成立しなかったことから、警察内では心神喪失による不起訴が既定路線となった。裁判は行われないので、証拠などを集める必要もない。つまり、詳しい捜査をする必要がなくなったんだ」

「あの……、涼香さんの狂言の可能性が高いということを、警察には伝えるんですか?」

「私が依頼されたのは、被疑者の精神鑑定だ。本来は捜査について口を挟む立場にはない」

影山はコーヒーを一口飲む。

「しかし、今回のように鑑定の過程で事件の根幹を揺るがすような事実が見つかった場合は、警察へ情報を提供するのが倫理的に正しい」

「警察はどう動くでしょう？」

「私は精神鑑定医として、警察から一定の信頼を得ている。情報が無視されることはないだろう。現場の状況、凶器をはじめとする証拠品、関係者の証言、それらがあらためて検証されるはずだ。その結果、涼香さんの証言の矛盾が露呈し、一也君は犯人でなかったと分かる」

「涼香さんは逮捕されますか？」

「事件の捏造《ねつぞう》により無実の弟を逮捕させた行為はもちろん犯罪だ。ただ、入院中ということもあって、逮捕される可能性は低いだろう。本人が罪を認めさえすれば、書類送検されたのち不起訴処分というのが妥当な線だ」

そして、一也は釈放され、再び実家の部屋で精神疾患に苦しめられ続ける。

痛々しい未来像に、凜の舌に残っていたココアの甘みが苦く変化していく。

「……理解できません」

凜は空になった紙コップを握り潰す。「何がだ？」と影山が視線を送ってきた。

「なんで、涼香さんはあんなことをしたんですか？」

「隣の部屋に弟が引きこもっていることに耐えられなくなり、犯罪者に仕立てあげることで実家から排除しようとした。普通に考えれば、そういうことになる」

「だからって、女性が自分のお腹を切るなんて、……一生残るかもしれない傷を作るなんて私には思えないんです」

「全ての人間が、自分と同じような感性を持っているとは思わない方がいい。それは医師が、とりわけ精神科医が犯しがちな間違いだ」

影山の口調に普段以上の重量感をおぼえ、凛は口をつぐむ。

「我々精神科医は、日常的に精神疾患患者と接している。精神症状の原因が脳の神経伝達の異常にあること、精神疾患の患者たちが病に苦しめられている救うべき人々であることを理解している。しかし、誰もが精神疾患を正しく理解しているとは限らない。いや、多くの人々は精神疾患に対して極めて無知だ。無知は恐怖を呼び、恐怖は差別を生み出す。中世のように精神疾患患者を穢《けが》れた存在として見なす者たちは、現代にも少なからず存在している。彼らにとっては、精神疾患患者がそばに存在しているということは、怪物とともに生活しているようなプレッシャーになる。患者からすれば、自分たち健常者こそが怪物に見えていることも知らずに」

淡々と、しかしどこか熱を孕《はら》んだ口調で影山は喋り続ける。

「ただ、彼らを非難する資格は私たちにはない。いまの状況の一因に、医療サイドの啓蒙《けいもう》不足があるのは間違いないのだからな。いま精神科医がするべきことは、精神疾患は決して珍しい疾患ではなく、誰もが罹患《りかん》する可能性があること、そして適切な治療を行えば、治癒や症状の緩和が可能であることを世間に広めることだ」

影山は小さく息を吐くと、紙コップに口をつけた。

「じゃあ、涼香さんにとって一也さんは怪物のように見えていたということでしょうか。隣の部屋に理解の及ばない存在が潜んでいる。その恐怖に耐えきれなくなった涼香さんは、自分の腹を切ってまで一也さんを排除しようとした……」

「ただ、一つ分からないことがある」影山がひとりごつようにつぶやいた。

「分からないこと？　なんですか？」

「なぜ、いまの時期だった？　涼香さんは来年には海外に留学する。あと半年ほど待てば、彼女は嫌でも弟から離れるはずだった。一也君が引きこもってから約三年、その間は耐えられたにもかかわらず、なぜあと半年待てなかった?」

「それは……、三年間の我慢で限界が来て、わけが分からなくなったんじゃないですか?」

「突発的な犯行にしては計画性がありすぎる。それに、一見したところ沢井家は経済的に恵まれている印象を受ける。自分の腹を切り、さらには罪に問われるリスクを取るくらいなら、留学までの半年、どこかで一人暮らしをさせてもらえばよかったはずだ」

「たしかに、そうですね……」

「他にも納得がいかない点がある。一也君が『ぶっ殺してやる!』と叫びながら刺してきたと、涼香さんが証言している点だ。一也君の精神症状は、もはや現実と完全な乖離を起こすほどに進行している。状況にあった発言などできる状態ではない」

「そう言えば、そこに違和感をおぼえたからこそ、わざわざこうして直接話を聞きに来たんでしたね。もし、涼香さんが『無言で刺された』と証言していれば、狂言に気づかなかったかも」

「涼香さんは頭の良い女性だ。しかも、今回の事件は明らかに前もって計画されたものだ。三年間も弟の状況を見てきた彼女なら、もっと自然な犯行状況を創作できたはずだ」

「あの……、それじゃあどういうことになるんでしょう? 今回の事件が、涼香さんによる狂言であることは間違いないんですよね?」

混乱しつつ凛が訊ねると、影山は口元に手を当てて黙り込んだ。

「いまでなくてはならなかったとしたら……。そして、明らかな殺意が必要だったとしたら……」

たっぷり三分以上黙り込んだあと、影山がひとりごつようにつぶやいた。

「影山先生、なにかおっしゃいましたか?」

凜が訊ねるが、影山は答えることなくジャケットの懐からスマートフォンを取り出し、電話をかけはじめる。

「串田さん、影山だ。ちょっと調べてもらいたいことがある」

電話の相手は串田刑事だったようだ。スマートフォンから響く彼のだみ声が、凜にもかすかに聞こえてくる。

「分かっている。けれど、まだ二十三時二十分、今日はまだ四十分ほどあるはずだ。すぐに調べてくれ。そうすれば、今日中に鑑定結果を知らせよう」

無茶なことを言うなと呆《あき》れつつ、凜は状況を見守る。

「いや、調べて欲しいのは今回の事件ではない。数ヶ月前にあった……」

影山の依頼内容を聞いて凜は首をひねった。なぜいま、あの件を調べる必要があるのだろう？

電話の向こう側で串田が資料を漁《あさ》っているのか、影山はスマートフォンを顔の横に当てたまま黙り込む。数十秒して、串田がなにやら報告しているような声がかすかに聞こえてきた。

「ありがとう。日付が変わるまでに、あらためて電話をする」

そう言って通話を終えた影山は、懐にスマートフォンを戻すと、「行こうか」と立ち上がった。

「行くってどこへですか？」

戸惑いつつ腰を上げた凜が訊ねると、影山は天井を見上げた。

「もちろん、涼香さんに会いにだ」

「なんなんですか、こんな時間に」

苛立ちが飽和した口調で涼香は言う。

「私、昼間に刺されたんですよ。主治医にもできるだけ安静にして、体力を回復させるように言われているんです。だから、早く眠りたいのに」

一階の待合から外科病棟へと戻った影山は、ナースステーションにいた看護師に、もう一度涼香の主治医を呼ぶように頼んだ。深夜にもかかわらずまだ病院にいた主治医は、再度涼香と面接したいという影山の依頼に難色を示したが、事件を解決するためにどうしても必要だと滔々《とうとう》と語る影山についには説得され、十五分以内という条件で面接を許可してくれていた。

「あまり時間は取らせません。ただ、もう一度だけ確認したいことがあります。涼香さん、あなたは本当に一也さんに刺されたんですか?」

なんの前置きもなく、影山は核心をつく。涼香の表情に激しい動揺が走った。

「どういう意味ですか? 一也以外に、誰が私を刺すって言うんです!」

「私は、今回の事件があなたの自作自演ではないかと思っています」

かすれ声を出す涼香に追い打ちをかけるように、影山は言う。絶句した涼香が横たわるベッドに近づきながら、影山はなぜ狂言を疑ったかを淡々と説明しはじめた。

三分ほどかけて説明を終えた影山は、血の気が引いた涼香の顔を覗き込んだ。

「いかがでしょう。私の仮説は間違っていますか」

「ま、間違っているに決まっているじゃないですか! 全部、あなたの勝手な想像でしかないでしょ。それともなにか証拠でもあるんですか? 私を逮捕するんですか」

涼香が声を上ずらせる。

「いいえ、証拠なんてありません。そもそも、私は捜査機関の人間ではないので、現行犯でない限り、他人を逮捕する権利はありませんよ」

かすかに安堵の表情を浮かべる涼香に向かって、影山は「ただし」と言葉を続ける。

「あなたが認めないなら、私はいまの仮説を警察に伝えます。彼らはありとあらゆる証拠を見直すでしょう。そうすれば、真実が明らかになる。個人的には、その前に自分のしたことを認め、警察に伝えることを勧めます。大した罪に問われることはないでしょう」

「……脅しですか？」

「いえ、単に事実を伝えているだけです」

平板な声で言う影山を、涼香は睨みつける。部屋の空気が張り詰めていく。数十秒の沈黙ののち、涼香が口を開いた。

「……私は弟に刺されたんです」

「いえ、違います。あなたは自分で腹を切った。一也さんを警察に逮捕させ、実家から出すために。彼はあなたが捨てたナイフを拾ってしまっただけだ」

涼香の表情に敵意が充満していく。

「なんで私がそんなことしないといけないんですか！　私は来年の春には留学して実家を出るんですよ。そんなことしなくても、半年我慢すれば弟とは離れられたんですよ！」

それはまさに、数十分前に影山自身が口にした疑問そのものだった。それに対して影山がどのような答えを出したのか、凛もまだ知らなかった。一階待合から病棟に向かっている間に説明を頼んだのだが、「時間がない」とにべもなく断られてしまった。

いったいなぜ、影山は串田にあのことを調べてもらったのだろう。いったいなぜ、涼香は自らの体を傷つけてまで、狂言をしなくてはならなかったのだろう。凛は緊張しつつ成り行きを見守る。

「逆ですよ。あと半年しかなかったからこそ、あなたは今回の狂言を行わないといけなかった」

涼香の喉からものを詰まらせたような音が漏れた。

「ちょっと待ってください。半年しかなかったからこそって、どういうことですか？」

混乱した凜は、我慢できなくなり口を挟む。

「手がかりは、数ヶ月前に沢井家で起こったトラブルにあった」影山は低い声で言う。

「それって、涼香さんに無理やり家を追い出されそうになった一也さんが暴れて、警察沙汰になったっていうものですよね。それがどうしたんですか？」

「沢井夫婦は大切な情報を隠していたんだ。トラブルの本質は、一也さんが追い出されたことじゃない。実家から追い出した一也さんを、涼香さんがどこに連れていこうとしていたかだ」

「え、どこって……？」虚を突かれた凜は目をしばたたかせる。

「串田刑事に頼んで事件の詳細について知ることができた。数ヶ月前、涼香さんは両親が留守にしている隙に、一也さんを無理やり精神科病院に受診させようとしたんだ」

「精神科病院に受診⁉」

凜の声が跳ね上がる。影山はゆっくりと頷いた。

「病識、自分が病人であるという意識が希薄であることが多い精神疾患では、家族の同意を得ての強制的な受診を行っている病院もある。そのような病院に依頼し、職員を派遣してもらい、一也さんを家から連れ出そうとした。しかし、家の外で一也さんが激しく抵抗したため近所の住人に通報され、警官が駆けつける事態となった。警察からの連絡を受けて慌てて帰宅した両親が強く反対し、精神科病院への搬送は中止となり、警察も家族内のトラブルということで事件化することはしなかった。そうですね？」

影山が水を向けるが、涼香は細かく震えるだけで答えなかった。

「ま、待ってください」凜はこめかみを押さえる。「じゃあ、涼香さんは一也さんが精神疾患だと気づいていたんですか？」

「もちろんだ。涼香さんだけでなく、おそらく両親も実際は気づいている。違いは、両親は世間体を考えてそれを隠そうとし、涼香さんは弟のためを思って治療を受けさせようとしたことだ」

「でも、それがどう今回の狂言に繋《つな》がるんですか？」

「犯行時、一也君が『ぶっ殺してやる！』と叫んだという証言こそが、その疑問を解く鍵になっている」

「え？　え、どういうことですか？」混乱の海に引きずり込まれ、凜は眩暈《めまい》をおぼえる。

「一也君の病状からするとリアリティのないそのセリフには、意味があったということだ。涼香さんはこの事件に、『明らかな殺意』を必要としていた。だからこそ、犯行時にあのセリフを一也君が叫んだと証言しなくてはならなかったんだ」

「明らかな殺意……。それがあるとどうなるんですか？」

「医療観察法の対象になる」

影山が『医療観察法』という言葉を発した瞬間、ベッドに横たわる涼香の体が大きく震えた。

「かつては、心神喪失により不起訴または無罪になった触法精神障害者はほとんどの場合、精神科病院に措置入院となり、その後のことは担当医に丸投げされてきた。それが無責任であるという批判によって生まれたのが、二〇〇五年に施行された医療観察法だ。それにより、重大な犯罪を起こしたが心神喪失により罪に問えない者に対しては、裁判官と精神科医の合議によってどのような処遇にするべきか決定することとなった。そこで入院治療が必要と判断されれば、指定医療機関で一年以上にわたって専門的な治療が施され、さらに退院後のことも見越して、社会復帰調整官によって生活環境の調整も行われることになる」

「一也さんに医療観察法による治療を受けさせるため、自分の腹を切ったっていうことですか⁉」

驚きの声を上げた凜は、影山の鋭い視線に射抜かれ背筋を伸ばす。

「さっきも言ったように、自分の常識だけで物事を判断するべきではない。それだけ涼香さんは追い詰められていたんだ。そうですよね？」

みたび影山に水を向けられた涼香は数秒の躊躇《ためら》いのあと、ほんのかすかに頷いた。その表情からは張り詰めていたものが消え、迷子の少女のように弱々しく見えた。

「……三年前に一也が高校を辞めたときは、私もたんにいじめられて弱気になっただけだと思っていました。少し休めば、また元気になるだろうと」

涼香はぽつぽつと語りだす。

「けれど、次第に言動がおかしくなってきて……。なにが起こっているのか分からなくて、ネットなどで必死に調べたんです。それで気づきました。一也は……統合失調症だって」

「ご両親には言わなかったんですか？」

凜が訊ねると、涼香は痛みに耐えるかのように、唇を噛んだ。

「言いました。何度も何度も。けれど父は『うちの子が精神病なんかになるはずはない』って聞かなくて。母は父には逆らえないし……。そのうちに一也の症状はじわじわと悪化していきました。隣の部屋にいる私には、それが手に取るように分かったんです」

壁越しに弟が精神疾患に蝕《むしば》まれていくのを感じつつ、なにもすることができない。その絶望がどれほど心を腐らせていくものなのか、想像しただけでも恐ろしかった。

「それで数ヶ月前、一也さんを無理にでも精神科病院に連れていこうとしたんですね」

「耐えきれなくなって、私一人で精神科病院に相談に行ったんです。そこの先生は、家族の同意さえあれば無理にでも連れてきて診察することもできるとおっしゃって。だから両親がいないときに……。けれど、一也が家の外を凄《すご》く怖がって……」

「警察に通報され、計画は失敗に終わった」

影山が言葉を引き継ぐと、涼香はつらそうに「はい……」と答えた。

「それ以来、家には常に父か母がいるようになりました。私は来年から数年間、海外留学することになって……。もし、それまでに助けられなかったら、一也は完全に壊れると思ったから……」

目元を押さえて言葉を詰まらす涼香に、凜はおずおずと訊ねる。

「あの、狂言をした理由は分かりましたけど、一也さんが『ぶっ殺してやる！』って叫んだと証言しなくてはいけなかった理由はなんなんでしょうか？」

「弓削君、医療観察法の対象となる犯罪は知っているね」

涼香の代わりに、影山が言った。

「はい、たしか……、殺人、放火、強盗、強制性交、強制わいせつ、あと傷害だったはずです」

凜は指折り対象となる犯罪をあげていく。

「そうだ。その中で傷害事件だけは被害者が重傷であるという但し書きがつく。しかし、ここで言う『重傷』にはっきりした定義はない。検察のさじ加減次第で決まってしまうことを、法学部で学ぶ涼香さんは知っていた」

影山は低い声で話し続ける。

「傷が腹腔内まで達しない負傷を、検察が『重傷』と判断せず、医療観察法の対象から除外されれば、一也君はどこかの精神科病院に措置入院として丸投げされる。そうなれば治療の質は保証されない。措置入院の場合、退院の判断は主治医に任されている。治療が不十分でも、症状がわずかに軽快しただけで退院させられるかもしれない。当然、退院後の生活環境の調整なども行われない」

「だから、『明らかな殺意』が必要だった……」凜は呆然とつぶやく。

「被疑者の殺意さえはっきりしていれば、事件は『傷害』でなく『殺人』となる。『殺人』は未遂であっても医療観察法の対象だ。重傷か否かは関係ない。だからこそ涼香さんは、不自然であることを自覚しつつ、一也君が『ぶっ殺してやる！』と叫んだと証言しなくてはならなかったんだ」

説明を終えた影山は、ふぅと息を吐く。部屋が重い沈黙に満たされていく。

事件の真相は明らかになったが、凜の気持ちは沈んでいた。真実が警察に知られれば、涼香は罪に問われ、釈放された一也はまた自宅の部屋で引きこもり続けることになるだろう。誰一人幸せにならない結末。

「……影山先生」嗚咽《おえつ》の隙間から、涼香が声を絞り出す。「どうかお願いです。いまのことを警察には言わないでくださいませんか。どうか……、お願いですから……」

溺れた者が助けを求めるように、涼香は手を伸ばす。しかし、影山は首を横に振った。

「できません。それをすれば、不起訴になったとしても、一也さんはあなたを刺したという汚名を着ることになる」

「けれど、それ以外に一也を救う方法はないんです！　どうかお願いします！」

傷が痛むだろうに必死に上半身を起こした涼香は、深々と頭を下げる。

「無理です。私が報告する前に、あなたが自ら警察に狂言を自白してください。そうすれば、おそらく起訴まではされないでしょう。前科がつくこともありません」

顔を上げた涼香の顔に、絶望の表情が広がっていく。

「……やっていません」

拳を握りしめた涼香が、蚊の鳴くような声で言った。凜の口から「え？」と声が漏れる。

「ですから、私は狂言なんてやっていません。本当に一也に刺されたんです」

「……警察が捜査すれば、すぐに真相にたどり着きますよ」

つぶやいた影山を、涼香は憎悪のこもった眼差しで睨みつける。

「そんなの関係ありません。一也を救う方法はこれしかないんです。私は絶対に、自分から狂言を認めたりなんかしません！」

鋼のように強い決意を全身に漲《みなぎ》らせる涼香を眺めつつ、影山は「とりあえず、もう一つの犯罪についての話をしましょうか」とつぶやいた。

「もう一つの犯罪？」

涼香が訝《いぶか》しげに聞き返す。凜も、影山がなにを言っているのか理解できなかった。

「公務執行妨害ですよ。ご両親の通報により駆けつけた警官を、一也さんは殴っている」

「だって、それは……」

絶句する涼香に影山は顔を近づける。

「どんな理由があろうと、警官を殴ったのは事実です。彼はそれについて裁かれる必要がある。さて、ここで一つ取引を提案しましょう」

「取引……？」

「ええ、もし一也さんがあなたを刺していないと分かれば、私が依頼された殺人未遂事件の精神鑑定は無効になり、あらためて公務執行妨害についての精神鑑定が行われることになる。もしあなたが狂言を自白するなら、私はその精神鑑定を、簡易鑑定ではなく本鑑定で行うよう検察に掛け合いましょう。検察にはいろいろと貸しがある。きっと了解してくれるはずです」

「本鑑定……ということは……」涙で濡れた涼香の目が大きくなる。

「そうです。私の病院に二ヶ月ほど入院して鑑定を受けることになる。精神疾患の治療をしっかりと受けながらね」

涼香が両手で口を覆う。その下から「ああっ……」という声が漏れだした。

「その鑑定で統合失調症による心神喪失の判定が下された場合、おそらくは不起訴になり、当院に措置入院となるでしょう。そして、社会復帰が可能と私が判断するまでしっかりと治療を受けて頂きます。もちろん、退院後のフォローも含めて」

涼香の瞳から大粒の涙がこぼれだす。

「ありがとうございます……。本当にありがとうございます……」

嗚咽が響く病室の中、影山は床頭台に置かれた時計に視線を送った。

「ああ、主治医に十五分だけと言われたのに、いつの間にか過ぎていたな。それでは私たちはそろそろ失礼します。警察には早めに連絡を。弟さんの件はお任せください」

「どうぞ……、どうぞよろしくお願いします」

涙ながらに礼を述べる涼香に会釈をすると、影山と凜は病室をあとにする。廊下を進み、エレベーターで一階に降りた二人は、出口に向けて薄暗い待合を進んでいった。

「一也さん……、回復しますかね？」

影山と並んで歩きながら、凜は小声で訊ねる。

「社会復帰までは難しいだろう。破瓜型はもともとあまり予後が良くない。それに加え、長期間無治療でいたため、かなり症状が悪化している」

「ですよね……」声が沈んでしまう。

「我々は万能ではない。大切なのは、どんな患者に対しても全力を尽くして治療に当たるという覚悟だ。それを忘れないように」

凛が「はい！」と返事をすると同時に、待合の柱時計がポーンと大きな音を立てた。

「ああ、零時になってしまったな」

足を止めた影山は、珍しくおどけた仕草で肩をすくめた。

「串田刑事には日が変わる前に鑑定結果を伝えると言っていたが、犯罪自体がなかったんだ。約束を破ったことにはならないだろう」

# 第四話　時の浸蝕

## 1

東京都千代田《ちよだ》区霞《かすみ》が関にある東京高等裁判所、その第720号法廷の傍聴席《せき》の隅で、スーツ姿の弓削凛は両手を膝に置き、証言台に立つ男性を見つめていた。

「……という事実から、あなたは被告人が精神疾患を患っていないと判断した。そうですね？」

検察席から、中年の検事が声をかける。

「はい、そうです」

細身で長身の壮年男性、影山司は普段通りの抑揚のない口調で答えた。

今日、影山が証言をする裁判を見学するために、凛はこの法廷にやってきていた。四ヶ月ほど前、影山に弟子入りし、彼が鮮やかに鑑定を下すのを何度も見てきた。しかし、鑑定だけが精神鑑定医の仕事ではない。必要に応じて裁判で証言を求められることになる。だから可能な限り、影山が証言をする裁判を傍聴することにしていた。いつかは自分も、鑑定医として法廷で証言する日が来るはずだから。

凛は検事からの訊問《じんもん》を受けている影山を見つめ続ける。この裁判は、影山が簡易精神鑑定で『事件当時、精神疾患による混乱状態にあったとは言えない』という診断を下した被疑者のものだった。よって、影山は検察側の証人として出廷しており、検事の質問は全て影山が答えやすいものだった。この数分間、影山は検事の質問に「はい、そうです」とくり返すことしかしていない。半ば、出来レースのようなやり取り。にもかかわらず、凜の額には汗が浮いていた。法廷という非日常空間に漂う空気を吸っていると、どうにも緊張してしまう。

傍聴席にいるだけでこうなのだから、もし証言台に自分が立つことになったら……。

想像しただけで口の中から水分が引いていく。凜は乾燥した唇を舐《な》めて湿らせると、被告人席へと視線を移す。そこには、顔色の悪い痩せた青年が座っていた。被告人である小峰博康《こみねひろやす》。

事件があったのは一年ほど前、被害者の女子大生である須原真由《すはらまゆ》の自宅だった。真由は同じカフェでアルバイトをしていたフリーターの小峰と、その半年ほど前から交際していたが、付き合っていくうちに小峰の粗雑な態度が目立つようになり、心が離れていった。事件当日、真由は小峰を自宅の二階にある自分の部屋に呼び、別れ話を切り出した。小峰は別れることを拒否したが、真由の決意は固く「もう二度と会いたくない。早く家から出ていって」と追い出そうとした。その態度に激高した小峰は真由の顔面を殴打し、勢いよく倒れた真由は勉強机の角に頭部を強く打ちつけた。

当時、日曜で仕事が休みであったため一階のリビングにいた父親の須原泰司《たいじ》は、上階から響いた大きな音に驚き、慌てて娘の部屋に向かった。扉を開けた彼が見たものは、頭部から血を流して倒れている娘と、「俺が悪いんじゃない！　こんなに強く殴るつもりはなかったんだ！」と真っ青な顔で叫ぶ小峰だった。

泰司の通報を受けて駆けつけた警官により、小峰は傷害の現行犯で逮捕された。真由は頭部を強打したことにより頭蓋骨骨折及び急性硬膜外血腫を起こしており、救急搬送された病院で緊急手術を受けた。しかし脳へのダメージは極めて大きく、事件から三日後に意識の戻らぬまま命を落とすことになった。それを受けて警察は、容疑を傷害から傷害致死へと切り替えて小峰を送検した。

それだけなら、悲劇ではあるものの単純な事件だ。問題は送検後、検事の取り調べに対して小峰が口にした内容だった。

「悪魔が殴れと言ってきたんだ。俺は真由を殴りたかったわけじゃない。ただ、悪魔に命令されてどうしようもなかったんだ」

そう主張した小峰は、その他にも「ずっと、部屋が盗聴されていた」「誰かが俺の悪口を言っていた」「真由に悪魔が憑《つ》いていたから、それを祓《はら》ってやったんだ」等の支離滅裂な発言をくり返すようになった。警察での取り調べでは、別れ話に腹を立てて殴ったことを全面的に認めていたにもかかわらず、いきなり意味不明の証言をはじめた小峰に対し、検事は精神疾患を装って罪を逃れようとしていると考え、影山に簡易精神鑑定を依頼した。事件の詳細な情報に目を通したうえで小峰と面接した影山は、検察が予想した通り、小峰の症状について『詐病《さびょう》』と診断を下し、犯行時に完全な責任能力があったという鑑定書を提出した。結果、小峰は傷害致死で起訴されることとなった。

東京地裁で行われた第一審で、小峰の弁護を行った国選弁護人も、「事件当時、被告人は精神疾患により心神喪失の状態であった」と主張した。しかし、影山の証言とその他の証拠により主張は一蹴され、小峰は傷害致死により懲役八年の判決を受けた。小峰側はすぐに判決を不服として控訴し、審議の場を高等裁判所に移して今日、再び裁判が開かれることになった。

凜はふと、弁護士席を見る。眼鏡を掛けた中年の男が、痩せた体をブランドもののスーツで包んで座っている。

たしか、第一審は違う弁護士だったはず……。凜は首を傾ける。

小峰の精神鑑定には、影山に弟子入りする前だったので立ち会えなかったが、三ヶ月ほど前、第一審で影山が証言した際に、凛はその裁判を傍聴していた。

聞くところによると、小峰側はまだ心神喪失による無罪を主張しているらしい。しかし、それが認められるとはとても思えなかった。精神鑑定医として圧倒的な実績のある影山の鑑定書があるうえ、事件の状況を見ても小峰が精神疾患を装っているだけなのはまず間違いない。第一審で完全に否定された主張を、控訴審でもくり返す理由が分からなかった。

事件について真摯に反省する態度を見せ、家族などを証人に呼んで情状酌量を求め、少しでも減刑されるようにする。それがこの裁判における、一般的な弁護方針ではないだろうか。

やがて、検事による訊問が終了し、裁判長が「それでは弁護人は反対訊問を」と促す。眼鏡の弁護士は、唇に笑みを湛《たた》えながら立ち上がった。

「影山先生はこれまで、精神鑑定医として多くの鑑定に携わってきているんですよね」

世間話でもするような口調で弁護士は訊問をはじめる。

「多いかどうかは判断できませんが、これまで四百件ほど鑑定をしています」

影山が答える。口調は普段通り落ち着いていたが、凛は彼の態度にかすかな警戒を感じた。

「四百件、それは凄《すご》い。なぜ先生は、それほど多くの鑑定を頼まれているのでしょう?」

弁護士が訊《たず》ねたとき、「異議あり」という声が法廷の空気を揺らした。見ると、検事が立ち上がって弁護士を睨《にら》んでいた。

「質問の意図が曖昧で、審議とはなんら関係がありません」

敵意を剝《む》き出しにして言う検事に、凛は目をしばたたく。第一審を傍聴した際には、検事はもっと悠然としていた。弁護士の訊問にも、ほとんど異議を唱えることはなかった。なのに、今日はどこか追い詰められたような雰囲気を醸し出している。

「異議を認めます。弁護人は質問の意図を明確にしてください」

「失礼いたしました」

弁護士は慇懃《いんぎん》に頭を下げたあと、眼鏡のレンズ越しに刃物のように鋭い視線を影山に投げかけた。

「それでは質問を変えます。影山先生、あなたが多くの精神鑑定を依頼されるのは、被疑者に不利な鑑定をする傾向にあるからじゃないですか。だからこそ被疑者を有罪にしたい警察や検察はあなたを重宝し、ひっきりなしに鑑定を依頼する。そうじゃないですか？」

あまりにも酷《ひど》い言い草に、凜の顔が引きつる。影山は表情を変えることなく口を開こうとするが、彼が答える前に、再び「異議あり！」という検事の声が法廷に響き渡った。

「いまの質問は全く根拠のない中傷であり、証人に対する侮辱にあたります」

「侮辱するつもりはありません。ただ、鑑定書の正確性を担保するためには、影山先生が鑑定医として中立であるか否かを確認する必要があるのです」

弁護士は軽く肩をすくめた。

「異議を棄却します。ただし、弁護人は挑発的な言動を慎むように」

裁判官にたしなめられた弁護士は「承知しました」と頭を下げると、視線で影山に答えを促す。

「私は医師として客観的な鑑定を心がけています。また、私の鑑定が他の精神鑑定医と比較して、検察に有利な内容に偏っているという事実はないはずです」

影山は感情的になることなく、淡々と答える。

「客観的とおっしゃいましたね。しかし、精神疾患については他の病気と違って、血液検査や画像検査で客観的なデータが出てくるわけではない。それでは、先生はなにをもってご自身の鑑定を

『客観的』であると定義するのですか？　先生は具体的に、どのように鑑定を行うのですか？」

弁護士の追及を聞いて、凜は軽く唇を噛《か》む。診断をデータによって裏付けられないことは、全ての精神科医の悩みだった。だからこそ、精神科医は自らの診断に常に疑念を持ち、状況の変化によっては過去の診断が間違っていたということを受け入れる勇気を持つ必要があるのだ。

「人間のあらゆる行動には、意識的、無意識的にかかわらず理由があるものです。私は鑑定医として、事件の詳細な情報を頭に入れたうえで被疑者と面接を行い、その人物が犯行に至った理由を探っていきます。そのうえで、その『理由』が正常な思考によるものなのか、それとも精神疾患による妄想などに起因するものなのかを慎重に判断します」

「それにはかなりの経験が必要とされるのではないですか？」

「はい、経験は必要だと思われます」

「つまり、経験によって鑑定結果が大きく左右されるということですね。それは果たして、『客観的』と言えるのでしょうか？」

弁護士は大仰に両手を広げた。

「経験が必要なのは、被疑者が犯行に至った『理由』を導き出すまでです。それが正常な思考に起因するものか否かの判断には、精神鑑定医としての経験は必要なく、一般的な人々の感性で理解できるかどうかの方が重要となってきます。つまりその『理由』が世間の常識では理解できないものである場合、被疑者は心神喪失または心神耗弱《こうじゃく》の状態であったと判断されます。一般的な『常識』を物差しにしていることにより、その鑑定は『客観的である』と言えると私は考えています」

影山はよどみなく答える。弁護士の顔に浮かんでいた嘘《うそ》っぽい笑みがはぎ取られていった。

「では、今回のケースで先生は、被告人が『一般的に理解できる理由』により犯行を起こしたと考えているのですね」

「はい。被告人は恋人から別れを切り出されたことに激高し、怒りに任せて被害者を殴り、結果的に死亡させた。その行動は極めて短絡的で衝動的ではありますが、一般的に理解できるものです」

「いま先生がおっしゃった内容は、あくまで検察の主張をなぞったものです。被告人は、『被害者を殴るように悪魔に命令され、そのようにした』と主張しています。それが犯行の『理由』なら、一般的には理解できないものではないですか」

「たしかに、面接の際にも被告人はそう主張しました。しかし私は、それは精神疾患を装うための虚偽の主張だと判断しました」

「そう判断した根拠はなんですか？」

「おもに面接での被告人の言動と、事件の状況です」

「面接……ですか」

弁護士はあごを引くと、唇を舐める。その姿は蛇がちろちろと舌を出す姿を彷彿《ほうふつ》させた。

「影山先生、あなたはどれだけの時間、被告人と面接したんですか」

「一時間弱です」

影山が答えると、弁護士の目に狡猾《こうかつ》そうな光が宿る。

「一時間！　たったの一時間しか話をしていない。それなのに、あなたはまるで被告人の全てが分かったかのような口ぶりですね」

挑発的な物言いに、凜は思わず「仕方ないじゃない」と小声でつぶやいてしまう。精神鑑定には、被疑者を専門施設に移したうえで二ヶ月ほどの時間をかけて行う本鑑定と、留置場や拘置所などに出向いて短時間で行う簡易鑑定がある。そして、どちらを行うかは鑑定を依頼する警察や検察によって決められるのだ。

世間をにぎわすような大事件では本鑑定を行う傾向にあるが、それ以外は簡易鑑定で済まされるケースが多かった。今回のように明らかに被疑者が精神疾患を装っていると思われる場合は、ほぼ簡易鑑定が依頼される。簡易鑑定での面接時間は一般的に三十分程度だ。一時間近く面接を行う影山は、時間をかけて慎重に鑑定をしている方なのだ。

「今回の事件にかんしては、一時間の面接で十分だったと考えています」

影山は動揺したそぶりを見せなかった。目論見《もくろみ》が外れたのか、弁護士はかすかに唇を歪《ゆが》める。

「なぜ、わずか一時間で十分だったと言い切れるんですか？」

「面接の際、たしかに被告人は『悪魔に命令された』『誰かに監視されている』『被害者に悪魔が憑いていた』などと発言しました。それらの妄想は、おもに統合失調症で認められるものです」

「では、被告人は統合失調症なのではないですか？　妄想に囚《とら》われて混乱し、被害者を殴ってしまった。そうじゃないですか？」

「いえ、被告人が統合失調症を患っていたとは思えません」影山ははっきりと言い切った。「面接の際、被告人は妄想に襲われていると訴えてはいるものの、コミュニケーションは概して良好でした。統合失調症で見られる思考の分裂などが全く認められず、私の問いを正確に理解し、それに適切に答えることができました。犯行時に妄想に取り憑かれていたという被告人本人の主張以外、彼には統合失調症で現れる多様な症状が、なに一つ認められませんでした。以上より、彼は犯行時に正常な判断能力を有していたと私は鑑定しました」

影山の堂々たる態度には、自らの鑑定に対する誇りが滲《にじ》んでいた。しかし、影山の答えを聞いた弁護士は唇の両端を上げていく。

「なるほど、端的なお答えありがとうございます。先生はご自身の診断にとても自信をお持ちのようだ。まるで、自分の鑑定が間違っていたことはないとでもいうような態度ですね」

「異議あり！」検事がまた声を張る。「弁護人の発言は証人を揶揄《やゆ》するもので、この審議にはなんら関係ないものです」

「異議を認めます。弁護人は質問の意図を明確にするように」

裁判長に指示された弁護士は、軽くあごを引く。

「それでは答えやすい質問をしましょう。影山先生、堂島孝太郎《どうじまこうたろう》という人物をご存知ですか？」

影山の眉がピクリと動いた。

「はい、たしか五年ほど前に私が精神鑑定をした被疑者です」

「その通り。堂島氏は現在四十二歳の男性で、五年前、借金返済の催促に来た知人と口論となり、顔を殴りつけて全治六週間の大怪我《おおけが》を負わせました。逮捕後の取り調べで、『知人に悪霊が憑いていた。そのままだと自分も殺されると思ったから殴った』と供述しました。そのため、警察は影山先生に簡易精神鑑定を依頼しました。いやぁ、かなり今回の事件と似ていますね」

一度言葉を切った弁護士は、軽く前傾しつつ口を開く。

「あなたは堂島氏についてどのような鑑定を下しましたか」

「精神疾患は認められず、犯行時に正常な判断能力があったと鑑定しました」

「その通り。先生の鑑定結果を受けて堂島氏は起訴され、懲役二年の実刑判決を受けています」

「異議あり！　それが本件となんの関係があるのか不明です」

検事の異議に対し、弁護士は余裕の笑みを浮かべる。

「すぐにご説明します。裁判長、モニターに証拠品を映す許可を頂けますでしょうか？」

裁判長が「許可します」と言うと、弁護士は机の上に置かれていたノートパソコンを操作する。壁に取り付けられているモニターに映し出された映像を見て、凛は目を疑った。そこには、一枚の診断書が映し出されていた。

『患者名　堂島孝太郎　様
診断名　統合失調症（緊張型）
上記の疾患により、数週間の入院治療を必要とする。』

診断書の下方には、埼玉にある精神科病院と、診断した医師の名が記されている。その横に記された日付は、ほんの数ヶ月前のものだった。

数秒間、唖然《あぜん》としてモニターを眺めたあと、凛は慌てて影山の様子を確認する。証言台の前に立つ影山は、表情を変えることなくモニターに視線を注いでいた。

「ご覧のように、堂島氏は現在、統合失調症の診断を受け、入院治療を受けています。出所後、堂島氏は言動がどんどんとおかしくなっていき、『誰かに監視されている』と怯《おび》えて部屋から出なくなりました。また、わけの分からないことを言って暴れることも増えてきたため、精神科を受診したところ統合失調症の診断を受け、それ以降、入退院をくり返しています。さて、影山先生」

弁護士はもったいつけるかのように一度言葉を切る。

「これについてどうお考えでしょうか？　あなたが鑑定をした際、堂島氏は統合失調症を発症していたとは考えられませんか。あなたの鑑定は間違っていたのではないですか？」

「いえ、私はそうは思いません」影山は首を横に振った。「現在の堂島氏を診察したわけではないので、彼が現在、統合失調症を患っているかどうかは分かりません。しかし、五年前に私が面接した時点では、彼に統合失調症の症状は全く認められませんでした」

「では、この五年の間に堂島氏は統合失調症を発症したとおっしゃるんですか？　そんな偶然があると、本当にお考えなんですか？」

勢い込んで訊ねる弁護士に、影山は「十分にあり得ます」と即答する。弁護士の顔にはじめて戸惑いの色が浮かんだ。

「それは、なにか根拠のあるお答えですか？」

「統合失調症の生涯有病率は約〇・八パーセントと言われています。つまり、百人に一人弱が発病する、ある意味ありふれた疾患です。私はこれまで四百人以上の被疑者を鑑定してきました。私の鑑定後に統合失調症を発症する人物が存在する可能性は高い。その意味で、十分にあり得るとお答えしました」

「……私には強引にこじつけているようにしか聞こえませんが」

「先生が個人的にそう思われることについては自由です。ただ、私はあくまで統計に基づいて『客観的な事実』を述べているにすぎません」

「……これは失礼いたしました。たしかに影山先生のおっしゃる通り、私の個人的な感想を述べても意味はありませんね。それでは最後に一つだけ、先生に伺います」

居ずまいを正した弁護士は、眼鏡の奥から影山を見つめた。

「事件後、被害者の父親が部屋に駆けつけた際、被告人が発したという、『俺が悪いんじゃない！こんなに強く殴るつもりはなかったんだ！』というセリフ。それは被告人が事件当時、心神喪失状態でなかったという根拠になっていますか？」

なにを言っているのだろう？　凜は首を傾《かし》げる。その質問の意図が、全く読み取れなかった。検事も同じ感想を持ったようで、戸惑いの表情を浮かべている。

「……はい、もちろんそれも大きな判断材料となっています」

かすかに警戒心の滲む声で影山が答えた瞬間、弁護士は眼鏡の奥の目を細め、口角をわずかに上げると、「質問は以上です」と席に腰をおろした。

「証人は下がって結構です」

裁判長に言われた影山が一礼して証言台から離れていくのを見守りつつ、凜は胸騒ぎをおぼえていた。最後に弁護士が見せた笑みは何を意味するのだろう。まるで、獲物が罠《わな》にかかった瞬間を目撃したかのような態度だった。

数分間、思考を巡らせていると、視界の隅に人影が現れた。顔を上げると、さっきまで証言台にいた影山が立っていた。

「お疲れ様でした」隣の席に座った影山に、凜は小声で言う。「大変でしたね、色々と絡まれて」

「今回のように無罪を主張して全面的に争う否認裁判では、鑑定医を攻撃してその資質に疑義を唱えるのが弁護人の基本戦法だ。君も鑑定医になったら、その洗礼を受けることになる」

あれだけいやみったらしい質問に晒《さら》され、侮辱にも近い言葉で挑発されなくてはならないのか。気分が沈んでしまう。

「まあ、彼ほど執拗《しつよう》に攻撃してくる弁護士は少ないがな」影山の薄い唇に苦笑が浮かんだ。

「あの弁護士をご存知なんですか？」

「辻拓也《つじたくや》、富裕層が起こした刑事事件を中心に弁護を行っている有名人だ。かなり高額の料金を取るが、その分、腕はいい。依頼された事件の大部分を示談に持ち込んで、不起訴にしている」

「でも、今回の事件は裁判になっていますよ」

「すでに第一審で有罪判決を受けた後に、被告人の弁護を引き継いでいるからな。それに、傷害致死罪は親告罪ではない。そもそもが、示談で不起訴にできるような事件ではないんだ」

影山は弁護士席の辻を見ながらあごを撫《な》でる。

「しかし、裁判での弁護こそあの男の真骨頂とも言える。ありとあらゆる証拠を細かく精査し、重箱の隅をつつくように粗を見つけては、そこをしつこくついてくる。そして、大きな減刑、場合によっては無罪を勝ち取っていくんだ」

ふと、凛の頭に疑問が浮かんだ。

「あの弁護士、かなり高額な料金を取るんですよね。けれど、被告人はフリーターのはずです。いったい、どうやってその金を捻出したんでしょう」

「ほぼ勘当されている状態だが、九州にある小峰の実家は、かなりの名家で資産家らしい。おそらくはそこから出ているんだろう」

「けど、第一審で小峰の家族は情状証人として出廷することを拒否していませんでしたっけ？　そこまで関係が悪いのに、わざわざ弁護士費用なんて出しますか？」

「血縁から犯罪者、しかも人を殴り殺して懲役八年もの実刑を受けるような人物が出るのは赦《ゆる》せないと考えたのかもしれない。小峰本人のためでなく、家の名誉のために無罪を勝ち取ろうとしているというわけだ。だからこそ、辻は無理やり、犯行時被告人が心神喪失状態だったという方針で弁護を組み立てていると考えれば筋が通る」

「え？　どういう意味ですか？」

影山の言葉の意味が分からず、凛は首をひねる。

「辻ほどの弁護士なら、いくら私の鑑定にけちをつけようが、この事件で心神喪失が認められる可能性がほぼないことくらい分かっているはずだ。事件時の言動からも、周囲の者の証言からも、小峰に精神疾患を疑わせるような兆候は全くみられない。今回の事件で正しい弁護方針は、心神喪失を主張することではなく、小峰に真摯な反省を述べさせたうえで、情状証人による証言を重ねて減刑を求めるというもののはずだ」

「それをしないのは、依頼主である実家が減刑ではなく、無罪を勝ち取るように求めているからということですか」

「そうだ。高額な料金を取る代わりに、依頼人の要望にはできる限りこたえる。それが、倫理的に多少問題があることでも。辻はそういう男だ」

言葉を切った影山は、目つきを鋭くして鼻の頭を撫でた。なにか考え込んでいるようなその様子に、凜は「どうしました？」と声をかける。

「最後に辻は、被告人の事件時の発言が鑑定に影響しているか訊ねてきた。なぜそんな当然の質問をしたのかが気になる」

「特に意味なんてないんじゃないですか？　五年前の鑑定をあげつらって先生の鑑定の信用を落とそうとしたけれど、それがうまくいかなかったから、他に訊《き》くことが思いつかなかったとか」

「そんな甘い男ではないはずなんだがな……」

影山がつぶやくと、新しい証人が証言台に立った。凜は膝の上で拳を握りしめる。その男には見覚えがあった。被害者である須原真由の父親、須原泰司。

三ヶ月前、第一審で見たときよりも泰司は一段とやつれていた。皮膚はかさついて黄ばんでおり、痩せた顔には頬骨が目立つ。顔には力がなく、しわが多い。たしか、まだ五十代だったはずだが、凜の目には彼が七十歳を超えた老人に見えた。

当然か……。凜は資料で見た泰司の身の上を思い出す。都内のメーカーに勤める泰司は、早くに両親を亡くし、さらに妻とも十三年前に癌《がん》で死別していた。妻を亡くしたとき、小学生だった一人娘の真由を、泰司は男手一つで必死に育てていった。

——父娘《おやこ》でお互いに支え合いながら、とても仲良く暮らしていました。

第一審で検察側の証人として出廷した、須原家と親しかったという隣人の女性は、涙ながらにそう証言していた。そんな宝物のように大切に育て上げた娘を、唯一の家族を、理不尽な暴力によって突然喪《うしな》ったのだ。その怒りと悲しみは想像を絶するものだろう。

一審で泰司は嗚咽《おえつ》で何度も言葉を詰まらせながら、被告人を重い刑に処して欲しいと懇願した。そんな泰司に対し、事件当時、心神喪失状態だったという弁護方針を取っていた一審の国選弁護人は「被告人は精神疾患のせいで妄想に囚われ、娘さんを殴ってしまった可能性があるんです。それにもかかわらず、被告人を罰しろとおっしゃるんですか?」と、感情を逆なでするような質問をしてきた。それに対する泰司の答えは、いまも凜の耳に残っている。

「精神病⁉ それがいったいどうしたって言うんですか! そこに座っている男が、私の大切な娘を殴り殺したっていう事実には変わりがない! 妄想が原因なら、犯人の罪が無くなるとでも言うんですか? そんなことはないはずだ! そこの男が病気であろうとなかろうと、娘を殺した罪は存在するはずだ!」

涙を流しつつ放った泰司の絶叫は、法廷中に響きわたった。

犯人が精神疾患を患っていたからといって、罪が消えるわけではない。しかし、刑法三十九条には、心神喪失状態の者は罪に問えないと明記してある。

ならば、その罪はどこに行ってしまうのだろう。

ならば、誰がその十字架を背負うべきなのだろう。

九年前からずっと自らに問いかけ続けている疑問が浮き上がってくる。同時に、寂しげに佇《たたず》む、大きな丸眼鏡をかけた少女の姿が脳裏をよぎった。懐かしさ、哀《かな》しみ、怒り、絶望、無力感、様々な感情が胸郭の中で混ざり合い、混沌《こんとん》とした闇と化す。凜は顔をゆがめ、胸元を押さえた。

「大丈夫か？」

横目で視線を送ってくる影山に、「はい……」と弱々しく答えると、凜は深呼吸をくり返す。

カビのように、意識の奥底に深く根を張ってこびりついた疑問。その答えを見つけるために、私は精神鑑定医を目指し、触法精神障害者が抱えている闇を覗《のぞ》こうとしているのだ。あの事件の記憶を反芻《はんすう》するたびに気分を悪くしていては、精神鑑定医などになれるわけがない。

凜は腹の底に力を込めて顔を上げる。泰司の宣誓がすでに終わり、検事が訊問をはじめていた。

「二階から大きな音を聞いたあなたは、すぐに被害者の部屋に向かったんですね。そこで、頭から血を流して倒れている被害者と、被告人を目撃した」

「……はい、そうです」虚《うつ》ろな目で証言台を眺めながら、泰司は答える。

「そのとき、被告人はなにか言いましたか？」

検事が質問を重ねる。泰司は証言台に視線を落としたまま反応しなかった。まるで、検事の声が聞こえていないかのように。だらりと体の横に下がっていた両手が、ぶるぶると震えはじめる。呼吸が荒くなり、しわの寄ったスーツに包まれた肩が大きく上下しはじめた。

「須原さん、あなたが被害者の部屋に駆けつけたとき、被告人はなにか言いましたか？」

検事が質問をくり返すと、泰司は勢いよく顔を上げて裁判長を見た。

「申し訳ございません！」

唐突に、壁が震えるほどの大声で叫ぶと、泰司は裁判長に向かって深々と頭を下げた。

「私は嘘をついていました！」

「嘘というと、どういうことですか？」

怪訝《けげん》な顔で裁判長が訊ねると、泰司は被告人席の小峰を指さした。その瞳には怒りの炎が燃え上がっていた。

「部屋に駆けつけたとき、その男は『俺が悪いんじゃない！　こんなに強く殴るつもりはなかったんだ！』と叫んだと、私は一審で証言しました」

泰司は痛みに耐えるような表情を見せたあと、食いしばった歯の隙間から声を絞り出す。

「けれど本当は……、その男はそんなこと言っていなかったんです」

「……つまり、一審では虚偽の証言をしたということでしょうか？」

裁判官の質問に泰司は「はい」と頷《うなず》いた。呆然《ぼうぜん》と立ち尽くしていた検事が、発言を止めるつもりか口を開きかける。しかし、その前に泰司は言葉を続けた。

「そう証言しないと、その男を罪に問えないかもしれない。その男が無罪になるかもしれない。それが怖くて、嘘をついてしまったんです。申し訳ありません。実際には、あの男は倒れている娘の横でぼそぼそとこう言っていたんです」

泰司はつらそうに目元を押さえたあと、首を反らして天井を見上げた。

「真由の中にいた悪魔に命令されたんだ……。これで、真由から悪魔を追い払えた……。その男はずっと、そんなことをつぶやき続けていたんです」

予想外の成り行きに言葉を失った凜は、おそるおそる隣に座る影山を見る。

熱にうかされたような口調で証言し続ける泰司を、影山は硬い表情で凝視していた。

2

「正直、状況はあまりよろしくありません」

ソファーに腰掛けた検事が、深いため息をつく。公判の三日後、小峰の事件を担当するこの長谷《はせ》川《がわ》という名の検事は、影山と凜が勤める光陵医大附属雑司ヶ谷病院の院長室を訪れていた。

「それは、私の鑑定に対する信頼が揺らいでいるということですか？」

この部屋の主である影山は、長谷川の向かいのソファーに腰掛けながら訊ねる。その隣で凜は、影山の様子を緊張しながらうかがっていた。

これまで助手を務めてきて、影山がどれだけ真摯に精神鑑定に取り組んでいるか目の当たりにしてきている。その鑑定結果に誇りを持っていることも。それが疑われていると知ったら、彼が怒りだすのではないかという不安をおぼえていた。

「端的に申し上げると、その通りです」

影山が淹《い》れたコーヒーを一口飲んだあと、疲労の滲む声で長谷川は言った。

「まあ、それもしかたがない。堂島の件で揺さぶられたうえで、被害者の父親のあの衝撃的な証言があったのだから」

全く感情的になることなく影山が頷いたのを見て、凜は軽く目を見張る。そんな凜の反応に気づいたのか、影山が視線を向けてきた。

「どうした、弓削君。もしかして、私が鑑定結果に疑念を持たれて立腹するとでも思っていたか？」

図星を指され、凜は「いえ、そんな……」としどろもどろになる。

「法廷において、精神鑑定の結果はいつでも攻撃対象となる可能性を孕《はら》んでいる。弁護側からも、検察側からもだ。だからこそ、いかに攻撃されようが、揺らぐことのない理論武装が必要なんだ」

凜は首をすくめながら、「はい」とつぶやいた。

「たしかに、無罪を主張している以上、弁護士が精神鑑定の内容について争ってくることは想定内でした」

長谷川が陰鬱な声で言う。

「その際、鑑定医の過去の実績を攻撃し、その能力に疑いを持たせるのは弁護側の定石です。五年前に影山先生が鑑定された堂島の話ぐらい、あの弁護士なら見つけ出してもおかしくないでしょう。ただ、それについては、影山先生がしっかり対応してくださったおかげで、今回の鑑定結果の信頼性を大きく損ねるようなものにはなりませんでした」

「問題は、被害者の父親の証言か……」

影山がぼそりとつぶやくと、長谷川は苦虫を噛みつぶしたような表情で頷いた。

「はい、そうです。こちらとしましても、あれは完全に予想外の証言でした。まさか、あんなことを言いだすなんて……。堂島の件と、須原泰司さんの証言、その二つによって裁判官たちが鑑定結果に疑問を抱いた可能性が十分にあります」

「あの……、その場合はどうなるんでしょうか？」

凜がおずおずと訊ねると、長谷川は大きなため息をついた。

「弁護士である辻は、当然再鑑定を求めるでしょう。裁判所はそれを認めるかもしれません。辻は弁護側に有利な判断をしがちな精神鑑定医を付けるように、うまく誘導を試みるでしょうな。さらに、心神喪失と判断されやすいよう、被告人に徹底的に演技指導を行う可能性もあります」

「そこまでするんですか⁉」

思わず甲高い声をだすと、長谷川は肩をすくめる。

「そこまでするからこそ、あの弁護士はとんでもなく高額の料金を請求するにもかかわらず、依頼が殺到しているんですよ」

長谷川は凜に向けていた視線を、そのまま影山へと移動させる。

「影山先生、一つ伺いたいことがあります。先生は面接の内容と事件の状況を総合的に判断し、鑑定を下しているとおっしゃいましたね。それでは、もし泰司さんが新たに証言したことが真実だったとしたら、鑑定結果に変化は出ますか？　被告人が犯行時、精神疾患による混乱状態だったという可能性はありますか」

「いや、それはありません」影山は即答する。「私が言う事件の状況とは、犯行後に小峰が発した言葉だけを指すわけではなく、小峰の生活状況、周囲の人物の証言、被害者との関係、それらの材料から総合的に判断したものです。それに、面接で小峰は精神疾患を演じようと試みてはいたものの、その知識が全くなかったので完全に失敗していました。彼は明らかな詐病だ」

「それでは、犯行後に小峰が悪魔がどうこうとつぶやいていたという証言は……」

「小峰にそのような発言をする余裕はなかったはずです。彼は怒りに任せて拳をふるい、被害者が動かなくなってパニックになっていた。その状態で、精神疾患を装えるような人物ではない」

四ヶ月間、助手を務めてきた凜は、影山の判断が正しいと確信していた。長年、鑑定医として人の心に潜む闇を覗いてきた彼の観察眼はすさまじく、対象となる人物の本質を丸裸にしていく。

「ということは、先日の公判で泰司さんが虚偽の証言をしたということになりますね」

長谷川は疲労の滲む声で言う。

「どうして……。そんなことしたら、自分の娘さんを殺した男が有利になるじゃないですか」

混乱した凜が訊ねると、長谷川は忌々しげに舌を鳴らした。

「辻ですよ。あの弁護士が裏で糸を引いたに決まっている」

「裏で糸を引くって、どういうことですか？」

「おそらく、金を渡したんでしょう」

「お金⁉」凜は目を見開いた。「お金を渡して証言を変えてもらうなんて、許されるんですか？」

「もちろん、直接渡すような露骨なことはしません。おそらく被告人の家族から、慰謝料という形で大金が渡るように手配したんだと思われます。あの弁護士の得意技ですよ。そこまで重くない事件では、金でうまく示談を取りまとめて、起訴自体を取り下げさせる。まあ、今回のような重大事件ではそれができないので、証言を変えさせるという手段に出たんでしょう」

「でも、いくらお金を積まれたからって、犯人に有利な証言をするなんて……」

第一審で、血を吐くように小峰を糾弾していた泰司の姿を思い出し、凜は首を横に振る。

「あの事件のあと、泰司さんは生きる気力を失ったのか、会社を辞めています。金銭的に苦しい状況にあるのでしょう。そこにあの弁護士がつけ込んだ……。やつはそういう男なんですよ」

長谷川が大きくかぶりを振ると、影山は「さて」と声を上げ、軽く前傾した。

「そろそろ、本日こちらにいらした理由を教えて頂けますか。たしかに厳しい状況ではあるが、私はすでに鑑定書を提出し、出廷して訊問も受けました。これ以上、なにをお求めですか？」

「実はですね、堂島の件なんですよ」

長谷川は声をひそめると、五年前に影山が鑑定したという男の名を挙げた。

「公判のあと、堂島の診断書を発行した精神科医に連絡を取りました。その人物は、診断書が裁判の証拠品として提出されるとは夢にも思っていなかったようです」

「そもそも、弁護士はどうやってあの診断書を手に入れたんでしょう?」

凜がつぶやくと、長谷川は「堂島の妻ですよ」と答えた。

「次回の公判の証人として、堂島の妻が呼ばれています。彼女が弁護士に渡したんでしょう。堂島の妻は、五年前の影山先生の診断が間違っていたと公判で訴え、小峰の精神鑑定の信頼性をさらに落とそうとするはずです」

「なるほど、十分にあり得る話だ。しかし、まだ私になにができるのか分かりません」

「次回の公判で弁護側は証人としてもう一人、出廷を求めています。診断書を書いた精神科医です。その人物と連絡を取ったところ、なんというか……助言が欲しいと言ってきているんです」

「助言?」影山の片眉がわずかに上がる。

「はい。その精神科医は裁判で証言することに怯えています」

「けれど、基本的に証人は出廷を拒めない」

影山が言うと、長谷川は「そうです」と頷いた。

「しかも、自分の証言で重大な裁判の行方が大きく変わるかもしれない。だから、その精神科医は自分の診断の裏付け、つまりはアドバイスが欲しいと言っているんです。できるだけ、精神鑑定に詳しい精神科医によるアドバイスが。そして、私に紹介を頼んできたんですよ」

長谷川は皮肉っぽく、唇の片端を上げる。

「しかし、医者だっていうのに自分の診断に自信が持てないなんて情けないですねぇ」

凜は「はぁ」と曖昧に相槌《あいづち》を打ちつつ、内心でその精神科医に同情していた。先日の裁判で辻という弁護士も指摘していたことだが、精神疾患は血液検査や画像検査などの客観的なデータをもとに診断できるものではない。診察の場で言葉を交わしながら、患者の心を苦しめているものの正体を、闇のなか手探りで見つけていくようなものなのだ。いきなり証人としての出廷を求められ、さらに自分の診断次第で傷害致死事件の判決が大きく左右されるとなれば、動揺するのも当然だ。

「私が助言をするわけにはいきませんよ」影山は静かに言う。「その証言の内容は、私の鑑定結果の信用性にかかわるものだ。私がそれに口を出すことは倫理的に間違っている」

「分かっています。もちろん影山先生に頼むつもりはありません。ただ、こんなことを誰にお願いすればいいのか困っておりまして」

「私以外にも、普段から精神鑑定を依頼している鑑定医はいるでしょう。その方々に頼んでは？」

「今回の件は、正式な精神鑑定ではありませんので、依頼料もお支払いできません。鑑定医の先生方は、かなり高名な方が多いので、こういうことをお願いするわけにはなかなか……」

長谷川は苦笑を浮かべた。

「そういうわけで、もし可能でしたら影山先生に、信頼のおける精神科医を紹介して頂きたいんです。できれば、依頼料をお支払いしなくても納得して頂けるような若い先生を」

若いからって、そんな重大な仕事を無償で引き受けるような酔狂な医師がいるわけがない。そんなことを考えていた凜は、ふと視線を感じて横を向く。なぜか、影山が見つめていた。無表情で凝視してくる影山から圧力をおぼえた凜は、「え、なんですか」と軽く身を引く。

正面を向くと、いつの間にか長谷川も視線を浴びせかけてきている。

「え……？　え、私……ですか？」

凜は自分の顔を指さしながら、呆然とつぶやいたのだった。

3

二日後の土曜日、凜は電車を乗り継いで埼玉県幸手《さって》市にある土屋《つちや》病院という中規模の精神科病院にやってきていた。

「本日はどうもありがとうございます」

あごの周りに大量の脂肪を蓄えた中年の男が、赤ら顔に満面の笑みを浮かべて手を差し出してくる。大きく膨らんだ腹が白衣を突きあげていた。凜は内心でため息をつきつつ、作り笑いを浮かべて目の前の男性、この病院の院長である土屋一太《いちた》と握手を交わした。

「いやあ、本当に助かりました。私も精神科医をやって長いですが、まさか裁判で証言する日が来るなんて思ってもみませんでした。しかも、殺人事件で」

「傷害致死事件です」

やんわりと訂正すると、土屋は頭を掻いた。

「ああ、そうでしたね。でも、人が殺されていることには違いない。悲惨な話ですよ」

そう、悲惨な話だ。犯人に殺意があったか否かによって、殺人かそれとも傷害致死で起訴されるかは決まるが、被害者が死亡しているという結果においてはなんの違いもないのだから。

口を固く結びながら、凜は土屋に案内されてナースステーションへと向かう。

「うちは父の代からここで精神科病院を営んでいます。病床は八十床で、閉鎖病棟は二十床となっています。堂島さんは症状が激しいので、現在、閉鎖病棟へ入院しています」

土屋はナースステーションに入ると、電子カルテの前に置かれている椅子にどかっと腰掛け、マウスに手を伸ばした。

「ちょっと待ってください」慌てて凜は声を上げる。「診療情報を私が見ることについて、許可は取って頂けましたか」

影山から推薦という名の圧力を受けて協力することになった凜は、前もって土屋に連絡を取り、カルテの閲覧について患者とその家族に許可を取っておいてほしいと要請していた。

カルテに書かれている内容は極めて秘匿性の高い個人情報だ。土屋病院の医師ではない凜がそれを閲覧するためには、患者本人かその代理人の許可が必要だ。

「それについては問題ありません。現在、本人は精神症状が強く、同意を得るのは困難ですが、奥さんに許可を取りました。最初は渋っていましたが、それなしでは確かな診断として裁判で証言することはできないと伝えたら、同意をしてくれました」

凜が「分かりました」と頷くと、土屋はマウスを操作して画面に堂島の診療記録を表示させた。

「堂島さんが当院を受診したのは八ヶ月ほど前でした。言動がおかしいということで奥さんが近所の精神科クリニックを受診させたところ統合失調症と診断されました。そして、精神症状が激しく入院治療が必要とのことで、当院に紹介されています」

「土屋先生も統合失調症と判断されたんですか？」

現在処方されている薬の内容などを確認しながら訊ねると、土屋は躊躇《ためら》いがちに頷く。

「ええ……、一応。症状としては統合失調症で矛盾しませんし、クリニックのドクターがすでに診断を下して抗精神病薬まで処方していましたから……」

落ち着きのない土屋の態度を見るに、しっかり面接をくり返して自ら診断したわけではなさそうだ。紹介元のクリニックで下された診断を鵜呑《うの》みにして、惰性で治療に当たったのだろう。裁判で証言するのを不安がるわけだ。

「いや、堂島さんが統合失調症の可能性は極めて高いと思いますよ。なんといっても、入院してしっかり抗精神病薬を投与したら、劇的に症状が改善されていきましたからね。一ヶ月程度で幻覚や被害妄想も消え、病的な興奮も認められなくなりました。それで、退院となったんです」

凜が内心で呆《あき》れていることに気づいたのか、土屋は言い訳するように早口で言う。

「退院したんですか？」

凜は目をしばたたいた。てっきり、ずっと入院治療を続けているものだと思っていた。

「ええ、症状が落ち着いてきたので、あとは外来で診ていく予定でした。けれど、最初の退院からわずか二週間で、堂島さんは再入院になりました」

「たった二週間で？　なにがあったんですか？」

「怠薬《たいやく》です」土屋は大きくため息をつく。「怠薬によって症状が再発したんですよ。堂島さんは、これまで何回もそれをくり返しているんです。今回の入院は四回目になります」

精神疾患では患者の病識が薄いことが少なくない。特に統合失調症ではそれが顕著だ。自分が病気だとは思っていないため薬を飲まなくなり、精神症状がぶり返す。

「今回入院となった日はいつですか？」

「一昨日ですよ」

「一昨日⁉」凜は目を見開く。「それって私が連絡をした日じゃ……」

「ええ、弓削先生からお電話をいただく数時間前に、混乱状態になって暴れていると奥さんから連絡が入り、医療保護入院となっています」

土屋は陰鬱な声で言うと、「よっこいしょ」と声を上げて椅子から立ち上がる。

「大まかな経過はそんな感じです。それじゃあそろそろ本人のところに行きますか」

ナースステーションの奥に移動した土屋は、白衣のポケットから鍵を取り出し、施錠された扉を開く。その奥が閉鎖病棟となっているようだ。土屋のあとについて病棟に入った凜は、胸元に手を当てた。掌《てのひら》に加速した心臓の鼓動が伝わってくる。精神疾患患者との面接は日常的に行っている。しかし、今日は足が震えそうになるほどに緊張していた。

普段の診察とは違い、今日の面接には傷害致死事件の裁判の行方がかかっている。非公式ではあるものの、精神鑑定に近いものだ。しかも、今回は自分が主体になって行わなくてはならない。

凜の耳に、先日、影山から言われた言葉が蘇《よみがえ》る。

「弓削君、君が土屋病院で行う診察の内容、そして土屋医師にどのようなアドバイスをするかについて、私は一切協力できない。そして、事後報告も必要ない。自らの鑑定の信頼性にかかわる問題に口を出せば、公正性が大きく損なわれることになるから」

影山の力を借りることはできない。自分一人で堂島について診断を下さなくてはならない。これはある意味、凜が一人で行うはじめての精神鑑定とも言えた。責任が重く両肩にのしかかる。

大丈夫だ。この四ヶ月間、影山先生の助手として精神鑑定を学んできた。やれるはずだ。

自らに言い聞かせていると、前を歩く土屋が扉の前で足を止めた。その扉には『面接室1』と記されている。

「すでに、堂島さんをこちらの部屋に連れてきています。まだ入院して二日しか経《た》っていないので、精神症状はかなり強く出ています。安全のため男性看護師を一名立ち会わせていますが、くれぐれもお気を付けください」

土屋が赤ら顔に真剣な表情を浮かべる。喉を鳴らして唾を飲み込んだ凜は、「分かりました」と頷くとドアノブに手を伸ばした。掌にかいた汗でノブが滑る。

扉を開けて一人で中に入った凜は、素早く室内を観察する。机とパイプ椅子だけが置かれた四畳半ほどの殺風景な部屋が、蛍光灯の無味乾燥な光に浮かび上がっている。机の向こう側には、入院着に身を包んだ痩せた中年男が椅子の上で体育座りをしていた。眼窩《がんか》は落ちくぼんでいて、血走った瞳が飛び出しているかのようだった。肩近くまで伸びた髪には脂が浮き、顔の下半分を無精ひげが覆っている。入院着の袖からは、派手なタトゥーが彫られた腕が覗いていた。

男の背後には、体格の良い男性看護師が立ちはだかっていた。その全身から緊張感がみなぎっている。いつ患者が暴れ出すか分からないと、警戒しているのだろう。

「はじめまして、堂島さん。精神科医の弓削凜と申します。今日は土屋先生から許可を頂き、堂島さんとお話をしにまいりました」

できるだけ相手を刺激しないよう、凜はゆったりとした口調で言う。堂島の血走った目が一瞬、凜に向けられるが、すぐに落ち着きなく左右を見回しはじめる。凜は小さく「失礼します」と言うと、机を挟んで堂島の向かいの席に腰掛けた。

「堂島さん、ご体調はいかがですか?」

凜はかすかに微笑《ほほえ》みながら声をかける。精神科の診察ではできるだけ患者に話をさせることが重要だった。患者が発した言葉の内容、それを口にするときの態度などが、診断の手がかりになる。

「……奴《やつ》ら、……見て、……電波で……俺を……」

頭を細かく左右に振りながら、堂島は蚊の鳴くような声でつぶやく。凜が「はい、なんでしょうか?」と聞き返すと、堂島は伏せていた顔を突然、勢いよく上げた。

「奴らが俺をずっと監視しているんだよ！　ずっと、ずっと俺を監視して、電波で頭を！　だから、痛くて頭が、割れそうに痛くて！」

歯茎が剝き出しになるほどに唇を歪めながら、堂島が怒鳴った。その口から唾が飛び、凜の顔にまで飛んでくる。看護師が慌てて堂島の肩に手をかけるようなそぶりを見せたが、凜は首を横に振ってそれを止めた。

「頭が痛いんですね。誰かが電波であなたの頭の中を読もうとしているから。誰がそんなことをしているのか、心当たりはありますか？」

凜は静かな声で訊ねる。患者の言葉を否定することなく、できるだけ話を合わせて情報を引き出す。精神科医としての基本的なテクニックだ。

両手で頭を抱えていた堂島は、首をすくめながら凜を見る。

「公安だ……、公安の連中が俺を監視しているんだ……」

食いしばった歯の隙間から絞り出すように堂島は言った。

「公安があなたを監視しているんですね」

凜が確認すると、堂島は「ううっ」と唸《うな》りながら、かすかに頷いた。

公安、警察、はてはＦＢＩやＣＩＡなどの組織に監視されているという妄想は、精神疾患で比較的よくみられ、特に統合失調症の患者に多い。それに電波で攻撃されているという感覚に襲われ、苦しむ症状もメジャーなものだ。たしかに妄想の内容は、統合失調症患者のように見える。

「それは苦しいですね。公安はいつごろからあなたを監視しているんですか？」

「いつからって！　ずっと前からに決まってるだろ！　ガキのとき、カブトムシを飼っていて、虫の腹は空洞で、そこが反響して声を……。その波が電気になって、そこから広がって……。ゴキブリが台所にいるのは、卵で増やして、その卵を体に埋め込んで……。だから、卵が電波で、脳にはいってくる……」

堂島は細かく体を震わせながら喋《しゃべ》り続けた。

「そうですか。それはつらいですね」

興奮しはじめた堂島を落ち着かせようと、凜は諭すように言う。その瞬間、虚ろだった堂島の目が焦点を取り戻し、凜を睨みつけた。

「スパイだ！」突然立ち上がると、堂島は身を乗り出し、凜の鼻先に指を突きつけた。「お前もあいつらのスパイなんだろ！　それで俺を調べ……、俺の頭の中を抜き取ろうと……、監視して！」

顔を真っ赤にしながら、堂島は叫びはじめる。興奮しすぎているせいか、呂律《ろれつ》が回らなくなっている。凜は下っ腹に力を込めて、恐怖を押し殺す。精神科医として、面接中に患者がパニックになる状況は何回も経験してきた。目の前の男はひどく混乱しているが、まだ暴力を振るおうとはしていない。対応次第では十分にコントロール可能だ。

どうすれば堂島を落ち着かせることができるのか、頭の中で必死にシミュレートしていると、看護師が堂島を座らせようとしてか、手を伸ばした。凜は目を大きくする。

「だめ！　触っちゃ」

とっさに言うが、遅かった。看護師の手が背後から堂島の肩に触れる。その瞬間、紅潮している堂島の顔に強い恐怖が走った。

「触るな！　俺に触るんじゃねえ！」

悲鳴じみた声で叫ぶと、堂島は駄々をこねる幼児のように両手を振り回しはじめた。その手が看護師の顔に勢いよく当たる。

「堂島さん、やめるんだ！　落ち着いて！」

顔を叩《たた》かれたことで頭に血が上ったのか、看護師はやや語気を荒らげて、堂島の両手を摑《つか》んだ。完全に恐慌状態に陥った堂島は「わー！　ぎゃー！」と言葉にならない絶叫を上げ、痙攣《けいれん》発作でも起こしたかのように四肢をばたつかせる。

看護師が壁に取り付けられているボタンを押した。すぐに、廊下から数人の足音が聞こえてきた。扉が勢いよく開き、男性看護師が三人、面接室になだれ込んでくる。

「堂島さん、大丈夫ですよ、落ち着いてください」

「ほら、すぐに病室に戻りますからね。行きましょう」

看護師たちが口々に言いながら、堂島の体に手をかけていく。三人の看護師たちが暴れる堂島を連れ出していくのを、凜はただ見送ることしかできなかった。扉が閉まる音が虚《むな》しく室内にこだまする。扉の向こう側からは、かすかにまだ堂島の叫び声が響いてきた。

「いやあ、すみません先生、こんなことになって」

最初から部屋にいた看護師が、堂島に叩かれたあごをさすりながら言う。凜は「いえ……」と小声で答える。

混乱し、怯えていた堂島に突然背後から触れたりしたら、パニックになるのも当然だ。しかし、この看護師を責めたところでどうしようもない。

「今日はもう、面接は難しいですね。もしやるなら、後日ですかね。とりあえず、ナースステーションに戻りましょう」

後日なんてない。一回だけという約束で面接にのぞんだのだ。凜は唇を軽く嚙みながら椅子から腰を上げた。面接室を出ると、看護師に付き添われて廊下を進んでいく。

「やっぱり、統合失調症ですよね。あんなに強い妄想に囚われているんだから」

重い空気に耐えきれなかったのか、看護師が話を振ってくる。凛は「そうですね……」と生返事をしながら、堂島との面接の記憶を反芻していた。

堂島と十分に話すことはできなかったが、いまは後悔している場合じゃない。わずかな面接の中でも、堂島が胸に抱える闇、その一端を覗くことができた。精神鑑定医を志すものとして、そこから彼の闇の正体に迫らなければ。凛は必死に頭を働かせる。

堂島は間違いなく妄想に囚われていた。あの態度は、精神疾患に苦しめられている患者特有のものだ。まず演技ではない。そもそも、演技をするメリットが堂島にはないはずだ。

誰かに常に監視され、さらに電波で攻撃されるという被害妄想に囚われ、混乱状態になって攻撃的になる。それだけを見れば、典型的な緊張型の統合失調症の症状だ。しかし、なにか引っかかる。

胸に湧いた違和感の正体を探りつつ、凛は廊下を進んでいく。考え込む凛に配慮したのか、看護師も口をつぐんだ。廊下に足音だけが響きわたる。

ナースステーションへと繋《つな》がる扉の前までやってきて、看護師がポケットから鍵を取り出したとき、凛は床を見つめていた視線を上げた。

「早すぎない……?」

ひとりごつと、扉の鍵を開けようとしていた看護師が「なにかおっしゃいました?」と振り返る。凛は「あっ、なんでもありません」と首を振りつつ、思考を続ける。

堂島の病状は、かなり症状の強い統合失調症に見えた。しかし、そのレベルの統合失調症が、わずか一ヶ月で社会復帰が可能と判断できるまで回復するだろうか。

これまでの三回の入院全てにおいて、堂島は一ヶ月程度で退院している。いかに抗精神病薬が著《ちょ》効《こう》したとしても、あれほど重度の妄想に苦しめられている患者としてはあまりにも早く回復しすぎではないか。そして、退院後は数週間以内に、再び強い妄想に襲われて暴れ、再入院となっている。そこもいまいち納得がいかない。

退院しているということは、妄想がおさまっているということだろう。思考の分裂も改善し、ある程度正常な判断ができる状態になっているはずだ。そうならば、妄想が疾患によるものであることも、怠薬をすればまた妄想がぶり返して苦しむようになることも理解していてしかるべきだ。

これが手がかりだ。堂島を苦しめているものの正体を探る手がかり。この点について主治医である土屋の話を聞かなければ。

次に取るべき行動を決めた凜は、看護師が開けた扉を通ってナースステーションに入り、土屋の姿を探す。彼はステーションの端で茶髪の中年女性と話をしていた。なにやら険悪な雰囲気なのが、離れた場所に立つ凜にまで伝わってくる。

「だから、そういうわけにはいかないんですよ。ご理解ください」

「理解できるわけがないじゃないですか。四回目ですよ。これで、四回も入院してるんですよ！」

土屋と話をするために待っていた凜の耳に、二人の会話が聞こえてくる。困り顔で頭を掻《か》く土屋の目が、凜を捉えた。その顔がぱっと輝く。

「ああ、弓削先生、お疲れ様です」笑みを浮かべながら土屋が手招きした。

戸惑いつつ近づいていくと、土屋は隣に立つ女性を紹介する。

「こちら、堂島さんの奥様、堂島洋子《ようこ》さんです」

堂島さんの奥さん……。凜は失礼にならないよう気をつけつつ、さっとその女性を観察する。

肩まで伸びた髪はかなり濃い茶色をしているが、定期的には染めていないのか、頭頂部は黒い部分が目につく。化粧をしていない顔には、しわが目立った。血色は悪く、唇は荒れている。目の下は濃い隈《くま》に縁取られていた。全身から生活に疲れている雰囲気を醸し出している。

「この子は……？」

洋子は値踏みするような視線を投げかけてきた。凜は背筋《せすじ》を伸ばすと、頭を下げる。

「精神科医の弓削凜と申します。本日、堂島さんの診察をさせて頂きました」

「ああ、あんたが……。こんな若い子が診て、なんか意味があるの？」

興味なさそうに、洋子は言った。

「いえ、弓削先生は若いですが、今回のような裁判がらみの診断に経験のある先生なんですよ」

土屋に持ち上げられた凜は頰を引きつらせる。精神科医としてもまだ未熟だし、精神鑑定に関しては、四ヶ月だけ影山の助手をしたにすぎない。

洋子は「ふーん」と、軽くあごを突き出しながら、凜に視線を注ぐ。

「で、あんたの診断はどうなの。うちの旦那はやっぱり統合なんとかっていう病気なんでしょ？」

「まだなんとも……。このあと、少し土屋先生のお話を伺ってから、総合的に判断します」

「それなら、三人でお話をしませんか」

土屋は唐突に、両手を合わせて言った。凜は「え？」とまばたきをする。

「自宅での堂島さんの様子を聞くのも、診断の手がかりになるんじゃないですか」

土屋がすがるような眼差《まなざ》しを向けてくる。さっきの雰囲気から見るに、おそらく洋子からなんらかのクレームを受けているのだろう。それに巻き込もうとしているらしい。

凜はあごに手を当てる。できれば他の病院のトラブルになど首を突っ込みたくはないが、たしかに院外での堂島の様子を聞くのは診断の大きな手がかりになる。数秒考え込んだあと、凜は「分かりました」と頷いた。

「待ってよ」洋子が不満の声を上げる。「なんで、この子も一緒に話をしないといけないのよ」

「奥さん、治療に当たっては正確な診断が必要なんですよ。弓削先生とも一緒に話をすることで、今後の治療方針について色々とアドバイスを頂けるはずです。だから、ちょっとあちらの部屋で、三人で話し合いをしましょう」

土屋はナースステーションを出てすぐのところにある、『病状説明室』と書かれた扉を指さす。洋子は不満げに唇を尖らせると、「分かったわよ」と肩を落とした。

4

さっき堂島の面接をしたのと同じような作りの狭い部屋に移動すると、洋子はパイプ椅子に腰掛けて足を組む。凜と土屋は、テーブルを挟んで向かい側に座った。

「で、さっきの話の続きなんだけどさ、なんでうちの旦那をずっと入院させてくれないのよ」

攻撃的な口調で洋子が言う。睨まれた土屋は、ハンカチで首筋の汗を拭いた。

「ですから、何度も説明したように、堂島さんはご自分の意思で入院をしているわけではありません。入院させないと危険な状態なので、ご家族である奥さんの許可のもと、医療保護入院という形で強制的に入院して頂いている状態です。この場合、病状が落ち着いたあとも無理やり入院させておくことは法的にできないんですよ」

「でもさ、あの人、うちに帰ってきたらまたすぐにおかしくなるのよ。これまで、三回もそんなことをくり返してきているじゃない。三回もよ。ずっと入院していないと、あの人は治らないのよ」

洋子は苛立《いらだ》たしげに髪を掻き上げた。

「とはいえ、法律で決まっていることですから……。症状がある程度おさまってからも入院を続けるには、ご本人の同意が必要なんですよ」

「本人は絶対に退院するって言うに決まっているの！　だから、どうにかして欲しいのよ！」

ヒステリックに洋子が叫ぶ。土屋は困り顔で黙り込んでしまった。空気が濁っていく。

「あのー」凛はおそるおそる洋子に話しかける。「堂島さんはいつごろから、いまのような妄想がはじまったんでしょうか？」

「……二年くらい前じゃない」舌打ち交じりに洋子は答えた。

「その前には妄想は起きていなかったんですか？」

「知らないわよ、そんなの。なんにしろ、三年前に出所してきてからあの人はおかしくなっちゃったの。全部、五年前の事件のせいよ」

「出所してきてから……？　でも、五年前の事件当時も妄想があって、そのせいで事件を起こしたって奥さんはおっしゃっているんですよね。だから、当時の精神鑑定は間違っていたって」

凛が指摘すると、洋子の顔に動揺が走った。

「だって、いまあんなにひどい状態なのよ。五年前の事件のときだって、いまほどじゃなくても、妄想とかがあってもおかしくないじゃない。そうでしょ」

言い訳するように、早口で洋子はまくしたてる。

「そう、五年前の鑑定は間違っていたのよ。そのせいで、うちの旦那はあんなめちゃくちゃな状態になったの。だから裁判を起こして、五年前に判決にかかわった奴らを訴えてやるの」

凛が「訴える？」と聞き返すと、洋子は大きく頷いた。

「旦那のことを裁判で証言したら、五年前の件で関係者を訴える手続きを手伝うって弁護士が言ってくれたの。勝てるかは分からないけど、訴えることはできるって。もし勝てたら、慰謝料とかもらえるでしょ。うちの人をボロボロにしたんだから、当然の権利よ」

凜は膝の上で拳を握り込む。たしかに起訴することは可能だろう。しかし、それで本当に裁判に持ち込めるかどうかは全く別の問題だ。慰謝料を請求しようとしているということは、おそらくは民事裁判を想定しているのだろうが、五年前の件で裁判に勝てる確率などまずない。五年前の事件の際、堂島が精神疾患を患っていたという証拠はないのだから。先日の公判の際も、辻は五年前の影山の鑑定が間違っていたとは指摘していない。あくまで今回の鑑定の信頼性を貶《おとし》めるために、そう臭わせたに過ぎなかった。

辻が『手続きを手伝う』と言っているのは、起訴の仕方は教えるが、その裁判にかかわるつもりはないということだろう。完全に辻の掌の上で踊らされている。そのことを指摘するべきか凜が迷っていると、黙り込んでいた土屋が口を開いた。

「奥さん、たしかに退院後、堂島さんの妄想は再発していますが、それは薬を飲んでいないせいなんですよ。ずっと入院していなくても、ご家族がしっかり服薬管理をしてくだされば、精神症状はコントロールできるはずです」

「そんなの無理よ！　私に二十四時間、あの人の行動を監視していろって言うの？」

「いえ、一日中監視なんてしなくても、しっかり薬を飲んでいるかだけ確認して頂ければ……」

「そんなの関係ない！　あの人はずっと入院していないと、またおかしくなっちゃうの。病院から出ると、またあんな状態になるに決まっているの！」

洋子が髪を振り乱し、土屋は両手で頭を抱える。

かみ合っていない会話を聞きながら、凜は胸の中で違和感が膨らんでいくのを感じていた。

土屋の言うとおり、薬の管理さえすればいい話ではないだろうか？　それなのに、なぜ洋子は入院治療にこだわるのだろうか？　凜の頭にふと、一つの仮説が浮かぶ。

もしかしたら、堂島の精神症状が再発しているのは、怠薬が原因ではないのではないか？

闇の中にかすかに光が差したような感覚をおぼえた凜は、必死に頭を働かせる。

もし、退院後の症状再発の原因に気づいているなら、なぜ洋子はそれを言わないのだろう？

言わないのではなくて、言えない？

二十四時間監視が必要で、統合失調症のような妄想が引き起こされる。入院すると急速に症状が改善するが、退院後に病状が再発する。そして、刑務所に行ったことが原因で起こる。

様々なピースが脳内で有機的に組み合わさっていき、一つの青写真が浮かび上がってくる。凜は大きく目を見開いた。

そういうことだったのか……。凜はあごを引いて洋子をまっすぐ見つめる。洋子が「なによ」と軽く身を反らした。

「洋子さん、もしかしてあなたは、退院後に旦那さんの病状がぶり返す原因が、薬を飲まなかったからではないと気づいているんじゃないですか？」

「な、なに言ってんのよ⁉」

洋子の声が裏返るのを聞き、凜は自分の想像が正しいことを確信する。

「え？　弓削先生、どういうことですか？」土屋が訝《いぶか》しげに訊ねてきた。

「堂島さんは抗精神病薬を内服しなかったから妄想が再発したんじゃありません。あることをしたから、妄想が再発したんです。それをさせないためには、二十四時間の監視が必要です。だからこそ、奥さんはさっきから、ずっと病院に入院させるように頼んでいるんです」

「待ってください。それじゃあ、堂島さんは統合失調症じゃないとおっしゃるんですか？」

土屋は腫れぼったい目を剝いた。

「ええ、違います。そして、なんで旦那さんにあんな妄想が起きているか、奥さんはご存知のはずです。そうですよね？」

凜が訊ねるが、洋子は青い顔で、首を細かく左右に振るだけだった。代わりに、土屋が「でも……」とつぶやく。

「入院して抗精神病薬を投与することで、堂島さんの精神症状は急速に改善するんですよ。それなら、やっぱり統合失調症なんじゃ……」

「いいえ、堂島さんは抗精神病薬を投与したから病状が改善したわけではありません。入院したことによって、『あること』ができなくなったから改善したんです。そして、退院後は奥さんに隠れて『あること』をした。だから、また妄想に囚われ入院するということをくり返しているんです」

「『あること』っていうのはなんなんですか⁉　いったい、堂島さんはなんの疾患なんですか⁉」

土屋が勢い込んで訊ねてくる。凜は一息ついてからゆっくりと口を開いた。

「覚醒剤精神病ですよ。堂島さんの精神は覚醒剤によって蝕《むしば》まれていたんです」


「覚醒剤……」

土屋が対面に座る洋子を見る。洋子は視線から逃れるかのように目を伏せた。

「覚醒剤は被害妄想や幻覚など、統合失調症と極めて似た精神症状を引き起こします。けれど、それほど使用期間が長くない場合は、摂取を止《や》めることで急速に症状が改善するケースも多いです」

「じゃあ、入院で堂島さんの妄想が消えたのは……」

「はい、覚醒剤の摂取ができなくなったからです。ただ、覚醒剤は極めて依存性の強い薬物です。だから、退院すると堂島さんはすぐにまた覚醒剤を使いはじめ、精神症状を再発させていったんです。さっき、奥さんが二十四時間監視が必要と言ったのは、そういう意味だったんですよ」

肩を震わせる洋子を見ながら、凜は言葉を続ける。

「奥さんは、刑務所に入ったせいで、堂島さんはいまのような状態になったとおっしゃいました。それには二つ意味があると思います。一つは前科がついたことで職を見つけることが難しくなり、違法薬物に手を出すほど追い詰められてしまった。もう一つは、刑務所の中で反社会的な組織のメンバーと知り合いになってしまった。薬物犯罪に手を染めているような組織のメンバーと」

「それで出所後に、薬物に手を出してしまったのか……」土屋がうめくように言った。

「そうだと思います。ただ、客として受け取ったのか、それとも犯罪組織の一員として覚醒剤の売買にかかわっていたのかまでは分かりません。これが堂島さんについての私の診断です」

一度言葉を切った凜は、洋子に声をかける。

「なにか間違っている点があるでしょうか?」

「証拠……」のろのろと顔を上げた洋子は、蚊の鳴くような声で言った。「なにか、証拠でもあるの。うちの旦那が覚醒剤を使っているなんていう」

「私たちは警察ではないので、べつに証拠を集める必要はありません。ですが、証明することはできます。入院時に患者さんは採血をしているはずです。一昨日入院したのなら、そのサンプルはまだ残っています。それを調べれば、覚醒剤を使用していたかどうか分かります。もし奥さんが認めてくださらないなら、そうするしかありません」

「やめて！」洋子が叫ぶ。「お願いだから、そんなことしないで！　あの人は強がっているけど、本当は弱い男なの。出所したあと、どこにも雇ってもらえなくて……。それでやけになって私の金を盗んで、あんなことを……。また刑務所に入るなんてことになったら、今度こそ壊れちゃう」

「やっぱり、堂島さんは覚醒剤を使っていたんですね」

凛が確認すると、洋子は首を激しく横に振った。

「使ってない！　覚醒剤なんか使ってない！　そんなの言いがかりよ！」

凛は立ち上がると、頭を抱える洋子の肩にそっと手を伸ばした。

「私たちが警察に通報することが心配なんですね？」

優しく声をかけると、洋子は「え？」と顔を上げた。

「専門的な話になりますが、麻薬などと覚醒剤では取り締まる法律が違います。麻薬は『麻薬及び向精神薬取締法』というもので、麻薬使用者を発見した医師には届け出をする義務があります。一方で、覚醒剤は『覚せい剤取締法』によって規制されていて、これには医師の届け出義務はありません。そして、医師には診療上知り得た患者の秘密を漏らしてはならないという、守秘義務が課せられています」

「それじゃあ……」洋子がすがるような眼差しを向けてくる。

「覚醒剤を使用した患者について、医師が通報するべきかどうかについては、色々な意見があります。ただ、通報したとしても守秘義務には違反しないという考え方が現在優勢です」

洋子の表情が歪む。それを見ながら、凛は「ただし」と言葉を続けた。

「一律に通報するべきではなく、患者の状況によっては通報せずに治療を優先させるべきとも考えられています。そして、あくまで個人的にですが、堂島さんの場合はこのケースに当たるのではないかと思います。いかがですか、土屋先生」

唐突に水を向けられた土屋は目を白黒させると、「ちょ、ちょっと、考えさせてください」と腕を組んで黙り込んだ。数十秒後、土屋はゆっくりと腕を解く。

「弓削先生のおっしゃる通りです。堂島さんが覚醒剤精神病だとしたら、通報ではなく、すぐに専門的な治療に入るべきです。覚醒剤摂取を止めることで症状がおさまるなら、まだ十分に回復可能なはずだ。けれどこれ以上覚醒剤摂取を続けたら、精神症状が二度と回復しないくらいに悪化する可能性が高い。いまの堂島さんに必要なのは、罰ではなく治療を受けることだと思います」

土屋の答えを聞いた凜は、洋子に柔らかく語りかける。

「旦那さんの症状が覚醒剤によるものだと認めてください。そして、依存症に対する治療をしっかりと受けてもらいましょう」

目元を押さえて肩を震わせると、洋子は絞り出すように言った。

「……はい、分かりました。……ありがとうございます」

5

土屋病院を訪れた五日後の昼下がり、凜がナースステーションで仕事をしていると、ＰＨＳで影山に呼び出された。

扉をノックした凜は「失礼します」と院長室に入る。高級感を醸し出す応接セットの奥に置かれたデスクで、白衣姿の影山が書類に目を通していた。

「勤務中、呼び出して悪かった」

「いえ、そんなことありません。なんのご用でしょうか？」

「先日の裁判の件だ」影山は手にしていた書類をデスクの上に置いた。

「はぁ、裁判の件ですか」

前もって念押しされていた通り、土屋病院であったことについては影山にはなにも話していなかった。

「さっき、長谷川検事から連絡が入った。弁護士が堂島孝太郎の妻と主治医への出廷要請を取り下げたということだ」

凜は「そうですか」と軽く微笑んだ。

「また、須原家の隣人が、事件当時に被告人が『俺が悪いんじゃない！』と叫んだ声を聞いていたそうだ。次回の公判でそう証言するらしい」

「それは良かったです」

そうなれば、事件当時、被告人が妄想に囚われていたという疑いも消えるだろう。

頑張ったかいがあった。凜が満足感をおぼえていると、影山がほんのかすかに唇の端を上げた。

「ご苦労だった」

一瞬なにを言われたか分からず、目をしばたたいたあと、凜は「ありがとうございます」と会釈する。胸に宿る満足感がさらに膨らんでいった。

「これで、間違いなく傷害致死で有罪にできますね。けれど、今回の件で一つだけ納得がいかないことがあるんです」

先日の公判を傍聴してから、ずっと抱えてきた疑問が口をつく。

「被害者の父親、須原泰司さんは本当にお金を積まれて証言を変えたんでしょうか？」

どれだけの大金を提示されたところで、娘を殺した男に有利になるような証言をするとは、凜には信じられなかった。

「君がそれについて疑問を抱いていることは分かっていた。だから、ここに来てもらったんだ」

「え？　どういうことですか？」

凜が小首を傾げると、ノックの音が響いた。影山が「どうぞ」と声を上げる。緩慢に開いていった扉の向こうにいる人物を見て、凜は目を剝く。そこに立っていたのは、いま凜が話題にあげた須原泰司、その人だった。

「お忙しいところ、お邪魔して申し訳ございません」

部屋に入ってきた泰司はしわがれた声で言うと、深々と頭を下げる。影山は立ち上がり、「そちらにお座りください」と泰司にソファーを勧めた。

「影山先生、どういうことなんですか？」凜は小声で訊ねる。

「先ほど泰司さんから会って話をしたいと連絡があった。君も興味があるかと思い呼んだんだ」

「それは、興味はありますけど……」

なにが起きているのか分からず戸惑う凜を尻目に、影山は泰司に近づいていく。凜は慌ててその後を追った。

泰司が革張りのソファーに腰掛ける。ローテーブルを挟んで対面に、影山と凜も座った。

「当院の院長を務めている影山です。こちらは、助手の弓削です。よろしくお願いいたします」

影山が言うと、突然、泰司が勢いよく頭を下げた。

「影山先生、本日はお願いがあってまいりました！　小峰が、あの人殺しが事件当時、心神喪失状態だったと裁判で証言して頂けませんでしょうか？」

「……つまり、鑑定の結果を全て取り下げ、それと逆の証言をしろということですか？」

影山は淡々と言う。泰司はつむじが見えるほどに頭を下げたまま、「その通りです！」と声を張り上げた。

「無理なお願いをしているのは百も承知です。ただ、それ以外に方法がないんです。堂島という男の妻と主治医が、証言をしてくれなくなったので」

「あ、あの……どういうことなんですか？」

戸惑いながら凜がつぶやくと、影山が「顔を上げてください」と泰司に声をかける。泰司はおずおずと伏せていた顔を上げた。

「返事の前に質問があります。辻弁護士に小峰の弁護を依頼したのは、あなたですね？」

耳を疑う凜の前で、泰司は「はい、そうです」と声を絞り出した。

「老後のため、そしてなにより真由の将来のために貯《た》めておいた金を使いました。もう、私が持っていても意味がないですから」

「肝臓ですか？」

「……さすがはお医者様ですね」泰司は苦笑を浮かべる。「C型肝炎による肝硬変です。あと五年はもたないと言われています」

凜は驚いて泰司を見る。首筋などに蜘蛛《くも》の巣のように浮かぶ静脈、そして黄ばんで見える皮膚や、眼球の結膜。言われてみれば、たしかに肝硬変の兆候が泰司の外見から読み取れた。

「でも、どうして大金を払って被告人を無罪にしようとするんですか⁉　娘さんを殺した男を赦せるんですか？」

頭を押さえながら凜が訊ねると、泰司の代わりに影山が答えた。

「赦せないさ。赦せないからこそ、心神喪失で無罪にしたかった。そうですよね、須原さん」

「そう……、赦せるわけがない」

あごを引いた泰司は、低くこもった声で言う。凜にはその声が、まるで地の底から響いてくるかのように聞こえた。

「真由は私の全てだった。あの男は私から全てを奪っていったんだ」

「なら……、どうして被告人の弁護を……」

不吉な予感に舌がこわばり、声がかすれる。拳をぶるぶると震わせ、唇を嚙む泰司に代わって、再び影山が答えた。

「殺人罪じゃなく、傷害致死だったからだ。殺意がなかったことにより、一審の判決はわずか懲役八年だった」

突然、泰司がローテーブルに拳を叩きつけた。重い音が響きわたり、凜は体を震わせた。

「そう、八年です……。たった八年……。殺意があったかなんて関係ない。私が命をかけて育てあげた一人娘、唯一の家族が奪われたという事実は変わりないのに……」

血走った泰司の目から涙が溢《あふ》れ出す。

「まだ殺人罪で二十年ぐらい刑務所に入れるなら納得できた。いや、納得はできなくても……諦めることはできたはずだ。けれど、八年じゃあ、諦められるわけがない」

「……諦めるって、なにをですか?」

その答えを半ば予想しつつも、凜は訊ねる。泰司は流れる涙を拭うこともせず、つぶやいた。

「命を償うには、命しかない……。そう思いませんか?」

その答えで凜は確信する。泰司は復讐《ふくしゅう》をしようとしている。命よりも大切な一人娘を奪った男を、自らの手で殺害しようとしている。肝硬変に蝕まれた身で八年後の釈放まで待つのは難しい。けれど心神喪失で無罪となれば、小峰は二年程度治療を受けてから社会復帰してくる可能性が高い。自分の手が届く範囲に戻ってくる可能性が。

だから、大金をはたいて弁護士を雇い、虚偽の証言をして被告人を無罪にしようとした。

全ては、自らの手で復讐を成し遂げるため。

「娘が死んでから、私は完全に空っぽになりました。いま私が生きている理由は、あの男に罰を受けさせることだけなんです。しっかりと、罪に見合った罰を。ですから、お願いします！」

唖然として固まっている凜の前で、泰司は唐突に床にひざまずくと、土下座をした。

「どうか証言してください。あの男が事件当時、心神喪失状態だったと。後生ですから」

切れ切れに声を絞り出す泰司を見つめながら、影山は告げた。いつも通りの抑揚のない声で。

「それはできません。私たち精神鑑定医に人の罪を計り、それを裁く権利などありません。私たちにできるのは、できる限り正確な診断を下し、それを鑑定書として提出することだけです」

「分かっています。けど、これしか方法がないんです！　どうぞ私を助けてください。意味なく生きるのは、死んでいるのと同じなんです。私を……殺さないでください！」

嗚咽交じりに懇願する泰司に向かい、影山は「残念ですが、お力にはなれません」と告げる。

ひたすらに床に頭をこすりつける泰司を、凜は呆然と見つめることしかできなかった。

深い慟哭《どうこく》が、部屋の空気を揺らした。

6

重い足取りで歩を進めながら、凜はふと厚い雲に覆われた空を眺める。

「降ってきたな……」

隣を歩く影山が、ひとりごつように言う。「えっ？」とつぶやいた凜の鼻先で、雨の滴《しずく》が弾《はじ》けた。

「本降りになる前に地下に潜ろう」

影山が足を速める。凜はパンプスを鳴らして影山に並んだ。二人の間に重い沈黙が漂う。

泰司が雑司ヶ谷病院を訪れた三週間後、凜と影山は小峰博康の第二回公判を傍聴した。息苦しさをおぼえた凜は、襟元に手を当てながらついさっきまで開かれていた公判の内容を思い出す。長谷川検事は、犯行後の被告人の声を聞いていたという隣人や、通報によって駆け付けた警官などに訊問し、泰司の証言が正しくないと主張した。その後、弁護士側の証人として出廷した泰司は、先日の証言の内容が間違いではないのかと反対尋問を行う長谷川を、血走った目で睨みつけて叫んだ。

「嘘なんかついていない！　私は本当のことを言っているんです！　信じてください！　だから、あの男を……無罪に……」

傍聴席に座っていた凜は、証言台で嗚咽を漏らし言葉を詰まらせる泰司を直視することができなかった。

重いため息をついた凜の鼓膜を、ジャズミュージックが揺らす。足を止めた影山がスーツの懐からスマートフォンを取り出した。

「はい、影山」

応答する影山の姿に、凜の胸がざわつく。普段、ほとんど表情が変わることのない影山の顔に、かすかに緊張が走ったように見えた。厚い雲から落ちてくる雨粒が、次第に勢いを増していく。

「分かりました、鑑定を引き受けます」

通話を終えた影山は、スマートフォンを内ポケットに戻した。

「精神鑑定の依頼ですか？　いまから向かいますか？」

凜が訊ねると、影山は軽く首を横に振った。

「いや、簡易鑑定じゃない。本鑑定の依頼があった」

本鑑定ということは、重大事件の可能性が高い。背筋が伸びる。

「一昨日の未明、三十一歳の女が自宅で同僚の女性を刺殺したらしい。その容疑者の精神鑑定をして欲しいと検事から連絡があった」

「支離滅裂な言動が見られて、精神疾患が疑われるということですか？」

「いや、動揺こそ見られるものの、しっかりと受け答えができている。そもそも、容疑者自身が昨夜、自宅で被害者を殺してしまったかもしれないと警察に通報してきたということだ」

「え？　受け答えもまともで、自首しているんですか？　その状況で、どうして鑑定の依頼が？」

「自首しているわけではない。容疑者はたぶん自分が殺したが、そのことを全く覚えていないと主張している」

「覚えていない？」

「そうだ。しかもその容疑者は、九年前に全く同じ状況で女性を殺害している。そして、犯行時に精神疾患による心神喪失状態であったと判断され、不起訴処分となっている」

心臓が大きく跳ねた。氷のように冷たい滴が頰を伝う。凜にはそれが雨なのか、それとも汗なのか分からなかった。立ち尽くす凛を尻目に、影山は淡々とした口調で話を続ける。

「さらにその数年前、まだ未成年だった容疑者は、自分の父親も殺害している」

氷点下の世界に裸で放り出されたかのような寒気が全身を襲った。足元から、体幹、そして顔へと震えが這《は》い上がってくる。

「影山先生……、その容疑者は九年前、どんな精神疾患を疑われて不起訴処分になったんですか……?」

凛は震える唇の隙間からかすれ声を絞り出す。影山はゆっくりと口を開いた。

「解離性同一性障害、つまりは多重人格だ」

# 第五話　闇の貌

## 1

湿気を濃く孕《はら》んだ空気が首筋にまとわりつくのを感じながら、弓削凜は固い表情で正面を見据える。隣では影山司が無言で立っている。二人の視線の先には、窓に金網が取りつけられた無骨な護送車が停《と》まっていた。

護送車の扉が開く。制服姿の警察官に付き添われ、白い服を着た細身の女が降りてきた。その両手には手錠が嵌《は》められ、胴体に巻かれた腰縄を背後に立つ警察官が摑《つか》んでいる。

小峰博康の第二回目の控訴審を傍聴した翌日の昼下がり、凜は光陵医大附属雑司ヶ谷病院の裏口で容疑者の移送に立ち会っていた。

凜は歯を食いしばりつつ女を観察する。それなりに長身だが、老婆のように腰を曲げているため小柄に見える。力無くうなだれた顔には、ウェーブした茶髪が簾《すだれ》のようにかかっていた。

曇り空から雨粒が落ちはじめる。女は緩慢な動作で首を反らして空を仰いだ。髪の隙間から蒼白《あおじろ》い顔がのぞく。高い鼻筋、薄い唇、細いあご、切れ長の目、一つ一つのパーツはかなり整っているが、表情が弛緩《しかん》しているせいか、三十一歳という年齢より老けて見えた。

あの人が……。凛の脳裏に、丸眼鏡を掛け、黒髪を三つ編みにして哀《かな》しげに佇《たたず》んでいる少女の姿がよぎった。奥歯がぎりりと音を立てる。

警察官の一人から差し出された書類に影山がサインをする。数人の男性看護師が警察官とともに、女を院内へと連れて行った。このあと閉鎖病棟の奥にある保護室へと移され、そこで手錠と腰縄が外されることになっている。

護送車のそばに停まっていたセダンから、糊《のり》のきいたスーツを着た中年の男が降りてきて、ワックスで髪を固めた頭を慇懃《いんぎん》に下げた。

「ご無沙汰しております、影山先生」

「お久しぶりです、小野寺《おのでら》さん」

影山が軽くあごを引くと、小野寺と呼ばれた男は「こちらの先生は?」と凛に視線を向ける。

「私の助手を務めている弓削医師です」

影山に紹介された凛は、「はじめまして、弓削凛と申します」と会釈をした。

「初めまして。本件を担当する検事で、小野寺と申します」

「検事さんがわざわざ移送に立ち会うなんて珍しいですね」

凛がつぶやくと、小野寺の顔から笑みが消えた。

「本件は普通の事件ではありません。ですから、事件の詳細を直接、影山先生にご説明しようと思いお邪魔しました」

「……お話は、私の部屋で伺いましょう」

影山が身を翻す。凛と小野寺は彼のあとを追って院内へと入っていった。院長室へとたどり着いた影山は、「どうぞ」と小野寺にソファーをすすめる。

ローテーブルを挟んで小野寺の対面に、影山と凜も腰掛けた。

「それではさっそくですが、事件についてお話を伺えますか」

影山に促された小野寺は、あごを引くと低い声で話しはじめる。

「事件の第一報が入ったのは三日前、土曜の午前二時すぎです。自宅で友人が死んでいるという通報があり、駆けつけた警察官が刺殺された遺体と血塗《ちまみ》れで座り込む女を発見しました。話を聞いたところ、『自分が刺したと思う』と言ったので、殺人の現行犯で女を逮捕しました。女の名前は桜《さくら》庭瑠香子《ばるかこ》、三十一歳の派遣社員で、現在は太田《おおた》繊維工業という会社の秘書課に勤めています」

「容疑者と被害者は友人だったんですね？」影山が訊《たず》ねる。

「ええ、そうです。容疑者は半年ほど前、経理部の事務員から異動して専務の秘書に抜擢《ばってき》されています。被害者である石井和代《いしいかずよ》は、経理部時代の同僚でした。金曜の夜、二人は仕事が終わったあと一緒に食事に行き、そのあと容疑者の自宅へと移動して酒を飲んでいたようです」

一度言葉を切った小野寺は、影山、凜と順に視線を合わせた。

「仲良く酒を酌み交わしていたが、そのうち二人の間に何らかの諍《いさか》いが生じた。深酔いしていた容疑者はテーブルに置かれていたアイスピックを握り、怒りにまかせて被害者を何度も刺して殺害した。血塗れで動かなくなった友人を見て我に返った容疑者は、怖くなって警察に通報した。当初はそう思われていました。しかし、取り調べで桜庭がおかしなことを言いはじめました」

小野寺は唇を舐《な》めて湿らせる。

「たぶん、自分が被害者を刺し殺したと思う。けれど、そのことを全く覚えていない。楽しく話していたはずなのに、ふと気づいたら友人が殺されていて、自分が血塗れになっていた、と」

「それを聞いて、警察はどうしましたか？」

「罪を逃れるための言い訳に過ぎないだろうと、取り合わなかったようです。そもそも、泥酔して本当に犯行当時の記憶がなかったとしても、それで不起訴になるわけではありませんからね」

肩をすくめた小野寺に、凛は「ですよね」と軽く相槌《あいづち》を打つ。酒や違法薬物によって前後不覚の状態で犯罪を行ったとしても、基本的には心神喪失と判断されることはない。

「捜査により、被害者は下腹部を何度も刺されたことによる失血死と分かりました。凶器であるアイスピックには容疑者の左手の指紋だけがくっきりとつき、さらにマンションの防犯カメラの映像で、容疑者と被害者以外、犯行現場となった部屋に出入りしていないことが確認できました。以上のことにより、警察はすぐに送検しようとしていました。しかし、容疑者である桜庭瑠香子について記録を調べたところ、そんな単純な事件ではない可能性が出てきたんです」

「解離性同一性障害……」

影山が押し殺した声で言うと、小野寺は重々しく頷《うなず》いた。

「そうです。九年前、桜庭は今回と同じように自宅でアルバイト仲間だった少女を殺害しています。その際、彼女の中に存在する他の人格が犯行を起こしたという鑑定のもと、不起訴処分になりました」

小野寺の言葉を聞きながら、凛は瞳を閉じる。瞼《まぶた》の裏に、セーラー服を着た少女の姿が蘇《よみがえ》ってきた。意識が九年前の記憶の中を彷徨《さまよ》いはじめる。

あれは寒い日だった。吐いた息がすぐに白く凍《い》てつくような、寒い日。高校の授業が終わり、英語の単語帳を片手に帰宅していた凛は、突然背後から肩を叩《たた》かれて身を震わせた。

「よっ、凛。いま帰り?」

振り返ると、セーラー服の上にコートを着込み、口元まで埋まりそうなほどしっかりとマフラーを巻いた少女が、屈託ない笑みを浮かべていた。トレードマークの丸眼鏡の奥で、大きな瞳が悪戯《いたずら》っぽく細められている。

「ちょっと、やめてよ美咲《みさき》。びっくりしたじゃない」

「ごめんごめん、なんか難しい顔してたから、リラックスさせてあげようかと思ってさ」

同級生で親友の原口《はらぐち》美咲は、悪びれることなく手をひらひらと振った。その姿に毒気を抜かれた凜は、「なによそれ」と破顔する。

「帰り道まで勉強してたの？」美咲が手元を覗《のぞ》き込んでくる。

「しかたないでしょ。入試まであと三ヶ月ぐらいしかないんだから」

「そっかー、大変だね。私はもう推薦入学が決まってるから気楽だけどさ。お疲れさまー」

「それって嫌味？」

「冗談だってば。でもさ、そんなに根を詰めなくてもいいんじゃない。凜ってすごく頭いいじゃん。普通に受かるよ」

あははと軽い笑い声をあげる美咲の肩を、凜は口をへの字に歪《ゆが》めながら小突いた。

「だといいんだけど……」

たしかに模試でも、志望校の医大に合格判定が出ている。しかし、安心することはできなかった。いくら模試でいい成績を出しても、本番で失敗したら意味がない。受験が近づくにつれ、胸の中で不安がむくむくと膨らんでいた。

「そんな暗い顔しないでよ。私が保証してあげるからさ。凜はちゃんと第一志望に受かるよ」

「なんで美咲がそんなこと保証できるのよ」凜は苦笑する。

「あっ、そうだ。凜、これから暇？　よかったら一緒に遊びにいかない？」

「暇なわけないでしょ。勉強で忙しいって言ってるじゃない」

「あんまり頑張りすぎても効率悪くなっちゃうよ。たまには遊びに行ってストレス発散しないと」

「遊びって、どこに行くの？」

「これからさ、バイト先の女の先輩の家で遊ぶ約束しているんだよね。だからさ、凜も一緒に来なよ。ぱーっと思い切り騒いでさ、明日からまた勉強頑張るの」

「えー、嫌だよ。知らない人の家に行くなんて」

「大丈夫だって。すごくいい人だからさ。最初ちょっと無口だったけど、最近は仲良くなってきてよく話すようになったの。細身で身長高くて、モデルみたいにかっこいいんだ。ファッションのこととか、お化粧の仕方とかいろいろと教えてくれるの」

「お化粧か……」

これまでほとんど化粧などしたことはなかったが、順調にいけば来年からは大学生だ。そろそろ、化粧の基本ぐらい習っておくのもいいかもしれない。

「ほら、興味あるでしょ。凜も一度会えばきっと仲良くなれるよ。だから、一緒に行こうよ」

はしゃいだ声を上げる美咲を前にして、凜は悩む。たしかに最近、自分を追い詰めすぎている気がする。美咲が言う通り、一度ストレスを発散させた方がいいのかもしれない。数十秒悩んだのち、凜は顔を上げた。

「やっぱり、今日はやめとく。私さ、そんなに要領がいい方じゃないから、勉強量が減ると不安になっちゃうんだよね。受験までは頑張り続けたいんだ」

美咲は一瞬、残念そうな表情を浮かべたが、すぐに笑顔に戻った。

「オーケー。ならさ、受験が終わったらその人を紹介するよ。そのときは三人でぱーっと騒ごう」

「了解、楽しみにしてる」

「じゃあ、もうすぐ待ち合わせ時間だし、私、行くね。凜は勉強頑張ってしっかり合格してよ。残念会になっちゃったら、こっちも気を使って思い切り騒げないからさ」

「不吉なこと言わないでよ」

凜が顔をしかめると、美咲は「あはは」と笑い声をあげた。

「激励だってば。受験後のパーティー、約束だよ。じゃあ、また明日ね」

手を振りながら身を翻した美咲に、凜は「はいはい、また明日ね」と声をかけた。

しかし、その日交わした約束が果たされることはなかった。

翌日、美咲が遺体で発見されたから……。

「弓削君、どうした?」

セピア色の記憶の中を彷徨っていた凜は、影山に声をかけられ我に返る。気づくと影山と小野寺が、訝《いぶか》しげな視線を向けてきていた。

「あ、いえ、なんでもありません」

慌てて居ずまいを正すと、小野寺は軽く咳払《せきばら》いしたあと再び話しはじめた。

「そういうわけで、九年前の事件も桜庭本人の通報により発覚しました。桜庭の自宅で殺害されていたのは、バイト先で知り合った原口美咲という名の少女で、当時高校三年生でした」

「その際、逮捕後すぐに精神鑑定が行われたんですね」影山が訊ねる。

「はい、そうです。現行犯で逮捕されたとき、かなりの興奮状態でよく分からないことを口走っていたため、鑑定が依頼されました」

「よく分からないことというと、具体的には?」

「なにが起こったか分からない。普通に話していたのに、気づいたら相手が死んでいて、手が血塗れになっていた。自分が誰かに乗っ取られたような気がする。まあ、そんな感じのことです。そして精神鑑定をした結果、それが罪を逃れるための嘘《うそ》ではないことが分かった。鑑定医は、桜庭瑠香子が多重人格だという診断を下したのです」

重いため息をついた小野寺に、凜は「あの……」と声をかける。小野寺は「なんでしょう?」と気怠《けだる》そうに答えた。

「一般的に日本では多重人格、つまり解離性同一性障害であったとしても、心神喪失と判断されることは少ないはずです。せいぜい心神耗弱《こうじゃく》、もしくは完全な責任能力が認められる傾向にあります。なのに、なんで不起訴になったんですか?」

胸の中で暴れまわる感情が口調に滲《にじ》まぬように気をつけつつ、凜は訊《たず》ねる。

なぜ美咲を惨殺した犯人が裁かれなかったのか。なぜ誰もその罪の十字架を背負うことがなかったのか。それは、九年間ずっと心の中でくすぶり、凜を苛《さいな》んできた疑問だった。

「精神鑑定で確認されたもう一つの人格、それが問題だったんです。それは男性の人格でした。……中年男性の人格です」

「男性の人格だっただけで、なんで不起訴になるんですか? 解離性同一性障害では、実際の体とは性別や年齢が異なった人格が生じることは珍しくないはずです」

「たんに男性の人格だったというだけではなかったんですよ」

小野寺は押し殺した声で言う。凜は「どういうことです?」と前のめりになった。

九年前に起こった事件について、これまでに可能な限りの情報を集めてきたので、桜庭瑠香子が解離性同一性障害で不起訴になったことは知っていた。しかし、彼女の中に潜む他の人格がどのようなものだったのかについては、いくら調べても情報を得ることができなかった。

小野寺はあごを引くと、凜に鋭い視線を投げかける。

「その人格は桜庭源二《げんじ》、つまり桜庭瑠香子の父親の人格だったんですよ」

顔の筋肉がこわばる。喉の奥から、物を詰まらせたかのような音が漏れた。

「その反応を見ると、ご存知のようですね。桜庭瑠香子が十六歳のときに起こした事件のことも」

凜は頷く。小野寺は整髪料で固めた髪を乱暴に梳《す》くと、陰鬱な声で話を続けた。

「桜庭瑠香子の母親は夫の源二からひどい暴力を受けていたらしく、小学生だった瑠香子を置いて家を出ました。その後、瑠香子は父方の祖母に育てられていました。しかし、その祖母も瑠香子が中学に入ってすぐに亡くなりました。それを境に、瑠香子は父親から虐待を受けるようになりました。主に……性的な虐待を」

吐き気をおぼえ、凜は口元を押さえる。

「その頃のことを、桜庭瑠香子はこう言っています。『生き地獄だった』と。源二から『もし誰かに話したら殺す』と脅されていたため、瑠香子は周囲に助けを求めることもできず、その地獄は数年間続きました。そして、十六歳になったとき……瑠香子は父親の子供を妊娠しました」

凜は膝の上で両拳を握りしめ、耳を塞いでしまいたいという衝動に耐えた。

「源二に知られたら何をされるか分からないと考え、瑠香子は必死に妊娠していることを隠しました。しかし、何ヶ月かして下腹部が膨らんできたことを父親に指摘され、しかたがなく正直に話したうえでこう言いました。『子供を産みたい』と。それを聞いた源二は激怒し、瑠香子を殴り倒して、腹部を執拗《しつよう》に蹴り続けました。その結果、瑠香子は流産してしまいました」

小野寺は首を力なく左右に振った。鉛のように重い沈黙が部屋に降りる。

凛は息を殺しながら、「そのあとは……」と声を絞り出した。

「ああ、すみません。私も長年検事をやっているので、悲惨な話には慣れていますが、さすがにこの手の事件はなんというか、くるものがありまして。えー、どこまで話しましたかな。そう、父親の暴力により流産した瑠香子は、一週間ほど入院したあと自宅に戻りました。しかし、帰宅したその日の深夜に、酒に酔った源二はまた瑠香子に関係を求めてきたのです」

顔をしかめる凛の前で、小野寺は疲労が滲む声で話し続けた。

「性的虐待と流産により、心身ともに限界を迎えていた瑠香子は台所にあった包丁を手に取り、焼酎を飲んで泥酔していた父親の胸に突きたてました。不意を突かれた源二はほとんど抵抗することもできず、肺と心臓を刺されて即死状態だったということです。倒れた源二の体に馬乗りになると、瑠香子は大声で叫びながら繰り返し刺し続けました。何度も、何度も、何度も……。その後、血塗れの状態でふらふらと外に出て、近所の住人の通報により駆け付けた警察官に保護されました」

「そうして事件が発覚し、桜庭瑠香子は逮捕された」影山が抑揚のない声で話を引き継いだ。

「はい、そうです。その後の捜査で、性的虐待を受けていたという瑠香子の証言の裏付けが取れたこともあり、殺人についての少年審判は瑠香子に同情的に進みました。結果的に更生施設に二年間収容されることになりましたが、それも長年の虐待と父親を殺したことによる精神的なダメージに対して、専門的な治療が必要と判断されたからでした」

「治療は成功したのですか？」影山はあごを撫《な》でる。

「記録によると、かなり改善したということです。治療をはじめた当初はＰＴＳＤの症状が強く、フラッシュバックが頻繁に起こってパニックになることが多かったようです。しかし、施設を出るころには発作はほとんど起きなくなっていたと記録されています」

「あのっ」凛は前のめりになって声を上げた。「解離性同一性障害は？　多重人格は、そのときすでに認められていたんですか⁉」

「当時の記録には、多重人格という記載はありません。ただ、それを匂わせるようなことが書かれています。ときどき、おかしな言動を瑠香子がとることがあったと。その際の受け答えは幼児のようにぎこちなく、しっかりとした意思疎通ができなかったということです。その症状を、担当医は『退行』と診断していました」

退行。精神的ダメージを受けた人物が、まるで子供返りしたかのような言動をとる現象。

「けれど、それは退行ではなく、瑠香子さんとは全く違う幼児の人格が生じていたかもしれなかった。そういうことですか？」

「九年前の女子高生刺殺事件の際、桜庭瑠香子の精神鑑定を行った鑑定医はそう判断しました」

小野寺が頷くと、影山が口を開いた。

「解離性同一性障害を発症している患者は、幼児期に虐待を受けていることが少なくない。あまりにもつらい現実を受け止めることができず、自らの身代わりとなる人格を創りだして負担を分散することで、心が壊れるのを防ごうとする。一種の防御反応ともいえるな。そして、生み出した人格が幼児だった場合、退行と見分けがつきにくいこともある」

「けど、しっかりと診察したら退行と解離性同一性障害は見分けがつくはずです。後者なら、桜庭瑠香子という人物とは、名前も、バックボーンも全く違ったパーソナリティが現れていたはずなんですから」

凛が早口でまくしたてると、小野寺は肩をすくめた。

「担当医を責めるのは酷ですよ。なにしろ、しっかりと診察する余裕なんてなかったんですから」

「診察する余裕がなかった？」凛は聞き返す。

「はい、その子供返りのような症状は、入所の一ヶ月後には生じなくなったようです。担当医がその症状を実際に目にしたのは、二、三回ということでした」

「解離性同一性障害の治療はカウンセリングを柱にして行うものだ。そして、ＰＴＳＤの治療でも同様にカウンセリングを行う。おそらく、父親がいない安全な環境に置かれた安心感と、カウンセリングによる治療を受けたことで、いつの間にか解離性同一性障害も治癒していったんだろう」

影山のセリフに、小野寺は「九年前の担当医もそう判断しています」と頷いた。

「それじゃあ、入所している二年間で解離性同一性障害の症状は消えたんですよね？　それなのに、なんで九年前の事件でまた他の人格が出たんですか⁉　なんで、あんなにひどいことを……」

親友だった少女の姿が脳裏をよぎり、凛は言葉を詰まらす。

「退所後、桜庭瑠香子は定期的に診察を受けつつ、バイトをして生活していました。しかし、やはりその給料だけでは苦しかったようで、夜の仕事をはじめました」

「夜の仕事……」凛は首をわずかに傾ける。

「ええ、いわゆるキャバクラというやつですね。たしかに普通のアルバイトよりははるかに稼げるでしょう。けれど、それが悪かった。その手の店には、当然質《たち》の悪い客もやってくる。酔って、体を触ってくるような客もね」

小野寺の言葉の意味を理解し、凛の眉根が寄った。

「それで思い出したんですね。……父親から受けていた性的虐待を」

「ええ、そのようです。再び、幼少期からの虐待、そして父親を刺し殺した光景がフラッシュバックするようになった。そして、その頃から記憶が飛ぶような現象が起きはじめた。桜庭瑠香子はそう証言しています。ふと気づいたら、知らない場所に立っていたり、買った覚えのないものが部屋に置いてあったり」

「他の人格が出現しているときの行動を把握できない。解離性同一性障害の典型的な症状だ」

影山がぼそりと付け加えた。

「そうです。強いストレスによりまた他の人格が生じてしまった。そして、最悪なことにその人格は、長年自らの娘に性的虐待を加えていた鬼畜、桜庭源二。つまりは、瑠香子自身が殺害した父親のものだったのです」

「そんなこと、あり得るんですか⁉」凜の声が裏返る。「酷《ひど》い虐待を加えてきた父親が、自分の別人格として生じるなんて」

「あり得なくはない」小野寺の代わりに影山が答えた。「解離性同一性障害において生じる別人格は、本人とは年齢や性別が違うだけではなく、個々に確固としたバックボーンを持っていることが多い。ほとんど楽器を触ったこともない人物に音楽家の人格が生じ、プロ顔負けの演奏をしたという例すらある」

「でも、瑠香子さんにとって父親は、一番嫌悪していた人物だったはずです。そんな相手の人格を自分の中で創り出すなんて……」

「基本的に、別人格は患者自身の意図とは関係なく生じる。そして、桜庭瑠香子にとって父親は、もっとも影響を受けた人物であるのは疑いがない。水商売で性的嫌がらせを受けたとき、父親との不快な記憶が一気に蘇り、桜庭源二という男の別人格を形成したとしても不思議ではない」

感情を排して語られる影山の説明には説得力があった。凜はそれ以上、反論ができなくなる。黙り込んだ凜を尻目に、影山は小野寺に語りかける。

「桜庭源二の人格が生じていたのは間違いないのですか？　詐病《さびょう》の可能性は？　解離性同一性障害の精神鑑定では、被疑者が罪を逃れるために演技をしている可能性を常に考慮する必要がある。九年前の鑑定を行った精神科医に話を聞くことは可能ですか？」

「それは無理です。とても優秀な鑑定医でしたが、三年前に脳卒中で他界しております」

「そうですか」

「彼が残した鑑定書は後ほどお送りする資料の中にありますが、少なくとも鑑定医の診断は説得力があるものでした。そして担当検事も被疑者が多重人格で犯行時には別の人格が発現しており、しかもそれが父親である桜庭源二の人格であったと納得し、不起訴の判断を下したんです」

「待ってください。やっぱり、なんで不起訴になったか分かりません」凜の声が大きくなる。「どうして犯行時の人格が誰なのかが、起訴するか否かの判断を左右するんですか？」

「……九年前は裁判員制度がはじまったばかりでした。そして、もし起訴をしたら、間違いなく裁判員裁判になり大きく注目されていた」

小野寺は目を伏せる。凜は「裁判員裁判？」と聞き返した。

「そうです。女子高生が被害者の殺人事件となれば、一般の国民を裁判員として招集して行われる裁判員裁判となります。犯行時、父親の人格が生じていたとなれば、裁判では、幼少期から桜庭瑠香子がどのような虐待を受けてきたかがこと細かに明らかにされるでしょう。当然、裁判員たちの心には、瑠香子に対する強い同情が湧きあがります。そして、悲惨な虐待からの精神疾患により生じた父親の人格が犯行に及んだとなれば、処罰意識よりも彼女を治療するべきであるという結論に流れやすい。その結果、心神喪失による無罪判決が出る可能性があるんです」

「でも、美咲……殺された被害者に対する同情心だって集まるんじゃないですか。有罪になる可能性だって十分にあったはずです！」

「十分じゃ足りないんだ」影山がぼそりとつぶやいた。

「……どういう意味ですか？」

「そのままの意味だ。有罪になる可能性もあるという程度での起訴を、検察は望んでいない。日本における刑事事件の有罪率は九十九パーセントを超えている。これはなにを意味するかというと、少しでも無罪判決が出そうな裁判を検察官は行いたくないということだ。特に世間の注目が集まるような大きな事件ではな。そこで無罪判決など出ようものなら、今後の出世の大きな障害になる」

「そんな……」

言葉を継げなくなる。検事が自らの保身のために、裁判によって黒白をつけることを避ける。そんなことがあってよいのだろうか。凜が非難を込めた眼差《まなざ》しを向けると、小野寺がかぶりを振った。

「そう睨《にら》まないでくださいよ。しかたがないじゃないですか、それがいまの司法制度なんですから。それに、べつにそのまま釈放したわけじゃありません。医療観察法に則《のっと》って、桜庭瑠香子には約二年間、強制的に入院させて専門的な治療を受けさせました。それにより、犯罪を起こした父親の人格が消滅したのを確認したうえで社会復帰させたんです」

「けれど、また九年前と同じように女性を刺し殺したんですよね。もし前回、起訴して有罪になっていれば、今回の被害者は死なずに済んだんじゃないですか」

凜の糾弾に、小野寺は渋い表情で黙り込んだ。

「今回も父親の人格が発現していたら、桜庭源二の人格が犯行を起こしていたとしたら、不起訴にするんですか？　また二年ほど治療したあと、彼女を解放するんですか？」

「いまの時点では、その判断はできません。出来る限り起訴したいとは思っていますが、まずは精神鑑定の結果を見たうえで総合的に判断して……」

「そんな曖昧な答えじゃ納得できません。不起訴にしたら、何年か後にまた同じような事件が起こるかもしれないんですよ。そうなったら、誰が責任を……」

前のめりになる凜の肩に大きな手が置かれる。見ると、影山が無表情のまま見つめてきていた。

「そのくらいにしなさい。私たちの仕事は裁判制度の不備を指摘することや、検事を糾弾することじゃない。被疑者を診察し、正しい鑑定を下すことだ。そこから先のことについて意見を述べるのは、越権行為だ」

影山にたしなめられて我に返った凜は、自分が発したセリフを反芻《はんすう》し、頰が熱くなっていく。

「すみません、生意気なことを言って」

「かまいませんよ、事実ですからね。けれど、今回の件をなんとか起訴まで持っていきたいという気持ちに嘘はありません。すでに桜庭瑠香子の手によって二人の罪のない女性が犠牲になっています。罪に問えるかどうかは分からなくても、一度司法の手に彼女を委ねるべきだと考えています。しかし、そのためにはできる限り詳細な情報を集める必要があります。ですから影山先生、弓削先生、なにとぞ桜庭瑠香子の精神鑑定をお願いいたします」

小野寺は深々と頭を下げた。

2

小野寺が帰ったあとの院長室で、影山と凜は運び込まれた資料に目を通した。ローテーブルに置かれた段ボールいっぱいに、今回の事件の捜査資料が詰め込まれている。後日、さらに段ボール数個分の資料が送られてくる予定になっていた。桜庭瑠香子の精神鑑定をするためには、今回起こった事件だけでなく、十五年前に父親を殺害した事件、そして九年前に女子高生を、凜の親友だった少女を殺害した事件についても情報を得る必要があった。

九年前の事件の詳細を知って、果たして冷静でいられるだろうか？　精神鑑定医の見習いとして、私情をはさむことなく桜庭瑠香子に接することができるだろうか。凜の胸に不安が広がっていく。

本来なら、自分が九年前の事件の関係者だということを、影山に告げるべきだとは分かっていたが、どうしても言い出せなかった。そのことを伝えれば、おそらく影山は凜を鑑定にかかわらせないだろう。九年間、ずっと求め続けてきた親友を奪った怪物の正体。それを暴く場に立ち会えるかもしれない。抗いがたいその欲求に、凜の行動は縛られていた。

もし影山先生に、九年前の事件の関係者だと知られたら……。凜はちらりと、奥にあるデスクにいる影山を見る。彼は「どうした？」と、資料から視線を上げた。

「いえ、なんでもありません」

凜は慌てて手にしている書類に目を落とす。そこには事件後に撮影された事件現場の写真が数枚貼られていた。フローリングに敷かれたカーペットいっぱいに広がっている赤黒い染みを見て、顔の筋肉が歪んでしまう。

細く息を吐いて気持ちを落ち着かせると、凜は部屋の様子を観察していく。変色したカーペットと、その上に白いテープで描かれた倒れた人の形以外は、なんの変哲もない部屋だった。広さは八畳程度だろうか、シングルベッドに化粧台、ローテーブル、箪笥《たんす》などが置かれている。

全体的にものは少ない。整理整頓が行き届き、落ちついた色調で統一されている。大人しい、独身女性の部屋といった様子だ。

ローテーブルの上には、二本のビール缶、ワイングラス、アイスペール、そして赤ワインのボトルなどが置かれていた。硝子《ガラス》製の天板に広がる赤い液体が、倒れたグラスから零《こぼ》れたワインなのか、それとも血液なのか凛には分からなかった。

現場写真を見終えた凛が次の資料に手を伸ばそうとしたとき、影山のデスクに置かれた内線電話が着信音を響かせた。受話器を取り、二言、三言通話をした影山は電話を切って立ち上がった。

「準備ができたようだ。はじめよう」

「え？　はじめるってなにをですか？」

「もちろん、桜庭瑠香子の精神鑑定をだ」

影山はポールハンガーにかけてあった白衣を手に取って羽織る。凛の心臓が大きく跳ねた。

桜庭瑠香子に、親友を惨殺した犯人にこれから会う。部屋の酸素が急に薄くなったかのような息苦しさをおぼえ、凛は喉元に手をやる。

「まだ入院して数時間なのに、いきなり精神鑑定の面接を行うんですか？　普通はもう少し様子を見て、必要なら治療をして症状を落ち着かせたあと、本格的な精神鑑定をしていくんじゃ……」

早口で言う。最後の方では緊張で舌が縺《もつ》れて、うまく言葉がでなかった。

「妄想に囚《とら》われ、興奮状態の患者ならそうする。しかし、今回の場合はできるだけ早期に精神鑑定をしなければならない。なぜなら、被疑者が解離性同一性障害の可能性があるからだ」

「解離性同一性障害の可能性があるから……」

凛がその言葉をくり返すと、影山はあごを引いた。

「弓削君、解離性同一性障害の患者を治療した経験は？」

「……ありません」

解離性同一性障害、多重人格は極めて珍しい疾患だ。専門家の中にも、実際はそんな疾患は存在せず、患者がそう装っているだけだと考える者さえいる。

「では、解離の症状を呈した患者を治療したことは？」

「それはあります」

人間の記憶、意識、知覚、個人のアイデンティティーなどは本来一つにまとまっている。しかし、強いストレスなどをきっかけに、一時的にそれらをまとめる能力を失うことがある。その状態のことを『解離』と呼ぶ。そして、症状が深刻で日常生活に支障をきたす場合、それは解離性障害と診断される。

解離性障害にはいくつかの種類がある。意識はあるのに動くことも言葉を発することもできない金縛りのような状態になる解離性昏迷。一時的に記憶をなくす解離性健忘。過去の記憶が全て消え去り、自分が何者なのかさえ分からなくなって失踪してしまう解離性遁走。自分が自分であるという感覚が消え、まるで少し離れた位置から自らを見ているように感じる離人症など。

そして、一人の人間の中に複数の人格が存在する解離性同一性障害も。

解離性健忘や離人症の患者は日常の精神科診療で比較的よく診るものだった。また、精神疾患の中には、その病気が引き起こす多様な症状の一つとして、解離をきたすものも少なくない。

「解離症状はどのような治療で改善する？」数式の解を求める教師のような口調で影山は訊ねる。

「なんらかの精神疾患が原因で解離症状が生じている場合は、原疾患を治療することで改善することが多いです」

「では、解離症状の原因となる明らかな精神疾患が存在しない場合は？　解離のみが症状として生じている患者にはどのような治療を？」

「その場合はカウンセリングを柱に、補助として少量の投薬による治療を行います」

「その通りだ。解離症状に対しては抗精神病薬などよりも、カウンセリングの方が治療効果が高いとされている。そして、概して解離の原因となっているストレス因子が軽減されると、症状が改善することが多い。それは、解離の一種である解離性同一性障害でも同様だ」

「それって、もしかして……」

「そうだ。今回の事件については、被害者と被疑者の関係は同僚であったとしか情報はない。しかし、桜庭瑠香子にとって被害者との人間関係がストレス源になっていたのかもしれない」

「……そのストレス源を排除するために、他の人格が被害者を殺害したということですか？」

「その可能性も否定できない。そうだった場合は、被害者が消えたことでストレス源も消え、解離症状が改善しないとも限らない」

「生じていた副人格が消えるかもしれない……」凜が呆然《ぼうぜん》とつぶやく。

「そうなれば、もはや診断は不可能になってしまう。理解したならついてきなさい」

影山が出入り口へと向かう。凜は慌てて立ち上がり、彼のあとを追った。


院長室をあとにした影山と凜は病棟へとやってくると、ナースステーションの奥にある施錠された扉を開き、閉鎖病棟エリアへと入った。

磨き上げられた床に視線を落としながら、凜は足を動かし続ける。痛みをおぼえるほどに心臓の鼓動が加速していく。廊下に響いていた影山の足音が止まった。凜は足を止めて視線を上げる。いつの間にか、前を歩く影山と数メートルの距離が開いていた。面接室の前に立つ影山の片眉がわずかに上がる。

「どうした？　面接に同席しないのか？」

かすれ声で「いえ……」と返事をすると、凛は足を踏み出そうとする。しかし、神経が断線したかのように動くことができなかった。桜庭瑠香子に、親友を殺した犯人に会うことに、体が、そして心が拒絶反応を示していた。凛は奥歯が軋《きし》むほど、あごに力を込める。

なぜ、親友は殺されないといけなかったのか。『なに』が親友の命を奪ったのか。

その答えを見つけるために、精神鑑定医を目指した。そしていま、答えが目の前にある。美咲を殺した犯人が、あの扉の向こう側にいる。

ここで逃げてどうするんだ。凛は枷《かせ》がはめられているかのように重い足を引きずって進んでいく。

影山は片眉を上げたまま、無言で扉を開いた。蛍光灯の漂白された光に照らし出された空間。机とパイプ椅子が置かれた殺風景な部屋に、入院着姿の女性が腰掛けていた。

深くうなだれていた女性、桜庭瑠香子は緩慢な動作で顔を上げる。簾のように垂れていた淡い茶髪の隙間から顔がのぞいた。

凛は腹に力を込めて、逸《そ》らしかけた視線を瑠香子に固定する。護送車から降りてくるときは遠目でしか見ることができなかったが、いまはしっかりとその姿を観察することができた。皮膚は青白く、表情は力なく弛緩し、瞳も虚《うつ》ろに濁っている。にもかかわらず、その姿は美を孕んでいた。

顔の中心にすっと通った鼻筋、涼やかな切れ長の目、薄い唇。形の良いそれらのパーツが、絶妙なバランスで存在し、触れれば壊れる硝子細工のような儚《はかな》さと美しさを醸し出している。いまはノーメイクだが、化粧をすればすれ違った男性を反射的に振り返らせるほどの美貌となるだろう。

――ファッションのこととか、お化粧の仕方とかいろいろと教えてくれるの。

命を落とす数時間前、美咲が楽しげに口にしたセリフが耳に蘇る。顔をしかめた凜はふと、瑠香子の右のこめかみから目尻にかけて、傷跡があることに気づく。ファンデーションを塗れば見えなくなるほどの、かすかな痕。凜の視線に気づいた瑠香子は、慌てて髪を流してその部分を隠した。

「はじめまして、桜庭瑠香子さん。影山司と申します。警察から依頼され、あなたの精神鑑定を担当することになりました。よろしくお願いいたします」

言葉遣いこそ慇懃だが、無表情でほとんど抑揚なく話す影山の姿は、ロボットが喋《しゃべ》っているかのようだった。瑠香子は「はい……」と力のない返事をする。

「こちらは、助手を務める弓削医師です。面接に同席させて頂きます」

影山に紹介された凜は、「……弓削凜です。よろしくお願いします」と、やけにざらつく言葉を喉の奥から絞り出した。

影山は机を挟んで瑠香子と向かい合う位置に置かれたパイプ椅子に腰かける。凜は心臓が早鐘のように脈打っているのを感じながら、影山の隣に座った。

「面接の様子はあちらのカメラで撮影させて頂きます。どうぞご了承ください」

影山が指さすのを見て、凜は初めて三脚に固定された小型のビデオカメラが部屋の隅に置かれていることに気づく。部屋に入ったときは、開いた扉の死角になって見えなかった。

普段、精神鑑定の面接を撮影することはない。にもかかわらず、今回カメラが用意されているのは、解離性同一性障害の疑いがあるからだろう。

解離性同一性障害は、極めて診断が難しい精神疾患だ。他人格が現れたとしても、それが患者の演技ではないと証明できなければ診断が下せない。しかも、これから行うのは単なる診察ではなく、殺人事件の容疑者の精神鑑定だ。容疑者の中に他の人格が存在するのか否かを、警察や検察に納得させるだけの客観的な根拠が必要となる。

もしあのカメラが、桜庭瑠香子の中に他の人格が存在するという『客観的な根拠』を捉えたら、彼女はまた不起訴になるかもしれない。わずか二年ほど治療を受けた末、再び社会に解き放たれるかもしれない。すでに三人もの人間を殺害しているにもかかわらず……。

寒気をおぼえる凜の隣で、影山が口を開いた。

「さて、それでは話を聞かせて頂けますか」

「あの、なんの話をすれば……」瑠香子は首をすくめ、怯《おび》えた小動物のような態度を見せる。

「もちろん、事件当日のことですよ。その日、あなたと被害者の女性の間になにがあったのか」

弛緩していた瑠香子の表情筋がこわばった。凜も驚いて影山の横顔を見る。

普段の精神鑑定で影山は、最初のうちはできるだけ容疑者を動揺させないようにしている。相手をリラックスさせ、彼らの胸に溜《た》まっている想いを可能な限り吐き出させようとする。しかし今日は対照的に、意図的に瑠香子にストレスを与えているように感じた。

「あの……覚えていないんです。あの日、なにがあったのか、全然……」

蚊の鳴くような声で瑠香子はつぶやく。

「そんなことはないはずです。警察の調書によると、たしかにあなたは事件当時の記憶はないと言っている。しかし、事件が起こるまでどこでなにをしていたかは警察に伝えています」

「……それなら、調書を読めばいいじゃないですか」

「活字で書かれた無味乾燥な情報ではなく、あなたの口から生の感情を聞きたいんですよ。その日、なにを考え、なにを感じ、なにを思ったのか」

瑠香子を追い詰めるように言う影山を見て、凜は彼の意図を悟る。影山はわざと瑠香子にストレスをかけているのだ。彼女の中に潜んでいるかもしれない、他の人格を浮き上がらせるために。

解離性同一性障害の主な原因はストレスだ。心が壊れてしまいかねないほどの強いストレス。だからこそ、患者をストレスに晒《さら》すことで、副人格を引き出せるかもしれない。

影山は冷めた視線を瑠香子に注ぎ続ける。無言の圧力が、瑠香子を苛んでいるのは明らかだった。やがて、そのプレッシャーに耐えかねたかのように、瑠香子は伏せていた顔を上げて影山を睨《にら》みつける。さっきまで虚ろだったその目には、怒りと嫌悪が宿っていた。

「分かりました。話します。あの日は……」

泣き出しそうな表情で話しはじめようとした瑠香子を、影山は掌《てのひら》を突き出して押しとどめる。

「その前に、まずは自己紹介をして頂いてよろしいでしょうか。あなたの名前、年齢、職業をおっしゃってください。あと、筆跡も調べたいのでこちらに名前を書いて頂けますか」

影山は白衣のポケットからサインペンとメモ用紙を取り出して、机の上に置く。さらに表情を歪めながらも、瑠香子は理由を訊ねることなく右手でペンを握った。

彼女自身も分かっているのだろう。この鑑定が、自分の中に他の人格がいるかどうかを調べるものであると。そして、そのためにはまず、現在の人格が『桜庭瑠香子』という主人格であるという確認が必要だということを。

「……桜庭瑠香子、三十一歳です。仕事は秘書をしています」

どこまでも硬い声で言いながら、瑠香子は右手に持ったサインペンで名前を書いていく。影山は「ありがとうございます。では、事件当日の話をお願いします」と先を促した。

「……あの日は金曜日で、定時に仕事が終わりました」

痛みに耐えるような表情を浮かべた瑠香子は、か細い声で話しはじめる。

「そのあと、午後六時に……和代ちゃんと待ち合わせて食事に行きました」

「和代ちゃんというのは、被害者である石井和代さんですね」

影山が確認すると、瑠香子は「はい」と小さく頷いた。

「あなたと被害者はどのような関係だったんでしょうか?」

「……前の部署の同僚でした。以前は経理課にいて、半年ほど前に秘書課に移りました」

「なぜ、前の部署の同僚と飲みに行ったんですか? 被害者とあなたの間に、なにかトラブルがあったのではありませんか?」

ほとんど表情を変えることなく続けざまに質問を重ねていく影山の姿は、精神科医の面接というより、警察官の尋問のようだった。瑠香子の顔に浮かぶ嫌悪が濃くなっていく。

「トラブルなんかありません。和代ちゃんとは友達だったんです。私が異動したあとも定期的に、一緒に食事に行っていました。あの日が特別だったわけじゃありません」

「被害者は二十一歳、あなたとはかなり年齢が離れています。それなのに、友人だったのですか?」

「年齢なんか関係ないじゃないですか! 私が三年前に派遣社員としていまの会社に勤めはじめたとき、高校を卒業した和代ちゃんが入社してきたんです。年は離れているけど、同期としていろいろと助け合ってきました。それがなにかおかしいですか?」

「いえ、おかしくはありません」影山は首を横に振る。「それでは事件の話に戻りましょう。待ち合わせしたあと、あなたと被害者はどこに行ったんですか?」

「会社の近くにあるイタリアンレストランに行きました。小さなお店なんですけど雰囲気がいいんで、和代ちゃんと食事をするときはいつもそこを使っていました」

「食事中はどのようなお話を?」

「……信じてもらえるか分かりませんけど、今回食事に誘ってきたのは和代ちゃんだったんです。相談があるから聞いてほしいって。けれど、なかなか話してくれなくて……。コースのデザートが出たころに、ようやく恋人との仲がうまくいっていないって打ち明けてくれました。それで、私の部屋で飲みなおしながら、ゆっくり話を聞くことにしたんです。私が住んでいるマンションは、そこから歩いて十分ぐらいのところにあったので」

「なぜ、その店で飲みなおさなかったんですか？」

「もうデザートまで出ていましたし、隣の席にいた中年女性のグループがかなり大きな声で話をしていたんで、ゆっくり話をするような雰囲気じゃなかったんです。だから、近くのスーパーでお酒を買って部屋に帰って、飲みながら話を聞きました」

「どのくらい飲酒を？　相談の内容というのは？」続けざまに影山は質問を重ねていく。

「缶ビールをお互い一本飲んだあと、赤ワインのボトルを開けて二人でちびちびと飲んでいました。私も和代ちゃんもそれほどお酒に強くはなくて、ビールとワインくらいしか飲めないから……。相談の内容については、遠距離恋愛の恋人の気持ちが離れていっている気がするという内容でした」

「なるほど……」小声でつぶやくと、影山は体を前傾させて瑠香子の目を覗き込んだ。「そのあと、なにが起こりましたか？」

「その……あと……？」

「ええ、そうです。あなたはワインを飲みながら、相談に乗っていた。そのあと、あなたと被害者の間になにがあったんですか？　なぜ、そしてどのようにして、被害者は殺されたんですか？」

畳みかけるように影山が訊ねると、瑠香子は両手で頭を抱えた。

「分からないんです。なにがなんだか……。気づいたら、手が……体が……血塗れになっていて、目の前には和代ちゃんが……。そして、私の手には……アイスピックが……」

喘《あえ》ぐように瑠香子は言う。

「つまり、自分が被害者を刺したとしか思えない状況になっていた。あなたはすぐに警察に通報し、駆け付けた警察官により逮捕された。そうですね」

瑠香子は小さな声で「はい……」と答えた。影山は「さて」と前傾していた姿勢をもとに戻す。

「あなたは先ほど、『気づいたら事件が起きていた』と言っている。つまり、事件時の記憶がないということだ。それはなぜでしょう?」

「私にも……分かりません……」

「事件の夜、あなたはアルコールを摂取していた。そのせいで、記憶がなくなっているだけではないのですか?」

「ビールを一缶と、ワインを二杯くらいしか飲んでいません。お酒に強くないと言いましたが、記憶がなくなるような量じゃないはずです。それに、起きたら前日のことを忘れていたというわけじゃありません。我に返ったとき、私は……アイスピックを振り上げた状態だったんです」

「まるで、ある一定の時間だけ、誰かに体を乗っ取られていたかのように。そういうことですか?」

瑠香子は目を泳がせたあと、ためらいがちに頷いた。

「あなたは九年前、ほぼ同じ状況で女子高生を刺殺していますね」

瑠香子の表情がこわばるのを、凜はまばたき一つせずに見つめる。

「その際、精神鑑定であなたは解離性同一性障害、つまりは多重人格と診断され、不起訴となっている。今回も同じことが起こったのだと思いますか?」

「……分かりません」瑠香子は眉間に深いしわを寄せると、消え入りそうな声を出す。

「九年前の精神鑑定では、あなたの父親、桜庭源二の人格が認められたとされています」

父親の名前が出た瞬間、瑠香子の顔に強い恐怖が走った。その口から「ひっ」という、しゃっくりのような音が漏れる。

「あなたにひどい虐待を加え続け、そして最後にはあなたに反撃されて命を落とした桜庭源二。その邪悪な人格があなたに宿り、そして九年前の悲惨な事件を引き起こした。今回も同じだと思いますか？　またあなたの中に、桜庭源二の人格が生じ、そして女性を刺し殺したと思いますか？」

「分かりません！　本当に分からないんです！」

甲高い、悲鳴じみた瑠香子の声が面接室の壁に反響した。

「あの人がまた私の中になんているわけない！　もう、消えたはずなのに！　なのに、なんでこんなことに！」

ヒステリックに叫びながら、瑠香子は駄々をこねる幼児のように頭を振る。無表情のままその様子を眺めていた影山は、机の上に置かれたナースコールのボタンにそっと手を伸ばした。

ボタンが押されてから数秒すると、外に控えていた三人の男性看護師が扉を開けて入ってきて、恐慌状態の瑠香子の両脇を支え、引きずるように部屋から出ていった。

扉の閉まる重い音によって生じた空気の振動が収まる。鉛のように重い沈黙が空間に降りた。

「……あの、影山先生。これでよろしかったんですか？」

瑠香子が座っていた席を無言で見つめる影山に、凜はおそるおそる声をかける。

「それは、桜庭瑠香子にあれだけのストレスをかけるべきだったのかという意味か？」

凜は躊躇《ためら》いながら、「はい」と答える。これまでは、影山は相手に治療を施しつつ鑑定を進めていた。しかし、今日の面接で瑠香子の精神状態は明らかに悪化している。

「私は桜庭瑠香子の主治医ではなく、鑑定医だ」

横目で凜に視線を送りながら、影山は静かに語りはじめた。

「私の仕事は彼女を治療することではない。事件当時、彼女がどのような精神状態であったのか、精神疾患により犯行が引き起こされたのか否か、それを判定することだ。これまで、容疑者に治療を施してから面接を行うことが多かったのは、その方が情報を多く引き出せ、正確な判定ができるからに過ぎない」

「でも、意図的に相手の精神状態を悪化させるのは、倫理的に許されることなのでしょうか?」

影山の怒りを買うかもしれないと思いつつも、凜は問わずにはいられなかった。

「彼女の起こした犯罪行為で、若い女性が命を奪われ、その周囲にいた人々が深い哀しみの底に引きずり込まれた」

九年前、親友の死によって生じた絶望を思い起こしながら、凜は「はい……」と小さく頷く。

「精神鑑定の目的が、多くの人々を不幸にした容疑者を救うことだとしたら、それは社会に受け入れられないだろう」

「……精神鑑定は誰のために行われるものなんでしょうか?　被害者の遺族のためですか?」

「いや、違う。残念ながら我々に遺族を癒す能力はない。鑑定の結果次第では、容疑者が不起訴になることもある。それは結果的に、遺族の苦しみをさらに強くしかねない」

「では、精神鑑定はなんのために行われるんですか?」

「社会のためだ」

全く迷うことなく影山は答えた。凜は「社会のため?」と聞き返す。

「そうだ。なぜ犯罪が起こったのか、精神疾患がその原因となっているのか、それを慎重に判断することにより、同じような犯罪が起きるのを防ぐ足掛かりにする。それが精神鑑定医の仕事だと私は考えている」

「そんなこと、可能なんでしょうか?」

「心神喪失状態で犯罪を起こす者は、もはや自らの意思で行動がコントロールできなくなっている。彼ら自身も、怯え、苦しみ、助けを求めている。いかにしてそのような人々を見つけ、意に沿わない犯罪を防ぐための治療を施せばよいか。私は鑑定を通して、それを見つけていきたい」

凜は黙って影山の話に耳を傾ける。以前にも一度聞いたその内容が、理想論であることは間違いない。そんなシステムを構築するには、技術的にも、倫理的にも、越えなくてはいけないハードルがいくつもある。あまりにも高いハードルが。しかし、淡々とした影山の口調から滲み出す熱が、それが単なる夢物語ではないと感じさせた。

影山は視線を正面に戻す。数分前まで、瑠香子がいた空間へと。

「重要なことは、一つ一つの鑑定を全力で行い、そして可能な限り正確な診断を下すことだ」

「だから、瑠香子さんにあれだけのストレスをかけたんですね。そうすれば、副人格が現れるかもしれなかったから」

「十分なストレスをかけたはずだ。しかし、他の人格が出現することはなかった」

視線を動かすことなく影山は低い声で言う。

「それは、瑠香子さんが現在、解離性同一性障害を患ってはいないということですか?」

「その可能性もある。さっき私が言ったように、アルコールによる酩酊《めいてい》状態だったために事件当時のことを覚えていないということも考えられるし、そもそも犯行時の記憶がないという証言自体が虚偽でないとも限らない」

「本当は瑠香子さん自身が被害者を殺したのに、記憶がないふりをしていると？　そうすれば、九年前のように不起訴になるかもしれないから」

「ただ、そうだとしたら、逮捕からいままでの間に一度も人格が交代したように見せかけていないことに説明がつかない。解離性同一性障害だと偽って減刑を試みる容疑者は一般的に、積極的に人格交代を装って多重人格であることをアピールする傾向にある」

「じゃあ、どういうことになるんですか……？」

凜が訊ねると、影山はいまだ虚空に視線を注いだまま薄い唇を開いた。

「ストレス以外の何らかの条件が、人格交代に必要なのかもしれない」

3

翌週、平日の昼下がり、スーツ姿の凜は東陽町《とうようちょう》駅から歩いて五分ほどの場所にあるオフィスビルの応接室にいた。かなり広い部屋だった。おそらく十二畳はあるだろう。置かれている調度品一つ一つは高級感を醸し出しているが、統一性なく置かれているため、全体的にはどこか下品な印象を受ける。壁には歴代の社長らしき顔写真が、金色に輝く額に収められて飾られていた。

光沢のある革張りのソファーに腰かけながら、部屋の隅にある年代物の柱時計を眺める。すでにこの部屋で三十分近く待たされている。なじみのない場所で長時間、一人で漫然と過ごすことにストレスをおぼえていた。

「しかたないか……、あっちからしたら迷惑な客だろうし」

ため息とともに、口から独白がこぼれる。凜がいるこの建物こそ、桜庭瑠香子と石井和代が勤務していた会社である、太田織維工業の本社ビルだった。

移送された当日以来、桜庭瑠香子の面接は行われていなかった。他の人格を出現させようと浴びせられたストレスによって精神的に不安定になっているので、次回の面接は少し時間を置いてからの方がよいと影山が判断したためだ。

現在、瑠香子はごく少量の精神安定剤が処方され、閉鎖病棟の奥にある保護室で経過観察を受けている。その間、他の人格が出現する気配はなかった。

瑠香子の精神状態が安定するのを見計らって行われる予定の、次回の面接の前に鑑定に必要な情報をできるだけ集めようと、凜は影山の指示のもとこの会社にコンタクトを取った。瑠香子の上司と話がしたいと伝えたところ、マスコミ関係者ではないかと疑われて難渋したが、最終的にはなんとか瑠香子の直属の上司であった専務にアポイントメントを取ることができた。そうして今日、凜は午後に休みを取ってこの会社に赴いていた。可能なら、半年前まで瑠香子が勤めていた経理部の上司にも話を聞きたいところだったが、あいにく経理部長は出張中だということだった。

手持ち無沙汰の凜は、天井辺りに視線を彷徨わせる。

桜庭瑠香子はまた解離性同一性障害を発症し、その結果、被害者を刺殺したのだろうか。もしそうだとしたら、犯行を起こしたのは瑠香子の父親、桜庭源二の人格なのだろうか。

「九年前、美咲を殺したのと同じ人格……」

薄くルージュを引いた唇から漏れた言葉が、ふわふわと部屋を漂う。

もし、源二の人格が犯行を起こしたと診断されれば、瑠香子はまた不起訴になる公算が高い。しかし、それでいいのだろうか？　被害者である石井和代には家族も恋人もいた。彼女が悲惨な最期を遂げたことで、多くの人が底なしの哀しみに引きずり込まれたはずだ。

九年前の私のように……。心臓の辺りに疼《うず》きをおぼえ、凜は胸元を押さえる。

あの日、美咲の誘いに乗っていれば彼女は殺されずに済んだかもしれない。その悔恨の念は、十字架として凜の背中にのしかかった。親友を殺した犯人が、多重人格のために不起訴になったことを知って、それはさらに重くなり、この九年間、凜を圧《お》し潰そうとしてきた。

このままだと、いつかは心が腐り落ちそうだった。だからこそ、私は精神鑑定医を目指した。

『『なに』が美咲の命を奪ったのか、十字架を背負うべきは誰だったのか知りたかったから……」

舌が無意識に言葉を紡いだ瞬間、扉が乱暴に開いた。凜は慌てて居ずまいを正す。ノックもせずに部屋に入ってきたのは、太った中年の男だった。

「あんたか、話を聞きたいっていうのは」

大股に近づいてきた男は吐き捨てるように言う。あご回りについた贅肉《ぜいにく》がぶるぶると震えた。

「はい、光陵医大附属雑司ヶ谷病院の精神科医で、弓削凜と申します」

立ち上がった凜が差し出した名刺を片手で受け取った男は、じろじろと値踏みをするように観察してくる。特に、腰回りと胸元に纏《まと》わりつく粘着質な視線を浴びせられた凜は、不快感が表情に出ないように顔の筋肉に力を込めた。

タイトなスーツに包まれた凜の体を舐め回すように見たあと、ようやく男は目を合わせてきた。部屋に入ってきたときは不機嫌そうにゆがんでいた顔には、いまは好色そうな笑みが浮かんでいる。

「ああ、どうもどうも、専務の鍋島《なべしま》です。いやあ、あんたみたいな別嬪《べっぴん》さんが来るとは思わなくて驚いちゃったよ。ほら、座って座って」

鍋島に勧められた凜は、再びソファーに腰かける。アンティーク調のローテーブルをはさんで対面に座った鍋島は、薄い頭髪を掻《か》き上げた。

「で、あんた頭の先生なんだよね。瑠香子ちゃんの頭がどうにかなってないか調べてるんだっけ?」

「頭のというより、心の疾患を専門としています。桜庭さんの犯行時の精神状態を鑑定するため、お話を伺いにまいりました」

どこか差別的な鍋島の言葉を、凜は慇懃に訂正する。

「まあ、どうでもいいけどさ。瑠香子ちゃん、うちの社員を殺したんでしょ。しかも、ナイフかなにかで滅多刺しにしたっていうじゃない。そんなの、まともなわけないだろ。病気だよ、病気。異常に決まってるじゃないか。わざわざ調べる必要なんてあるわけ?」

鍋島はおどけるように肩をすくめる。精神疾患についてあまりにも理解の足りない言動に反感をおぼえた凜の耳に、かつて影山から聞いたセリフが蘇った。

——現代の日本において、殺人を犯すという行為、それ自体が『異常』なんだ。

たしかに、殺人を犯す者が『正常』なわけがない。ただ、その『異常』が疾患によるものか、それともその人物の心から生み出されたものなのかを判断するのが鑑定医の仕事だ。

「異常かどうかではなく、事件を起こしたときに精神疾患、つまりは心の病気を発症していたか、正しい判断ができる状態だったかどうかが重要なんです」

嚙《か》んで含めるように凜は説明するが、鍋島は「心の病気ねえ……」といまいち理解できていない様子で首をひねる。

「最近、桜庭さんの様子で、気になることはありませんでしたか? いつもと違う言動とか……」

凜は喉まで出かかった、「まるで、違う人になったみたいに」という言葉を吞《の》み込んだ。相手に先入観を植え付けては、正確な情報を得ることができなくなる。

「いつもと違う言動? 別に気づかなかったけどな」

「そうですか。えっと、桜庭さんはいつから秘書として働いていらっしゃったんですか？」

「あー、たしか半年ぐらい前だったかな。前の秘書がやめちまって、新しい秘書が必要だったところで、瑠香子ちゃんが推薦されてきたんだよ。面接してみたら、あのルックスで、あのスタイルだろ。もう一発で気に入ってさ」

殺人事件の被疑者について話しているにもかかわらず、にやにやと鼻の下を伸ばしている鍋島に、嫌悪感がさらに増していく。

「桜庭さんの勤務態度はどうでしたか？　秘書としては優秀でしたか」

「ああ、優秀だったよ」鍋島は即答した。「スケジュール調整とか取引先との連絡なんか、本当にまめにやってくれたよ。まあ、ちょっと愛想がないのが玉に瑕《きず》だったけどさ、あの顔ならそれも逆に魅力的だろ。接待とかに連れて行くとさ、取引先のお偉いさんなんかによく口説かれてたよ」

「そのような席で、強引に誘われるようなことはありませんでしたか？」

凜は声を低くする。桜庭瑠香子は父親から性的虐待を受けている。年配の男からセクシャルハラスメントを受ければ、それは強いストレスとなるだろう。

「そんなことあるわけないだろ。俺がちゃんと守ってやったよ。あんな奴《やっ》らにゃ、俺の瑠香子ちゃんに指一本触れさせなかったよ」

太鼓腹を揺らしながら笑い声をあげる鍋島に、凜は冷たい視線を送る。

「桜庭さんが仕事中、物思いにふけるようなことはありませんでしたか？」

「物思い？」

目をしばたたいた鍋島は数秒間、腕を組んで考え込んだあと、パンッと両手を合わせた。

「ああ、あったあった。移動するときの車の中とか、接待の席とかで、空中の一点を見つめてぼーっとしていることが。ちょっと話しかけると、すぐに元に戻るから別に気にしなかったけどな」

「そういうことは、最近増えていたのではないですか?」

「言われてみれば、多くなっていたかもな。俺の下で働きはじめたころは、ほとんどなかったよ」

やっぱり。凜は内心でつぶやく。病的ではないものの、物思いにふけって気が付いたら長時間が経過していたという症状は、一種の解離症状と言われている。

解離性同一性障害が生じていたかまでは分からないが、間違いなく瑠香子は最近、解離症状が悪化していた。そしてその原因はおそらく……。

「桜庭さんは最近、仕事で強いストレスを感じていたのではないでしょうか?」

凜の言葉に、緩んでいた鍋島の顔の筋肉がこわばった。

「は? どういう意味だ。うちの会社が無理な働かせ方をしたとでも? 言っとくけどね、うちだって労基に睨まれたかないんだよ。瑠香子ちゃんの労働時間はちゃんと管理していたし、有休もしっかりとらせていた。おかしな言いがかりをつけないでくれ」

「長時間の労働だけが仕事のストレスではありません」

睨みつけてくる鍋島に向かって、凜は声を張り上げる。鍋島は「なに?」と目を訝しげに細めた。

「鍋島さん、あなたは仕事中に桜庭さんを口説いたりしませんでしたか。桜庭さんの体に触ったりしたことはないですか?」

鍋島のいかつい顔に明らかな動揺が走った。

「好意をもたない異性から性的な誘いを受けるのは、大きなストレスの原因になります。しかも、相手が上司となると無下に断ることも難しい。それは完全なセクハラ行為です」

「人聞きの悪いことを言うな! なにも知らないくせに!」

鍋島は怒声を上げる。それが弱みを隠すための、偽りの怒りだということは明らかだった。

「では、具体的にはどのようなことをしたんですか？」

問い詰めると、鍋島は視線を逸らして、ふて腐れたような態度で話しはじめた。

「出張に行って二人でバーで飲んだときとか、『このあと、俺の部屋で飲み直さないか』って、手を握ったりするくらいだよ。セクハラなんておおげさなもんじゃない。人間関係を円滑にするためのジョークってやつだよ」

いつの間にか、鍋島の顔からは怒りの色が消え、代わりに媚《こ》びるような笑みが浮かんでいた。みぞおち辺りにむかつきをおぼえた凜は、ソファーからすくっと立ち上がる。これ以上、目の前の男と二人でいることに耐えられなかった。

「その『ジョーク』のせいで人が殺されたとしても、笑っていられますか？」

どこまでも冷たい声で言うと、鍋島の表情が凍りついた。

「ジョークのせいでって、それはどういう……」

かすれ声で言う鍋島の問いを黙殺すると、凜は「失礼します」と頭を下げて大股に出入り口へと向かう。応接室から出た凜は、そのままエレベーターに乗るとビルをあとにした。鍋島との面会を終えたあと、可能なら経理部の同僚たちからでも話を聞こうと思っていたが、いまはとてもそんな気分にはなれなかった。

苛立《いらだ》ちをおぼえつつ、凜は腕時計に視線を落とす。針は午後三時過ぎを指していた。

そろそろ病院に戻らなくては。午後は休みにしてもらったが、今日は当直にあたっていた。午後六時から明日の朝まで、病院で待機しなくてはならない。

重い足取りで駅に向かっていると、軽いポップミュージックが聞こえてきた。凜は足を止め、着信音を立てるスマートフォンをバッグから取り出す。画面には『影山先生』と表示されていた。通話のアイコンに触れてスマートフォンを顔の横に近づけると、影山の声が聞こえてきた。

『弓削君、そちらは終わったか？』

「はい、瑠香子さんの現在の上司には話を聞くことができました。経理部にいたころの上司の方は、出張中ということで会うことができませんでした」

『分かった。病院に戻ってから詳しく話を聞かせてもらおう。それが終わったら、面接を行う』

「面接？　誰のですか？」

『桜庭さんのだよ』

「瑠香子さんの⁉」凛は目を見開き、スマートフォンを両手で持つ。

『先ほど看護師から精神的に安定してきたとの報告が入った。いまの状態なら二回目の面接を行えるだろう。君が当直に入る前に行おうと思っているが、どうだ？』

「分かりました、いますぐ戻ります」

通話を終えてスマートフォンをバッグに戻した凛は、小走りで車道に近づくと、走ってきたタクシーを停めた。

4

雑司ヶ谷病院に戻った凛は、鍋島との面会で得た情報を院長室で影山に報告した。

「なるほど、直属の上司から受けたセクシャルハラスメントがストレス源となり、解離性同一性障害が生じていた可能性があるか」

一通りの話を聞いた影山は、手にしたグラスを蛍光灯の明かりに透かしながらつぶやく。

「あの、影山先生……。そのグラスはなんでしょうか？」

説明を終えた凜は、院長室に入ってからずっと気になっていたことを訊ねる。

「ワイングラスだ」

「いえ、それは見れば分かるんですけど、なんでワイングラスが？　それに、そのボトルは……」

院長室に入ったとき、デスクの上には美しく磨き込まれ、嫋《たお》やかな曲線を描く二脚のワイングラスと、赤ワインのボトルが置かれていた。

「これはシャトー・ラフィット・ロートシルトのボトルだ。ワインショップを営んでいる知人に頼んで手に入れた。ボルドーを代表するシャトーが造る、カベルネ・ソーヴィニヨンを主体に造られた赤ワインだ。含むと濃厚で芳醇《ほうじゅん》なコクが口に広がり、爽やかな香りが鼻に抜ける。特にこの一九九九年産は当たり年で、風味がとても良い。その分、値段も張るがな」

「ワインがお好きなんですか？」

目を細めながらワインについての説明をする影山を、凜はまばたきをしながら眺める。助手を務めはじめてから半年近く経《た》つが、影山のプライベートを垣間見たのはこれが初めてだった。

影山は「軽くたしなむ程度だ」と、グラスをデスクに戻した。

「そうなんですね。けれど、どうしてここに？　まさか飲むわけじゃないですよね」

「いや、飲むんだよ。これからね」

ごく当然といった様子で発した影山の言葉に、凜は耳を疑う。

「私はこれから当直なんです。酔うわけにはいきません」

「弓削君、この半年間、君は助手としてよく働いてくれた。だから、君にもこのワインを味わってもらい、ねぎらいたいとは思っている。しかし、君が言うように、これから当直業務を行う者がアルコールを口にするわけにはいかない」

「それじゃあ、誰と飲むんですか？」

「桜庭さんとだ」

予想外の答えに、凜は目を剝《む》いた。

「鑑定面接でワインを飲むんですか⁉　院内で患者さんに飲酒を勧めるなんて、そんなこと……」

凜が言葉を失うと、影山は唇の端に浮かべていた笑みを消す。

「先日も言ったように、彼女は単なる患者ではなく鑑定対象だ。そして私たちの仕事は、彼女を治療することではなく、正しい鑑定を下すことだ」

普段より低い影山の声に圧をおぼえた凜は、「は、はい」と背筋を伸ばした。

「ここに移送されてきてから数日になるが、いまだ桜庭瑠香子に他の人格が出現する気配はない。移送当日の面接、そして保護室での生活で多大なるストレスを受けているにもかかわらずだ。しかし一方で、君の報告によると、上司からのセクシャルハラスメントにより、事件の前に解離症状らしきものが認められていた。解離性同一性障害が再発し、犯行時に他の人格が発現していた可能性は十分にある。だとしたら、なぜその人格は現れないのか？」

ようやく、凜は影山の意図を悟る。

「アルコールが、副人格を引き出すためのファクターだと？」

「事件当時、桜庭さんは被害者とワインを飲んでいた。できるだけそのときの状況に近づけることが、彼女の中に存在しているかもしれない他の人格を引き出すことに繫《つな》がる」

「でも、院内で鑑定相手と飲酒なんてしてもいいんでしょうか」

ためらいがちに凛がつぶやくと、影山はワインボトルを手にして立ち上がった。

「正確な鑑定のためにはあらゆる手を尽くす。それが鑑定医だ」


「これは、なんなんですか？」

向かい側の席に座った桜庭瑠香子が、警戒心で飽和した口調でつぶやく。

「見ての通り赤ワインですよ。今回の面接は、これを味わいながら行います」

影山は手にしたワインオープナーで器用にボトルの封を切り、コルク栓を抜くと、その中身をグラスに少量注《つ》いだ。

グラスを回してワインの色合いを確認した影山は、それを鼻先に近づけて香りをかいだあと、口に含む。淀《よど》みないその一連の動作は、一流のソムリエを彷彿《ほうふつ》させた。

テイスティングを終えた影山は二脚のグラスにワインを注ぎ、そのうちの一脚を滑らすようにして瑠香子の前へと移動させる。芳醇で甘い香りが凛の鼻先をかすめた。

「……この中に、なにか薬とか入っているんですか？」

グラスを満たす薔薇《ばら》色の液体に瑠香子は視線を注ぐ。

「そんなものは入っていませんよ」

証明するかのように、影山はグラスに口をつけると、喉を鳴らして中身を半分ほど飲み干した。

「ただ、あなたにアルコールを摂取して欲しいだけです。事件が起きた夜と同じようにね」

「……お酒を飲むことで私になにか変化が出ると？」

「出るかもしれないし、出ないかもしれない。どちらにしても、鑑定には重要な材料になります。

ご理解頂けましたら、グラスをどうぞ。良いワインですよ」

影山が促すが、瑠香子はグラスに手を伸ばさなかった。

「事件当日、相談をしたかったのは被害者だけだったのでしょうか」

ぼそりと影山がつぶやく。瑠香子は「どういう意味ですか?」と視線を上げた。

「あなたも被害者に話を聞いて欲しかったんじゃないですか。上司についての愚痴とか」

瑠香子の表情に、かすかな動揺が走った。

「半年前、秘書となってからあなたは、上司の鍋島からセクシャルハラスメントを受けはじめた。しかし、経理課から秘書課へキャリアアップしたばかりのあなたは、それに対して強く拒絶することができなかった」

血色の悪い瑠香子の唇が固く結ばれる。華奢《きゃしゃ》な肩が細かく震えはじめた。

「その手の男は概して、相手がはっきりと拒否しないとみると性的な欲求をエスカレートさせるものです。拒絶しないということは、相手は嫌がっていないという自分勝手で卑怯《ひきょう》な思い込みによって。あなたの場合もそうだったんじゃないですか? 次第にセクシャルハラスメントは露骨なものになるが、それにどう対応するべきか分からず、胸の奥底にストレスをため込んでいった」

影山の口調には、かすかに挑発するような響きがあった。移送されてきてからこのかた、ずっと血の気が引いていた瑠香子の頬が、じわじわと紅潮していく。

「しかたがないじゃないですか!」突然、瑠香子は噛みつくように叫んだ。「私は正社員になりたかった。けれどあの会社では、派遣から正社員になるには役員の推薦が必要なんです。もし鍋島専務の機嫌を損ねたら、正社員どころか派遣切りされかねなかったんです!」

瑠香子は右手でワイングラスを摑むと、中に満たされていた薔薇色の液体を一気に呷《あお》った。

「私はただ安定した職業が、……人並みの幸せが欲しかっただけなんです。なのになんで……」

声を震わせる瑠香子のグラスに、影山は器用にワインを注いでいく。

「あなたが勤めていた会社はそれなりの規模がある。ハラスメント行為を報告するシステムもあったのでは？」

「システム？」

瑠香子は皮肉っぽく鼻を鳴らすと、グラスに口をつけてワインを喉に流し込む。

「そんなもの形だけですよ。古い体質の会社で、コンプライアンスなんてめちゃくちゃです。もし私が告発なんかしたら、すぐに馘《くび》にされるのは目に見えています」

「それはおかしくないですか？」凜が思わず声を上げる。「セクハラを告発して馘になんてされたら、不当解雇で法的に戦えるはずです」

「法的……？」

瑠香子はすっと目を細めて凜を見る。その視線の圧力に、凜は軽くのけぞった。

「弓削先生……、私がこれまでなにをしてきたか知っているんですよね。あんな大きな会社を相手に裁判なんて起こしたら、過去が暴かれるに決まっている。そんなことできるわけがない」

再びワインを呷った瑠香子は、力なくこうべを垂れる。

「もう、全部忘れたかった……。全部忘れて、普通の人生を送りたかっただけなのに……」

……あなたが忘れても、私は絶対に忘れられないのよ。

肩を細かく震わせはじめた瑠香子を見つめながら、凜は口の中で小さくその言葉を転がした。

「上司からのセクハラで、強いストレスをおぼえていたことは認めるんですね」

影山が再度グラスにワインを注ぐと、瑠香子は弱々しく頷いた。

「はい……、なにかにつけて専務が口説いてきたり、体を触ってきたりすることが、鳥肌が立つくらい嫌でした。けれど、正社員になるためだと自分に言い聞かせて耐えてきました。ただ、ときどき耐えられなくなりそうになって……」

ちびちびと舐めるようにワインを飲みながら、瑠香子は話しはじめる。アルコールでリラックスしたのか、それとも汚泥のように胸のうちに溜まっていたものを吐き出せることが心地よいのか、いつの間にか促さなくても喋り続けるようになっていった。

瑠香子本人が言っていたように、それほど酒に強くはないのだろう。まだ二杯も飲んではいないが、顔は紅潮し、影山を見る瞳はとろんと潤んでいた。

「もちろん、誘われるたびにうまく話題を変えて逃げていました。ただ、酔った専務に強引に体をまさぐられたことがあって……。そのときは本当に会社を辞めようかとも思いました。でも、三年以上頑張って勤めてきたのに……」

今回の面接では、できるだけ瑠香子の話を聞きだすこと、そしてアルコールを摂取させることを目的にしているためか、影山は軽く相槌を打ちつつ、彼女のグラスにワインを注いでいく。酔いが回っていくほどに、瑠香子の舌の滑りはよくなっていった。

「人並みの生活が欲しかっただけ」「私は一所懸命頑張ってきた」「なんでこんな不幸なの」

やや呂律《ろれつ》が回らなくなってきた瑠香子の自己憐憫《れんびん》に満ちたセリフを聞きながら、凜は腹の底から怒りが湧き上がってくるのを感じていた。

目の前の女が何の罪もない二人の女性を殺害したのは、紛れもない事実なのだ。なのに、なぜ彼女はあたかも自分が被害者のようにふるまえるのだろう。

たしかに父親から虐待を受けたことには同情する。犯行を行ったのが、他の人格であった可能性が高いのも理解している。それでも、凜は目の前の女に吐き気をもよおすほどの嫌悪をおぼえていた。はらわたが煮えくり返る。気を抜けば叫び出してしまいそうだった。

額から止め処《とど》なく脂汗が滲むのを感じながら、凜は瑠香子の話を聞きつづけた。

面接がはじまってから一時間ほど経つと、パイプ椅子に座る瑠香子の体がゆっくりと左右に揺れはじめた。ワインのボトルはすでに空になっている。

「なんで……私だけこんなつらい目に……」

瑠香子は机に突っ伏すと、小さな嗚咽《おえつ》を上げる。それを見た影山は、そっと机の隅に設置されたボタンに手を伸ばした。

「今日はこれくらいにしておきますか。疲れたでしょう、部屋に戻って休んでください」

ボタンが押され、男性看護師たちが部屋に入ってくる。彼らはもはや正体をなくしている瑠香子の体を支えると、部屋から連れ出した。

扉が閉まると同時に、凜は肺の底に溜まっていた息を吐き出す。親友を殺した人物の愚痴を聞き続けるという拷問からやっと解放された。

「かなり酔っていたみたいですけど、副人格は現れませんでしたね。アルコールは他の人格を出現させるきっかけにはならないんでしょうか」

額の脂汗を拭いながら言うと、影山はまだ少量ワインが入っている自らのグラスを手に取った。

「それはまだ分からない。事件が起こったのは深夜だ」

グラスに残ったワインを一息に飲み干した影山は、薄い唇を舐めた。

「今夜、君が当直でよかった。桜庭さんになにか変化がないか、よく観察しておいてくれ」

5

当直室に置かれた古びたシングルベッドに横になった凜は、闇を見つめながら小さくため息をつく。すでに時刻は午前零時を回っていた。

午後十時頃までは、夜間せん妄でパニックとなった入院患者の対応など、ちょこちょこと病棟に呼ばれていたが、この二時間はコールがなかった。

重症患者が多く入院している一般病院と比較して、精神科病院の当直はだいぶ楽だ。深夜に病棟に呼ばれることはそれほど多くない。とはいえ、患者が急変して対応に追われることもないわけではない。それに備えて少しでも仮眠を取っておくべきなのだが、神経が昂《たかぶ》ってどうしても寝付けなかった。目を閉じると九年前、最後に見た親友の後ろ姿が瞼の裏に浮かび上がってしまう。

眠ることを諦めた凜は枕元に置かれた読書灯を点《つ》けると、数時間前の面接を思い出す。

本当に桜庭瑠香子は現在、解離性同一性障害を患っているのだろうか。他の人格が犯行を起こしたのではなく、ただ酔って前後不覚となり、小さなトラブルから被害者を刺し殺しただけかもしれない。だとしたら、九年前の事件はどうなるのだろう。

九年前の精神鑑定が間違っていたとしたら……。

そこまで考えたとき、けたたましい電子音が当直室に響き渡った。凜は慌てて上体を起こして、ナイトテーブルに置かれた内線電話の受話器を取る。

「はい、弓削ですが」

『弓削先生、二階のナースステーションに来て頂いてもよろしいでしょうか?』

若い男の声が聞こえてくる。夜勤の看護師だろう。

「誰かが急変しましたか?」

『いや、急変というわけでは……。ただ、桜庭瑠香子さんの様子がちょっとおかしくて』

「桜庭さんが⁉」体が大きく震える。「いったいなにがあったんですか?」

『なんと説明していいのか……。ちょっと診て頂きたいんですが……』

「分かりました、すぐに行きます!」

ベッドからはね起きた凜は、若草色の当直着のうえに白衣を羽織ると部屋を飛び出した。廊下を走り、階段を駆け下りて二階のナースステーションに到着する。夜勤の男性看護師二人が奥に並んで立っていた。

「桜庭さんになにがあったんですか?」

小走りに近づいていくと、看護師たちが振り返り、「これを見てください」とデスクを指さす。そこには保護室を映したモニターが並んでいた。斜め上方から撮影しているその薄暗い映像の中で、人影が落ち着かない様子で部屋を徘徊《はいかい》していた。ときどき、壁を拳で叩いたりしている。その姿は、虫かごに閉じ込められた昆虫が、出口を探して彷徨っているかのようだった。

「いったいなにを……?」凜はディスプレイを覗き込む。

「分かりません。三十分ぐらい前まではベッドで横になっていたのに、急に立ち上がったと思ったら、壁を叩きはじめたんです。それに、これを聞いてください」

中年の看護師がモニターの横に付いているツマミを回していく。それにつれ、部屋の音声が聞こえてきた。

『出してぇ! ここから出してよぉ! 誰か助けて。お願いだからぁ……』

涙交じりの声が聞こえてくる。何度もしゃくりあげながら、助けを求める舌ったらずな声。凜は目を見開くと、身を翻した。

「保護室に行きます！」

白衣のポケットから取り出した鍵で閉鎖病棟の扉を開け、スリッパを鳴らして廊下を進んでいくと、突き当たりにある保護エリアの扉も開けて中に入る。短い廊下を進み、一番奥にある瑠香子の保護室の前までやって来た凜は振り返って、ついてきた二人の男性看護師を見る。

「私が一人で部屋に入ります。あなたたちはここで待っていてください」

「いや、そういうわけには……」

中年看護師が困惑顔になる。精神鑑定のために入院している患者の病室に入る際は、安全のために看護師が同行する。それが基本的なルールだった。

「大丈夫です。相手は女性ですし、保護室には武器になるようなものはありません」

凜は扉につけられた小さなガラス窓から中の様子をうかがう。常夜灯《とも》だけが灯った部屋で、人影はせわしなく動き回っていた。嗚咽とともに、助けを求めるか細い声が聞こえてくる。

「彼女は怯えています。いきなり三人で乗り込んだら、パニックになるかもしれません。だから、ここで待機していてください」

はっきりとした口調で言うと、中年看護師は数秒考え込んだあと、硬い表情で頷いた。

「分かりました。けれど、様子は窓から見させてもらいます。少しでも危険があると判断したら、すぐに飛び込んで助けます」

「はい、それでかまいません」

凜は錠を外して重い扉を開く。

「だれ⁉　だれなの⁉」

扉の隙間から部屋に入ると、恐怖に満ちた声が壁に反響した。部屋の奥、トイレとの仕切りに隠れるシルエットがかすかに見える。

「大丈夫よ。怖くないから、落ち着いて」

凛は相手を刺激しないよう、できるだけ穏やかな口調で語り掛ける。

「ねえ、暗いのは嫌よね。電気をつけてもいいかな。その方が怖くないでしょ」

十数秒の沈黙の後、かすかに「……うん」という声が聞こえてきた。凛は振り返ると、窓から覗いている看護師に目配せをした。次の瞬間、天井の蛍光灯が灯り、白い光が部屋に満ちた。眩《まぶ》しさに目を細めながら、凛は部屋を見回す。瑠香子は仕切りから顔を半分だけ出し、こちらをうかがっていた。その体は細かく震え、顔には恐怖が色濃く浮かんでいる。

「ほら、明るくなった。安心してね、ここは安全だから」

子供をあやすように凛は言う。しかし、瑠香子の警戒が解ける様子はなかった。

「お姉ちゃん……誰なの？」

瑠香子が発した質問に、心臓が大きく跳ねた。

「私は弓削凛、この病院の医者よ。……はじめまして」

そこで言葉を切った凛は、舐めて湿らせた唇をゆっくりと開いた。

「あなたの名前とお年を教えてもらってもいいかな？」

瑠香子は腰を引き、上目遣いに凛を見つめながら言った。

「絵里香《えりか》、……桜庭絵里香。……四歳だよ」

――桜庭絵里香。……四歳だよ。

瑠香子の口から発せられたその言葉を聞いて、体温が上昇していく。

精神鑑定をはじめてから約一週間、一度も確認できなかった別人格。それが、とうとう姿を現した。おそらくは数時間前に影山が投与したアルコールの影響で。

いや、決めつけるのはまだ早い。凜は額の辺りが熱を帯びている頭を軽く振る。本人が名乗っただけで、別人格が存在していると診断することはできない。これが精神疾患を装うための演技ではないことを確認しなくては。

凜は横目で天井の監視カメラを確認する。この保護室の映像は二十四時間体制で録画されている。あとから時間をかけて他人格が出現したのか、それとも演技なのか判断することができる。そのためには……。慎重に一歩足を踏み出す。瑠香子の体が大きく震えた。

「大丈夫よ。えっと、絵里香ちゃんだっけ。そっちに行ってもいいかな？」

瑠香子は幼児が駄々をこねるかのように、勢いよく首を左右に振った。

「分かった。お姉ちゃんは動かない。ここからお話しするね」凜は猫なで声で言う。「それじゃあ、絵里香ちゃん。ここはどこだか分かるかな？」

「分かんない！　全然分かんない！　急に真っ暗だったの！」瑠香子は両手で頭を抱えた。

「大丈夫よ、絵里香ちゃん。いまは暗くないでしょ。もう怖くないよ」

パニックになりかけている瑠香子を、凜は慌てて宥《なだ》める。瑠香子は上目遣いに視線を送ってくると、躊躇いがちに「うん……」と頷いた。怯える彼女から情報を引き出すためには、どんな会話をすればいいのだろう。凜は必死に頭を働かせる。

「絵里香ちゃん、ここはね、病院なんだよ」

「……病院？」瑠香子は小首を傾《かし》げた。

「そう、病院。病気を治すところ。そしてね、お姉ちゃんはお医者さんなんだ」

「お医者さん？　女の人なのにお医者さんなの？　お医者さんって、おじさんなんじゃないの」

「女のお医者さんもいるんだよ。それでね、絵里香ちゃんは、お病気にかかっていないかどうか調べるために、このお部屋に入院したの」

「このお部屋？」瑠香子は視線を彷徨わせる。

「真っ白で綺麗《きれい》なお部屋でしょ。お伽噺《とぎばなし》にでてくるお部屋みたいに」

凛のセリフに、こわばっていた瑠香子の表情がかすかに緩んだ。

「ねえ、絵里香ちゃん、そんなところに隠れていたらうまくお話しできないから、出てきてくれないかな？　絵里香ちゃんが病気じゃないか、ちゃんと調べたいし」

解離性同一性障害の診断には、会話の内容だけでなく、表情や体の動きなども重要になる。仕切りの向こう側にいられては、それを観察できない。

「いや！」再び恐怖に顔をこわばらせて、瑠香子は金切り声を上げる。「いやだ！　お注射するんでしょ！　絶対いや！」

「お注射なんてしないよ」

凛が慌てて言うと、瑠香子は「ほんとに？」と、おずおずと訊ねてきた。

「本当、本当。お注射みたいな痛いことは絶対にしない。約束するから」

「じゃあ、どうやって絵里香が病気じゃないって調べるの？」

瑠香子の体が少しずつ仕切りから出てくる。

「絵里香ちゃんとね、ゆっくりお話をして調べるんだよ」

「お話？　それだけ？」

疑わしげに言う瑠香子に、凜は大きく頷いた。

「うん、それだけだよ。ねえ、絵里香ちゃん。絵里香ちゃんはいつもどんなことして遊んでいるのかな？　なにか好きな食べ物とかあるの？　お姉ちゃんに教えてくれない？」

「いいけど……」

瑠香子はきょろきょろと神経質に辺りを見回しながら、這《は》うようにして近づいてきた。

「それじゃあさ、一緒にベッドに座ってお話ししない？　その方がお尻が痛くないでしょ」

おどけて言った凜は、床が一段高くなった部分に布団が敷かれただけのベッドに腰掛けた。

「ほんとにお注射しない？　痛いことしない？」立ち上がった瑠香子は、もじもじと体を揺らす。

「うん、約束する。ほら、指きりしようよ」

凜は瑠香子に向けて小指を立てた手を差しだす。瑠香子は怖々《こわごわ》とすり足で近づいてくると、ベッドに腰掛け、凜の小指に自分の小指を絡ませた。親友を惨殺した犯人と並んで座り、触れ合っている。その嫌悪感を必死に抑え込んで笑みを保った凜は、おどけた声を出す。

「指きりげんまん、嘘ついたら針千本のーます、指きった」

指が離れる。胸に湧いた嫌悪感もいくらか収まった。

「ねえ、絵里香ちゃん。気づいたらこの部屋にいて驚いたって言ったよね。それじゃあ、いつもはどこにいるのかな？」

瑠香子は口元に指を当てて少し考え込んだあと、「おうち」と答えた。

「そうか、おうちにいるんだね。おうちって、なにが置いてあるの？」

「ベッドとお机と鏡があるの。お机のなかにね、お化粧の道具があるから、それで遊んでるの」

「そのおうちって、ここより広いかな？　カーテンの色は何色？　他に置いてあるものはある？」

瑠香子は「えーっと」とつぶやきながらきょろきょろと部屋を見回す。

「ここより少しだけおっきいの。カーテンは茶色だよ。あとね、ちっちゃい冷蔵庫があるの」

間違いない。桜庭瑠香子の自宅マンションだ。凜は資料で見た部屋を思い出す。あの部屋のカーテンは茶色で、部屋の隅に小型冷蔵庫が置かれていた。

「絵里香ちゃんは、いつもおうちでなにをして遊んでいるの？」

「テレビを見たり、お化粧したりしてる。あとね、あとね、お着替えして遊んだりしてるんだよ」

「そうなんだ、おうちで遊ぶのは楽しい？」

凜が訊ねると、瑠香子は「うん！」と、くしゃっと無邪気な笑みを浮かべた。

「それでね、冷蔵庫にいつもプリンとか、甘いものが入っているんだ。だからね、お腹《なか》がすくとそれを食べてるの」

瑠香子は笑顔のまま話し続ける。その姿からは、警戒心が完全に消え去っていた。

本当に幼児の人格が現れているとしたら、心を開かせることに成功したようだ。そう判断した凜は、次に訊ねるべきことを考える。そのとき、数分前に瑠香子が口にしたセリフが耳に蘇った。

――絵里香……。桜庭絵里香。

彼女は『桜庭』と名乗った。つまり、この『絵里香』という人格のバックボーンは、主人格である瑠香子と血縁関係にある可能性が高い。

「ねえ、絵里香ちゃんはいつも一人で遊んでいるの？　ママとは遊んだりはしないの？」

「ママと……、遊ぶ……？」朗らかだった瑠香子の表情がこわばっていく。

この『絵里香』という幼児の人格が主に自宅マンションで出現していたとしたら、彼女はいつも一人で遊んでいたことになる。四歳の人格にとって、自分を守ってくれるはずの母親がいないと気づくことは強いストレスかもしれない。

「ママ……、ママは……」瑠香子は助けを求めるかのように、不安げに視線を彷徨わせた。

「大丈夫よ。きっとママも絵里香ちゃんに会いに来てくれるから」

慌てて言うが、瑠香子の顔に浮かぶ恐怖の色はみるみる濃くなっていった。

このままだとよくない。せっかく副人格が出現したのに、再び隠れてしまいかねない。

「ねえ、絵里香ちゃん。ママがここに来てくれるように、お姉ちゃんが連絡とってあげようか。ママのお名前は分かるかな」

適当なことを言って誤魔化そうとしていることに罪悪感をおぼえつつ、凛は必死にこの人格の正体を探ろうとする。瑠香子は口を小さく開くと、蚊の鳴くような声でつぶやいた。

「ママ……、瑠香子……。桜庭……瑠香子」

後頭部を殴りつけられたかのような衝撃が凛を襲う。

「瑠香子さんが……ママ……?」

実際は、瑠香子に娘はいないはずだ。だとすると……。

凛は隣で細かく震えている瑠香子を見る。急に室温が下がったような気がした。

流産した子供だ。瑠香子が十六歳のとき、父親の暴力で流産した胎児。それがこの『絵里香』という人格のバックボーンだ。

「ねえ、ママはどこなの⁉　そこにいるの⁉」

瑠香子は悲鳴じみた声を上げると、凛に縋《すが》りついてきた。白衣の上から爪が食い込み、鋭い痛みが走る。顔をしかめた凛は、看護師たちが扉を開けようとしている気配をおぼえ、片手を突き出してそれを止めた。いま屈強な男たちが雪崩《なだ》れ込んで来たら、間違いなく『絵里香』の人格は引っ込んでしまう。

いや、もう『絵里香』は完全に混乱している。おそらく、なにをしてもうすぐこの人格は意識の奥深くにこもってしまうだろう。だとしたら、最も重要なことを聞いておかなければならない。

「絵里香ちゃん、よく聞いて」

凛は瑠香子の両肩を摑む。彼女は「な、なに？」と怯えた声を上げた。

「石井和代さんを知ってる？」

「いしい……かずよ……」瑠香子はたどたどしくその名前をくり返した。

「そう、石井和代さん。瑠香子さんの会社の同僚で、友達だった人。その人と会ったことはない？」

「なに⁉　なに言っているの⁉　絵里香、分かんないよ！」

耳を塞ごうとした瑠香子の両手首を、凛は素早く摑んだ。

「絵里香ちゃん、気づいたらおうちに知らないお姉さんがいたことはない？　お酒で酔っぱらったお姉さんがいたことがなかった？」

凛は顔を近づけて瑠香子の目を覗き込む。残酷なことをしている自覚はあったが、確かめないわけにはいかなかった。犯行の夜、『絵里香』が出現したのか。この人格があの残忍な犯行を起こしたのではないか。

「知らないお姉さんがいて、びっくりしたあなたは近くにあったアイスピックを摑んで、そのお姉さんに向かって振り下ろしたんじゃないの」

「アイス……ピック……」

瑠香子の瞳の焦点がぶれた。凜が摑んでいた手首が細かく震えはじめ、すぐにそれは痙攣《けいれん》発作を起こしたかのような大きな動きになっていった。

「いやあああー！」

鼓膜に痛みをおぼえるほどの絶叫が保護室にこだまする。凜が反射的に手首を離すと、瑠香子は両手で頭を抱えた。

「絵里香じゃない……、絵里香じゃないの……。全部あの人のせいなの……」

ガタガタと体を震わせたまま、瑠香子はかすれ声を漏らす。

「あの人？　あの人って誰のこと？」

凜がそっと手を伸ばすと、瑠香子は「ひぃ」と悲鳴を上げ、土下座でもするかのように、頭を抱えたまま床で体を丸くした。

「消されちゃうよ……、絵里香もあの人に消されちゃう……」

あまりにも痛々しい姿に言葉が継げなくなった凜は、瑠香子の隣にひざまずく。

「絵里香ちゃん……」

凜がおそるおそる声をかけた瞬間、瑠香子は勢いよく顔を上げた。そこからは、ついさっきまで浮かんでいた恐怖が消え、代わりに不思議そうな表情が浮かんでいた。

「弓削……先生？　え、どうしてここに？　私、なにを……」

狐《きつね》につままれたようにつぶやく瑠香子を、凜はただ呆然と眺めることしかできなかった。

6

「自分は桜庭瑠香子の娘、彼女はそう言ったんだな」

椅子に腰かけた影山は、パソコンのディスプレイに視線を注ぎながらつぶやいた。

「はい、間違いなくそう言いました」当直着の上に白衣をまとった凜は頷く。

夜が明け、当直を終えた凜は午前八時過ぎに院長室へと向かい、出勤してきた影山に夜の出来事を報告した。デスクに置かれているノートパソコンには、昨夜の保護室の映像が映し出されている。『絵里香』と名乗っている瑠香子が、凜とベッドに並んで楽しそうに話しているシーンで、影山は映像を一時停止にした。

「つまり、十六歳のときに流産したはずの娘が、四歳に成長した人格として現れた。彼女の言葉を信じるとそういうことだ」

「もちろん、自分が流産した子供の人格だと、本人が名乗ったわけではありません。ただ、状況からすると、そう考えるのが妥当なような気がしました」

言葉を切った凜は、躊躇いがちに訊ねる。

「私の診断はおかしいでしょうか？　流産したはずの子供の人格が生じるなんて、ありえないことでしょうか？」

「いや、ありえなくはない」ディスプレイを見ながら、影山は言う。「桜庭瑠香子は父親の暴力により子供を流産し、それを引き金に桜庭源二を殺害している。つまり、その子供は彼女の人生を大きく変えた存在だった。この世に生まれることができなかった子供に対する想いが、自らの中に娘の人格を生み出したとしてもおかしくはない」

「もしかして十六歳のとき、退行と判断された症状も……」

「ああ、娘の人格が出現していた可能性はある。その当時はまだ乳児の人格だったので治療者と意思疎通ができなかったが、それから十五年ほど経ったことで『桜庭絵里香』という人格は四歳まで成長し、つたないながら会話が成り立つようになった。そう考えれば矛盾はない」

影山が横目で視線を送ってくる。

「弓削君、実際に彼女と対峙《たいじ》してみて、君はどう感じた？　本当に別人格が出現したのか、それとも桜庭瑠香子が演技をしているのか」

「別人格が現れていたと思います。最初に保護室に入ったとき、彼女は間違いなく怯えていました。気づいたら真っ暗な場所に閉じ込められていて、パニックになっていたんだと思います。そして、私が危険な人物ではないと認識してからは、一転して人懐っこい態度になりました。いかにも幼児らしい反応です。あれが演技だったとは思えません」

「具体的な根拠はあるか？」

「根拠……ですか？」

「私たちは桜庭瑠香子の精神鑑定を行っている。もし彼女が解離性同一性障害だと診断を下すなら、鑑定書を読んだ人間にそれを納得させるだけの根拠が必要とされる。個人的な感覚だけではなく、罪を逃れるための詐病《さびょう》ではないという客観的な証拠が」

「客観的な証拠……」

数十秒、額に手を当てて考え込んだ凜は、はっと顔を上げた。

「瑠香子さんにはあんな演技をする理由がありません。だって、あれほど残忍な犯行時に、幼児である『絵里香ちゃん』の人格が出現していたとは思えませんから。罪を逃れるための詐病なら、殺人を犯すような残忍な人格、自分の父親である『桜庭源二』の人格を演じるはずです」

「その説明だけで十分に検察を納得させられるとは思えない」

影山の言葉に凜はうなだれる。しかし、すぐに彼は「ただ……」と続けた。

「たしかに君の言い分には一理ある。少なくとも、桜庭瑠香子の中には『桜庭絵里香』という四歳の娘の人格が存在するということを前提として、今後の鑑定は進めていくべきだろう。さて、深夜の出来事が演技でないとするなら、桜庭瑠香子は解離性同一性障害を発症していることになる。次に問題になるのは、主人格と『絵里香』以外にも、彼女の中に人格は存在しているのか。そして犯行時、どの人格が出現していたかだ」

影山はパソコンを操作し、停止していた映像を再生する。やがて画面の中の瑠香子が悲鳴を上げながら床で丸くなり、そして十数秒後、不思議そうな表情で顔を上げた。

「ここで、『絵里香』の人格は消えた。ストレスに耐えられなくなり、主人格に切り替わった」

「すみません。もっと慎重に話をするべきでした」凜は首をすくめる。

「謝ることはない。『絵里香』から情報を引き出すためには必要なストレスだった」

「母親……、瑠香子さんが周りにいず、子供である自分が一人で取り残されていることに気づいてから、『絵里香ちゃん』は不安定になりはじめました。けれど、本格的に混乱しはじめたのは、事件のことを訊ねてからです」

「『絵里香』は事件についてなにも分からないと言った。たしかに、あれほど残虐な犯行を、四歳の少女の人格が起こすとは思えない。犯行時に『絵里香』の人格が出現していた可能性は低い」

「でも、特に凶器であるアイスピックについて言及したところで、パニックを起こしたようでした。

事件についてなにも知らないなら、あんな恐慌状態に陥ることはないと思うんです」

影山はディスプレイを眺めたまま腕を組む。

「解離性同一性障害の患者は、他の人格が出現している際の記憶がないと訴えることが多い。しかし、完全に記憶がないかというと、そうとは限らない。脳の記憶野に蓄積された他の人格の記憶を、完全ではないにしろ覗ける場合もある」

「犯行について言及されたことで、『絵里香ちゃん』に犯行時の光景がフラッシュバックしたということですか？」

影山は「そう考えるのが妥当だ」とあごを引いた。

私が訊ねたせいで、幼い少女の人格に恐ろしい記憶を見せてしまった。罪悪感が凜を責め立てる。

「あの人……」ぼそりと影山がつぶやいた。「パニックになった『絵里香』が口にしていた『あの人』という言葉。それが気になる」

「それが誰を指すのか、『絵里香ちゃん』に訊ねました。けれど、答えを貰《もら》う前に彼女は消えてしまって……」

あと少し人格交代を遅らせることができていたら、決定的な証言を得られたかもしれない。凜は軽く唇を噛む。

「話の流れからすると、『あの人』というのは桜庭瑠香子の中に潜む他の人格と考えるべきだろう。そして、その人格こそが被害者を殺害した」

「私もそう思います。『絵里香ちゃん』は『あの人』に強い恐怖をおぼえていました。この映像データではっきりと収録されてはいませんが、人格が戻る寸前、『絵里香ちゃん』はか細い声で言いました。『絵里香もあの人に消されちゃう』、と」

「石井和代と同じように、自分も消されてしまう……か」

「影山先生、『あの人』というのはきっと、桜庭源二の人格です。瑠香子さんの中に再び父親の人格が形成され、また殺人を犯したんですよ」

「……弓削君、君は精神鑑定医を目指している。そうだな」

普段より重量感のある影山の言葉に、凛は「はい」と直立不動になる。

「なら、安易に結論に飛びつくな。精神鑑定の結果は、多くの人々の人生を左右しかねない。だからこそ、慎重にも慎重を期す必要がある。先入観を持って鑑定にあたることは赦《ゆる》されない」

「けれど、『絵里香ちゃん』の言ったことから考えると……」

反射的に凛が口にした反論を、影山は片手を突き出して遮った。

「『桜庭絵里香』から得られた情報から分かるのは、桜庭瑠香子の中には他にも人格が潜んでおり、その人格が被害者を殺害した可能性が高いということだけだ。それが『桜庭源二』、九年前に女子高生を殺害した人格だという証拠は、いまのところ存在しない」

たしかにその通りだ。先走っていたことを自覚した凛は、「すみません」とうなだれる。影山は無言のまま、何かを探るような眼差しを凛に注ぎ続ける。圧迫感をおぼえつつ、凛は口を開いた。

「では、今後はどのような方針で鑑定を進めていくんでしょうか？」

「桜庭瑠香子の中に潜んでいる他の人格、おそらくは被害者を殺害したであろうその人格を引き出し、正体を探る必要がある」

「人格を引き出すって、どうやってですか？　ワインを飲ませることで、事件の夜と同じような体調にしましたけど、出現したのは『絵里香ちゃん』の人格でした」

影山は細いあごを撫でたあと、静かにノートパソコンを畳んだ。

「まずは今日の夕方、桜庭瑠香子と再度面接をしてみよう」


「絵里香……、私がそう名乗ったんですか？」

瑠香子はかすれ声で言うと、机の上で震える手を祈るように組んだ。

午後六時過ぎ、影山と凜は、瑠香子と三度目の面接にのぞんでいた。深夜起きたことの詳細を聞いた瑠香子は、血の気の引いた唇をわずかに開き、「……絵里香」と弱々しくつぶやいたのだった。

「その名前に心当たりはありますか？」

影山の質問に、瑠香子は「はい……」と消え入りそうな声で答えた。

「娘の名前です。高校生のとき……流産した娘。その子が生まれてきたら、絵里香という名前にするつもりでした」

瑠香子は心を落ち着かせるように深呼吸をくり返した。

「あの……、つまり、私の中に絵里香の人格があるということなんですか？　四歳に成長した娘が私の中にいて、昨日の夜に出てきたんですか？」

「あなたが演技をしているのでなければ、そういうことになります」

「演技なんてしていません」瑠香子は両手を自らの胸に当てる。

この世に生まれ落ちることのなかった娘の人格が自分に宿っているというのは、どのような気持ちなのだろう。凜は瑠香子に視線を注ぐ。

「亡くなった娘さんの魂があなたに宿ったというわけではありません。あなたの脳が無意識のうちに、娘さんの人格を形成していったのです」

冷静に説明をする影山に、瑠香子は目尻を吊《つ》り上げる。

「そんなの分からないじゃないですか。医学で全て解明できるわけじゃないはずです」

「おっしゃる通り、医学で全て解明できるわけではありません。ですから、娘さんの人格がどのように生じたのかについては、これ以上、議論はしません。重要なのは、現在のあなたの中に、他の人格の存在が確認できたということです」

瑠香子の瞳を、影山は軽く前傾して覗き込む。

「な……、なんですか？」

「瑠香子さん、あなたは気づいていなかったんですか？　自分の中に他の人格が潜んでいることを。ときどき、それが出現していたことを」

「そ、そんなこと、分かるわけないじゃないですか。なにも覚えていないんですから」

瑠香子は声を上ずらせる。

「たしかに、人格が入れ替わっている間の記憶はないことが多い。しかし、昨夜現れた娘さんの人格はこう証言しました。化粧品や衣服で遊んだり、冷蔵庫の中にあったものを食べたりしていたと。きっとあなたは最近、経験していたはずだ。ふと気づいたら、出したおぼえのない化粧品や服が散らかっていたり、食べた記憶がないのに冷蔵庫の中身が消えていたりすることが」

「あった……かもしれません。けどそんなの、たんにぼーっとしていて化粧品とか洋服を出したり、食べたのを忘れていただけだって思うのが普通じゃないですか」

「あなたは普通ではありません」

影山のセリフに、瑠香子の顔がゆがんだ。

「九年前、あなたは解離性同一性障害と診断されている。その際にも、おそらく似たようなことがあったはずだ」

瑠香子はなにも答えない。その沈黙が、影山の予想が正しいことを語っていた。

「あなたは心の底では気づいていた。もしかしたら、また自分の中に他の人格が生まれたかもしれないと。けれど、それを認めるのが怖くて、そんなわけがないと自らに言い聞かせていた」

普段より早口でまくしたてる影山を見て、彼がまた瑠香子にストレスをかけようとしていることに凜は気づく。

前回までの面接とは違い、現在の瑠香子は自らが多重人格の状態であることを認識している。そのうえでストレスを受けることで、人格交代が起こるかもしれない。

現れるとしたら『桜庭絵里香』か、それとも彼女が恐れていた『あの人』か……。凜は息を殺して成り行きを見守る。

「私が悪いんじゃありません！」瑠香子は両手で顔を覆って叫んだ。「だって七年前、精神科病院を退院したとき、主治医の先生が言ってくれたんです。私は完全に治ったって。私の中にいた他の人格は完全に消えたからもう大丈夫だって」

「たしかに、七年前の時点ではそうだったのでしょう。けれど、上司からのセクシャルハラスメントで強いストレスを受けたあなたの中には、再び他の人格が生じてしまった」

「だったら何だって言うんですか！　絵里香が私の中にいたとしても何も問題ないじゃないですか。だって、絵里香はなにも悪いことなんか……」

言葉を切った瑠香子は、大きく息を呑む。

「まさか、絵里香が和代ちゃんにあんなことをしたって疑っているんですか⁉」

「いえ、違うでしょう。四歳の少女に、あのような残忍な犯行ができたとは思えません」

瑠香子が安堵《あんど》の息を吐きかけたとき、影山は「ただし」と続ける。

「あなたの中にいる『桜庭絵里香』以外の人格については、無実とは限らない」

「絵里香以外の人格⁉」瑠香子の声が甲高くなる。

「ええ、そうです。昨夜、娘さんの人格は、自分の他にも副人格が存在することを示唆しました。そして、その人格こそ被害者を殺害した犯人だとも」

「私の中に、何人もの人格があるっていうんですか？　そんなことあり得るんですか？」

「解離性同一性障害で、複数の副人格が認められることは珍しくありません」

影山が答えると、瑠香子は絶句して目を泳がせる。その様子を見て、凜は胸の奥底で怒りの炎が灯るのをおぼえた。自分の中に『絵里香』以外の人格が潜んでいる可能性が高いことぐらい、少し考えれば分かることではないか。そうでなければ、気づいたら同僚女性が死んでいたことに、どう説明をつけるつもりだったというのだろう。

三回の面接の間、瑠香子の当事者意識の欠如を常に感じていた。自分が殺したと思うと警察に連絡したにもかかわらず、彼女の態度はどこか他人事《ひとごと》のようで、そこに罪の意識を感じることはできなかった。彼女の手によって罪もない二人の女性の命が奪われたというのに。

「もう一つの人格って、まさか……」瑠香子の顔からみるみる血の気が引いていく。

「九年前と同じように、あなたの父親である桜庭源二の人格ではないかと推測できます」

瑠香子の口からしゃっくりのような音が漏れる。

「もちろん、桜庭源二以外の凶暴な人格があなたの中に形成され、それが被害者を殺害した可能性もあります」

影山が付け加えるが、体を震わせながら自らの両肩を抱く瑠香子の耳に、その言葉が届いているようには見えなかった。

「消した……、あの男は私が消したはずだった……。二回も……」

二回消した。十五年前に包丁を何度も突き刺して父親を殺害したことと、九年前の事件のあと治療を受けて、自らの内側に潜んでいた父親の人格を消したことを指しているのだろう。

机に視線を落としたまま、ぶつぶつとつぶやく瑠香子を、凜は唇を嚙みながら見つめる。

「なんでこんなことになったんですか⁉」

突然、金切り声を上げると、瑠香子は影山に摑みかからんばかりに身を乗り出した。

「あの男は消えたはずだったんです。あの男はもうこの世界から、私の世界からようやく消え去ってくれたはずだったんです」

「あの男というのは、桜庭源二のことですか？　彼の人格が再度出現したというのはまだ推測の域を……」

「いえ、あいつです。あいつがいるんです。ずっと違うと思ってきたけど、そう思い込もうとしてきたけど、いま分かったんです。もう感じ取れるんです。またあの男が私の中に這入《はい》りこんできたって。あの男の存在をここに感じるんです」

瑠香子は入院着に包まれた胸元に、両手で爪を立てる。まるで、中にいる父親の人格を抉《えぐ》り出そうとするかのように。

「私はなにも悪くない！　全部あの男のせいなんです！」

ヒステリックな叫び声が、面接室にこだました。

「あの男のせいで私はぼろぼろになった。あの男がいる限り、私の世界は蝕《むしば》まれ続ける。だからあいつを殺した。なのに、みんなで寄ってたかって、あいつをまた私の中に創ろうとしてくる。みんなが私を追い詰めてくる」

髪を掻き乱す瑠香子の自己憐憫に満ちたそのセリフを聞くたび、新鮮な酸素を送り込まれたかのように、凜の胸で燃え上がっている怒りの炎が勢いを増していく。

「なんで私だけこんなつらい思いをするの？　私はただ頑張っているだけなのに、なんでみんなして邪魔をするの？　みんな私を騙《だま》して、傷つけて、追い詰める。私のせいじゃない……。全部周りが悪いの。周りの人たちが、私の中にあの男の種を埋め込んで、成長させていく……。私を内側から腐らせて……」

言葉の内容が支離滅裂になり、嗚咽が混じりはじめる。凜の脳内で糸が切れるような音が響いた。

「私はなんにも悪くない……」

絞り出すように言いながら瑠香子が机に突っ伏し、影山がナースコールのボタンに手を伸ばしかけたとき、凜は勢いよく立ち上がった。

「ふざけないでください！」

怒鳴り声が面接室の空気を揺らす。瑠香子が伏せていた顔を上げた。

「なんでそんなことが言えるんですか⁉　なんで被害者面できるんですか⁉　二人も殺しておいて！」

「で、でも、私はそのことを覚えて……」

「覚えていなければ責任がないとでも？　別の人格が出現していたから、自分は悪くない？　そんなの関係ない。二人に凶器を振り下ろしたのはあなたなんですよ。忘れたんですか、自分の手が血塗れになっていたのを。それでも自分に責任がないって言うんですか！　誰が何と言おうとあなたは人殺しなんですよ！」

影山に名を呼ばれたような気がしたが、舌の動きを止めることはできなかった。九年間、胸の奥深くに溜まり、熟成され続けてきた負の感情が、瑠香子というはけ口に向かって迸《ほとばし》る。

「あなたと知り合わなければ、美咲は死ぬことはなかった！　あなたが美咲を殺したの！　あなたのせいで、美咲は死んだの！　あなたさえこの世にいなかったら……」

「弓削君！」

怒声に内臓を揺らされ、凜ははっと口をつぐむ。見ると隣に座る影山に睨まれていた。その顔には明らかな怒りが浮かんでいる。影山の助手となって半年近く経ち、凶悪犯との面接にも何度も立ち会ってきたが、いまだかつて彼がここまで感情を露《あら》わにするのを見たことがなかった。

影山の刃《やいば》のように鋭い視線に射貫《いぬ》かれた凜は、この数十秒で自分が発したセリフを反芻していく。頭に上っていた血が、一気に引いていく音が聞こえた。

「す、すみません、私……」

しどろもどろで謝罪する凜から視線を外した影山は、机のボタンを押したあと瑠香子に向かって深々と頭を下げた。

「私の助手が失礼なことを言って、まことに申し訳ございませんでした。本日の面接はここまでにしましょう。部屋でお休みください」

「は、はい……」

戸惑い顔で頷く瑠香子に、影山は「本当に申し訳ございませんでした」と繰り返す。やがて、看護師たちが部屋に入ってきて、瑠香子を外へと連れていった。重い音を立てて扉が閉まる。

凜は顔を伏せる。恐ろしくて、もはや影山の顔を見ることもできなかった。

「弓削君、私を見なさい」

抑揚のない口調。言われた通り顔を上げると、影山は普段通りの無表情に戻っていた。

「なにを隠している？」

凜の口から「……え？」という呆《ほう》けた声が漏れる。

「この事件を担当することになってから、ずっと気になっていた。君はなにかを隠しているとね。それを言いなさい」

「隠していることなんて……」

反射的に否定しようとしたとき、影山と目が合った。舌がこわばり、言葉が紡げなくなる。

底が見えないほどに昏《くら》い双眸《そうぼう》。心の奥深くまで覗き込み、見透かすような眼差しに身がすくむ。どれだけ人の心に巣食う無数の闇を覗きこんできたら、こんな瞳になるのだろう。

この眼差しの前で、嘘をつきとおすことなどできるわけがない。

「実は……」

凜はぼそぼそと話しはじめる。九年前の事件の被害者が親友だったこと。なぜ彼女が死ななくてはならなかったのか、そして『なに』が彼女の命を奪ったのか、それを知りたくて精神鑑定医を志したことを。その間、影山は相槌を打つこともなく無言で話を聞き続けた。

全てを語り終えた凜は、緊張しながら影山の言葉を待つ。

影山の薄い唇がゆっくりと開いていった。

「この件が終わっても、君は精神鑑定医を目指すのか？」

問いの意味が分からず、凜はただ口を半開きにすることしかできなかった。

「君は親友を殺害した桜庭瑠香子が罰せられなかったことに傷ついた。そして、友人を殺したものの正体を探るため、精神鑑定医となって多くの触法精神障害者の心に潜む闇を覗き込もうとした。

しかし、もし今回の鑑定で桜庭瑠香子が抱える闇の姿を暴くことができたら、君は目的を果たしたことになる。その後も、君は私のもとで精神鑑定を学び続けようと思えるのか」

凜は口を開く。しかし、言葉が出なかった。なんと答えるべきなのか分からなかった。

固まっている凜を尻目に、影山は席を立つ。

「今後、君は桜庭瑠香子の面接に立ち会わなくていい」

「待ってください！」

出入り口へと向かう影山の背中に、凜は慌てて声をかける。影山は振り返らなかった。

「対象への個人的な感情は、闇を覗く瞳を曇らせ、鑑定の信用性を著しく損ねる。私情をはさむものに精神鑑定医の資格はない」

影山が部屋から出ていく。

扉が閉まる重い音が、凜の鼓膜を揺らした。

7

入院患者の処方内容を確認し、マウスを操作して『決定』のアイコンをクリックする。

「終わった……」

電子カルテの前に座った凜はほうとため息をつく。時刻は午後六時過ぎ。これで担当患者全員の診療記録を書き終え、明日以降の薬の処方も終えた。もう帰っていいのだが、なかなか椅子から腰を上げる気にならなかった。

最近、つねに鉄の鎖のように重い倦怠感《けんたいかん》が体に纏わりつき、どうにもやる気が出ない。凜はふとガラス窓越しに閉鎖病棟に視線を送る。廊下の奥に、保護エリアの入り口が見えた。

いま、桜庭瑠香子はどんな状態なのだろう。彼女の中に潜む『絵里香』以外の人格は、現れたのだろうか。そんな疑問が頭をかすめる。

影山に精神鑑定医失格を宣告されてから、すでに一ヶ月以上が経っていた。その間、凜は瑠香子の面接に立ち会わず、彼女の鑑定に関する一切の情報からも距離を取っていた。

——鑑定医の資格はない。

そう告げられたときの衝撃は、いまも昨日のことのように思い出すことができる。私情をはさんで鑑定にのぞんでいた自分に、瑠香子の状況について知る権利はないと分かっていた。

ここにいてもしかたがない。さっさと帰ろう。重い腰を上げようとしたとき、閉鎖病棟へとつながる扉が開き、白衣姿の影山がナースステーションに入ってきた。彼と目が合い、心臓が大きく跳ねる。この一ヶ月以上、後ろめたさから、できるだけ影山と会わないようにしてきた。

「お、お疲れ様です！」

とっさに立ち上がった凜は、上ずった声であいさつをする。影山はごく自然に、「お疲れ様」と返事をしてすれ違っていった。ナースステーションから出ていく背中を見送った凜は、大きく息を吐いたあと、振り返って閉鎖病棟を見る。

院長である影山は、基本的に入院患者の主治医はしていない。彼が閉鎖病棟から出てきたということは、おそらくは瑠香子と面接をしていたのだろう。

瑠香子が移送されてきてから、すでに一ヶ月半ほど経っている。一般的にはあと二週間ほどで彼女は身柄を検察庁に戻され、鑑定結果が検察に提出されるはずだ。

この時期まで面接をくり返しているということは、まだ鑑定を下すために必要な情報が集まっていないということだろうか。まだ、瑠香子の中に潜んでいるであろう、石井和代を殺害した人格の正体を暴けていないのだろうか。だとしたら、残されている時間はもう多くはない。

そこまで考えたところで我に返り、凜は頭を振る。

自分に桜庭瑠香子の鑑定にかかわる資格はない。自分がかかわれば、影山の鑑定を汚してしまう。だから、耐えなくてはいけない。彼女の中に潜む『闇』を覗き、その正体を知ることをどれだけ切望していたとしても。

凜は重い足取りでナースステーションを出ると、更衣室で着替えをして、職員用出入り口から病院を出る。駐車場を横切ろうとしたとき、「弓削先生」と声をかけられた。見ると、糊《のり》のきいたスーツを着て、髪をワックスで固めた中年の男が手を上げていた。

「あ、小野寺さん」

凜が会釈をすると、今回の事件の担当検事である小野寺は革靴を鳴らして近づいてきた。

「お久しぶりです。いまお帰りですか?」

「はい、そうです。小野寺さんはどうしてこちらに?」

「あれ、聞いていませんか? これから影山先生とお話をする約束をしているんですけど」

凜は「いえ、それは……」と言葉を濁す。どうやら小野寺は、凜が助手を解任されたことを知らされていないようだ。

「そろそろ、鑑定結果を出して頂く頃ですからね。いつまで容疑者をこちらに置いておくか、影山先生と相談したいと思いまして」

凜が説明する隙を与えず、小野寺はまくしたてるように言う。不敵な笑みが浮かぶ唇やわずかに紅潮した顔を見ると、軽い興奮状態にあることがうかがえた。

「私としては、早期に鑑定を終えて頂いて、起訴に持ち込みたいと思っています」

「起訴……ですか？」

凜が聞き返すと、小野寺は大きく頷いた。

「ええ、もちろん起訴するつもりです。そして、必ず有罪に持ち込みます。多重人格だとしても、それが四歳の子供なら、その人格が殺人を犯したとは思えない。容疑者本来の人格がトラブルから同僚を刺したと考えるべきでしょう。裁判員もそう思うはずだ」

やはり、『桜庭絵里香』以外の人格はまだ確認できていないんだ。小野寺のセリフを聞いて、凜はそのことに気づく。

「ああ、すみません、お帰りのところを呼び止めてしまって。それでは私はこれで」

早足で病院に向かっていく小野寺の後ろ姿を見送りながら、彼が興奮している理由に気づく。九年前にバイト仲間だった女子高生を殺害し、解離性同一性障害を理由に不起訴となった瑠香子。彼女を起訴できれば、世間の大きな注目を浴びる裁判となるだろう。検事としてその裁判を担当する。有罪を勝ち取れば大きな栄誉となる。闘技場に向かうマタドールのように高揚するのも当然だ。

駐車場で凜は立ち尽くす。冷たい夜風がうなじから体温を奪っていく。

自分には関係ない話だ。さっさと自宅に向かうべきだ。そう分かっているのに、足が動かなかった。なぜか熱い血液が全身を巡りはじめる。

拳を握りこんだ凜は勢いよく身を翻すと、小走りに病院へと戻っていく。

もう、寒さは感じなかった。

『院長室』と札がかかった重厚な木製扉の前で、凜は深呼吸をくり返し、全力疾走したあとのように加速している心臓の鼓動を必死に鎮めようとする。

病院に戻った凜は、医局にある自分のデスクで一時間ほど時間をつぶし、影山と小野寺の話が終わるのを見計らったあと、院長室へと向かった。

一ヶ月以上、この扉の奥に入ることはなかった。ここに近づくことを意識的に避けてきた。いつまでも迷っていてもしかたがない。覚悟を決めた凜は、扉を二度ノックする。すぐに「どうぞ」と扉越しに影山の声が聞こえてきた。凜は細かく震える手でノブを回し、扉を開く。

「失礼します」

凜がおずおずと部屋に入ると、奥にあるデスクで書類に目を通していた影山が「弓削君か」と顔を上げた。その顔は相変わらずの無表情で、そこに驚きや嫌悪の色は見えなかった。

「どうした?」

「私に瑠香子さんの事件の資料を見せてください!」凜は腹の底から声を出す。

「……なにを言っているんだ?」影山の目つきが鋭くなった。

「面接に同席はしません。もちろん、鑑定に対して口を出すこともしません。親友を殺された私が、彼女に対して中立な立場で鑑定することは無理だということは分かっています。私に先生の助手をする資格はありません」

「なら、なぜ資料を見ようとする。事件についての情報は、きわめて機密性が高いものだ。鑑定にかかわらない者に閲覧させるわけにはいかない」

「助手ではなく、アドバイザーという立場ではいかがでしょうか」

影山は「アドバイザー?」と訝しげに聞き返した。

「はい、そうです。九年前に瑠香子さんに親友を殺された私は、ある意味事件の関係者です。現在、この事件の捜査に当たっている誰より、被害者のことを知っています。ですから、中立な立場からでは気付かない手掛かりを見つけ、助言できるかもしれません」

「なぜ私が、助言を受ける必要がある?」影山の声が低くなる。

「先生が、まだ『桜庭絵里香』以外の人格を確認できていないからです。彼女の中には、同僚を殺害した凶暴な人格が潜んでいる可能性が極めて高い。けれど、一ヶ月半鑑定を続けてきたにもかかわらず、その人格はまだ一度も出現していない。そうですよね」

圧力に耐えながら凜は言う。

「……なぜそのことを知っている?」

「先ほど、偶然すれ違った小野寺さんが教えてくださいました」

「全く、検察官だというのに口が軽い」影山は顔をしかめる。

「私が先生の助手を馘になったことを、小野寺さんはご存知なかったようです」

凜が庇《かば》うと、影山はあごに手を当てて黙り込んだ。凜は判決を待つ被告人のような心境で答えを待つ。数分後、息をするのも憚《はばか》られるほど緊張感に満ちた沈黙を、不意に影山が破った。

「小野寺検事が言った通り、桜庭瑠香子にはいまだに『桜庭絵里香』以外の人格は出現していない。そして、残された時間は少ない」

「時間が少ないって……」

「あと一週間。先ほど小野寺検事と話し合った結果、来週には桜庭瑠香子を検察庁に戻すことになった、これは決定事項だ」

「一週間……。それじゃあ、一週間以内に他の人格が現れなかったら……」

「桜庭瑠香子は多重人格状態ではあるものの、犯行時は主人格が出現していた。検察はそう判断して起訴に持ち込むだろう」

影山は立ち上がり、ゆっくりと近づいてくる。

「このままなら桜庭瑠香子は起訴され、おそらくは有罪となる。君はその結果を望んでいたのではないか？　君のアドバイスによって、他の人格が犯行を起こしたと証明されたら、彼女は再び不起訴になるかもしれない。それでも協力したいと言うのか？」

「それは……」言葉を詰まらせた凜は、自らの胸の内を探る。

親友を殺した犯人が裁かれて欲しいと九年間、ずっと望み続けてきた。けれど……。

凜は口元に力を込める。

ただ『桜庭瑠香子』という人物が裁かれればよいとは思わなかった。親友の命を奪っていったものの正体を暴いたうえで、十字架を背負うべき対象が正当に罰せられてほしい。そう願っていた。

「協力したいです！　ぜひ、協力させてください！」

心を決めて声を張り上げると、影山はデスクのわきに置かれた段ボールの山を指さした。

「あれが全ての資料だ。好きなだけ目を通しなさい」

「いいんですか⁉」

「鑑定が行き詰まっているのは確かだ。君が言う通り、九年前の事件で被害者と近しかった人物からなら、貴重な手がかりが得られるかもしれない」

「けど、私は中立の立場で事件を見ることができないから、鑑定を歪ませてしまうかも……」

凜が危惧を口にすると、影山はわずかに薄い唇の端を上げた。

「君のアドバイスが、たとえ個人的な感情によって歪められたものだとしても、それを参考にするか否かを決めるのは私だ。それが鑑定の正当性を貶《おとし》めることは絶対にない。安心して忌憚《きたん》ない意見を述べなさい」

鉛が詰め込まれているかのように目の奥が痛い。ソファーに腰かけた凜は、鼻の付け根を揉《も》みながら首を反らした。まもなく日付が変わる時間だ。資料を読みはじめてから、すでに四時間以上が経っている。にもかかわらず、全資料の数パーセントほどしか目を通すことができていなかった。ただでさえ、解離性同一性障害を持つ人物が起こした殺人という複雑な事件であるうえ、九年前の原口美咲殺害事件、そして十五年前の桜庭源二殺害事件の資料まである。普段の数倍の資料が検察から送り込まれてきていた。

凜は目の周りのマッサージを続けながら、デスクで資料をめくっている影山を見る。この四時間、影山も休むことなく資料を読み続けていた。

この一ヶ月で、きっと影山は繰り返し資料を読み続けたはずだ。にもかかわらず、厳しい表情でページをめくっている影山の態度からは、精神鑑定にかける強い想いが滲みだしていた。

影山先生の信頼を私は身勝手な理由で踏みにじってしまった。強い後悔が胸を焼く。凜は唇を嚙むと、再び資料に視線を落とした。

一ヶ月前に宣告された通り、自分には精神鑑定医になる資格はない。しかし、この半年間、多くのことを学ばせてもらった礼として、この鑑定の手助けをしたい。その衝動が凜を突き動かす。

凄惨な内容が記されている資料を読んでいくのは、精神的にも負担が大きかった。特に瑠香子が受けた虐待についての記載は、文字を追っていくにつれ嫌悪感で吐き気をおぼえるほどで、凜は何度か口に手を当ててえずいた。

桜庭源二は娘に性的虐待を加えていただけでなく、日常的に暴力も振るっていた。資料によると、瑠香子の右のこめかみから目尻にかけて走る傷跡は、酔った源二にビール瓶で殴られ、裂傷を負ったときのものだった。

九年前の事件の際、瑠香子に生じた人格も、実際の源二さながらの凶暴で下劣なものだったらしい。精神鑑定では薄ら笑いを浮かべながら、どのように被害者を殺害したかを得意げに語ったということだった。また、不起訴が決まってから精神科病院で瑠香子が治療を受けた際、不意に出現しては医療従事者に何度も暴力を振るっていた。しかし一方で、治療が進むにつれて卑屈になっていき、最後には「俺を消さないでくれ」と何度も泣きながら懇願までしたということだった。

美咲の命を奪ったくせに、自分が消されそうになったら命乞いするなんて。耐えがたい怒りをおぼえつつ、凜は桜庭源二についての資料をローテーブルに置くと、今回の事件の資料に手を伸ばす。

手にした冊子は、被害者である石井和代についての詳細が記されたものだった。会社員と主婦の両親の一人娘として生まれ、公立高校を卒業後、十八歳で太田繊維工業に入社した。経理部でOLとして勤務し、そこで桜庭瑠香子と親しくなり、たびたび食事に行くような間柄になった。両親と同居し、高校時代から交際している恋人がいるが、相手が大阪に転勤となってあまり会えないことに悩んでいた。最近はキャリアアップを考え、パソコン関係の資格を取ろうと、勤務後や週末に教室に通っていた。

そこには、平凡ながらも自分の人生を懸命に生きていた一人の女性の姿が記されていた。彼女はきっと、友人だと思っていた女性からアイスピックを振り下ろされるまで、自らの人生がそんな理不尽な暴力によって幕を下ろされるとは想像だにしていなかっただろう。

鼻の付け根にしわを寄せながらページをめくると、被害者の写真が貼られていた。丸い眼鏡をかけた女性。肩まで伸びた黒髪は濡《ぬ》れたような光沢を孕んでいる。顔立ちはそれなりに整っているが、どこかあか抜けない雰囲気を纏っていた。

ふとデジャヴをおぼえ、凜は顔を近づけて写真を覗き込んだ。額に手を当てつつ、数秒前におぼえた違和感の正体を必死に探っていく。

私はこの人に会ったことがある？　いや、そうじゃない。ただ、誰かに似てる気がする。

そこまで考えたとき、脳裏で古い記憶が弾《はじ》けた。目を大きく見開いた凜は、わきに置いてある段ボールを探って目的の資料を取り出す。

せわしなく紙をめくっていた指が動きを止める。開かれたページには、死亡時の被害者の状況が詳細に記されていた。

「やっぱり……」

つぶやくと、「なにか見つけたのか？」と影山が声をかけてきた。勢いよく立ち上がった凜は早足でデスクに近づくと、そこに置かれている段ボールに両手を突っ込んであさりはじめる。

「これじゃない……、これでもない……」

いくつもの冊子を取り出しては放りながら探していく。数分かけ、三個目の段ボールに取り掛かった凜は、とうとう目的の資料を見つけた。十五年前の事件の際、容疑者である桜庭瑠香子について記した資料。

その資料をデスクに置いた凜は、震える指で表紙をめくる。そこに貼られた十五年前の桜庭瑠香子の写真が視界に飛び込んでくる。無意識に喉から「ああ……」といううめき声が漏れた。

これだ。これこそ、桜庭瑠香子の中で息をひそめているもう一つの人格を引き出すための鍵に違いない。細く、長く息を吐いて興奮を抑えこむと、凛は顔を上げた。影山と目が合う。

「影山先生、お願いがあります」

「なんだ?」

「明日の夜、私に瑠香子さんの面接をさせてください」

「また面接に立ち会いたいと?」

「違います」影山と視線を合わせたまま、凛は答える。「私一人で、彼女と面接がしたいんです」

「……自分がなにを言っているのか分かっているのか?」

影山の声が圧を増す。凛は下っ腹に力をこめて「分かっています!」と答えた。

「今回の件で、君は中立の立場を取れない。だからこそ面接に立ち会うことなく、資料を読んで気づいたことがあれば私にアドバイスだけを与える。そのような約束だったはずだ。それなのになぜ、桜庭瑠香子と一対一の面接を希望する?」

「先生では瑠香子さんに潜んでいる他の人格、被害者を惨殺した人格を引き出すことができないからです」

その答えが影山の逆鱗《げきりん》に触れるかもしれないと分かっていた。叱責される覚悟を決め、凛は体に力を込める。しかし、予想した怒声が返ってくることはなかった。

「では、君ならその人格を出現させることができると言うのか?」

淡々と言う影山の瞳が凛を捉えた。あの、底なしの沼のように昏く深い双眸。心の底まで覗かれているような心地になり、冷たい汗が背中を伝っていく。

「はい、私ならできます。隠れている人格を引きずりだし、その正体を暴いてみせます!」

影山を正面から見据えながら、凛ははっきりと答えた。

すぐには返答はなかった。息苦しさをおぼえながら凜は影山と視線を合わせ続ける。視界から遠近感が消え、影山の瞳が迫ってくるような、そこに呑み込まれてしまうような錯覚に襲われる。

どれだけ経ったのだろう。時間の感覚が麻痺《まひ》しだしたころ、不意に影山が口を開いた。

「いいだろう」

「えっ⁉　いまなんて？」耳を疑った凜は、デスクに両手をついて身を乗り出した。

「明日、君が一人で桜庭瑠香子と面接することを許可しよう」

「本当にいいんですか？」

凜が確認すると、影山は重々しく頷いた。

「半年間、君が助手として真摯に鑑定にかかわるのを見てきた。だからここは一つ、君に賭けてみようじゃないか」

8

本当にできるのだろうか？　翌日の午後九時過ぎ、閉鎖病棟にある個室の職員用トイレで、凜は洗面台を両手で摑みながら自問していた。

いや、できるかできないかじゃない。やるんだ。

自らを鼓舞した凜は、顔を上げて正面の鏡を覗き込む。そこには、背中まで黒髪を伸ばした女性の姿が映っていた。昨夜、二十四時間営業のドラッグストアで染髪料を購入してから帰宅し、わずかにブラウンにしているボブカットを浴室で時間をかけて丹念に染め上げた。さらに今日の昼、劇団で女優をやっている友人を訪ねて、黒髪のウィッグを借りてきた。

数十分かけてウィッグを丹念に装着した自分の姿を確認する。化粧も普段よりかなり薄くしているせいで、だいぶ雰囲気が変わって見える。

「大丈夫、これなら絶対に成功するはず」

鏡の中の顔に、強い決意の表情が浮かぶ。凜は頬を両手で張って気合を込めた。

「準備はできたか」

トイレから出ると、数人の男性看護師とともに廊下で待っていた影山が声をかけてくる。緊張を息に溶かして吐き出しながら、凜は「はい」と頷いた。

「すでに桜庭さんは面接室で待機している」影山は廊下の奥を指さす。「君が面接室に入ったら、私と看護師たちは扉のすぐ外で待機する。中の様子は室内に置かれたカメラを通して、この画面で確認できるようにしてある」

影山は薄いタブレットを差し出してくる。その液晶画面には、パイプ椅子に腰かけ、落ち着きなく視線を彷徨わせている瑠香子の姿が映しだされていた。

「君が机に置かれているナースコールのボタンを押すか、もしくは映像で私が危険だと判断したら、すぐに看護師たちが室内に……」

「待ってください」

凜が言葉を遮ると、影山は「どうした」と眉尻をわずかに上げる。

「私がボタンを押すか助けを求めるまで、誰も入らないでください」

「……いまから君が引き出そうとしている人格は、二人の女性を惨殺している凶悪犯のものだ」

「分かっています。だからこそ、その人格からできるだけ詳細な情報を得る必要があるはずです。危険かどうかの判断は、直接向かい合っている私に任せてください」

数秒間、迷うようなそぶりを見せたあと、影山は頷いた。

「分かった、君に任せよう。ただ、油断は禁物だ。もし隠れている人格を引き出せたら、それからは猛獣と対峙しているつもりで面接にのぞみなさい」

喉を鳴らして唾を呑み込んだ凜は、鼓膜にまで響く心臓の鼓動を聞きながら面接室へと向かっていく。数回深呼吸をしたあと、凜は扉を開けて中へと入った。

「……弓削先生……ですか？」

入ってきた凜を見た瑠香子は、まばたきをくり返す。

「ええ、そうですよ」

凜は内心の緊張を悟らせないよう気をつけつつ、机を挟んで瑠香子の対面に腰かけた。

「髪形……、変えたんですね」

「少しイメージチェンジをしようと思いまして」

驚きから回復したのか、瑠香子は「お似合いですよ」と心のこもっていない言葉を口にしたあと、不機嫌そうに眉をひそめる。

「それで、今日はいったいなんなんですか？　急にあなたと一対一で面接しろなんて」

「やっぱり女性同士の方が話しやすいんじゃないかなと思いまして」

「話しやすいって……、ふざけているんですか。この前、急にキレて私を怒鳴りつけたくせに」

「そのことについては心から謝罪します。申し訳ございませんでした」

凜は頭を下げると、上目遣いに瑠香子を見据える。

「ただ、私はこれ以上なく真剣です。正確にあなたの精神鑑定を行うためには、私が一人で面接しないといけない。そう確信しているからこそ、こうしてあなたと向かい合っているんです」

気圧《けお》されたように、瑠香子は軽く身を引いた。その隙を見逃さず、凜は一気に畳みかける。

「瑠香子さん、あなたは桜庭源二さんの人格の存在を感じているんですよね？」

「いきなり、なにを言って……」

「前回、私が面接に立ち会わせて頂いたとき、おっしゃっていたじゃないですか。『あいつが私の中にいるのを感じる』って。『あいつ』というのは、あなたが十五年前に殺害した父親、桜庭源二さんのことですよね。あなたは自分の中に父親がいるのを感じ取っているんですよね」

明らかな動揺を見せながら黙り込む瑠香子に、凜は追い打ちをかけていく。

「答えてください。これは鑑定のために確認するべきことなんです」

瑠香子は泣きだしそうな表情を浮かべると、両手で頭を抱えた。

「そうよ、あいつよ！　桜庭源二よ！　あの日からずっと感じるの。私の中にあいつがいるって。十五年前に殺したはずのあいつが！」

「九年前と同じように。そうですね」

凜の質問に、瑠香子は力なく頷いた。

「けれど、九年前と違って今回の精神鑑定で、桜庭源二の人格は出現していません。どうしてだと思いますか？」

「そんなこと、私に分かるわけないじゃないですか！」瑠香子はヒステリックにかぶりを振った。

「私はこう思います。九年前、不起訴になったあなたが解離性同一性障害の治療を受けた際、桜庭源二は強い抵抗を示しました。自分の存在が消えることを恐れ、主治医を脅したり、泣きわめいたりしました。そこで彼は学習したんだと思います」

「学習？」

「そうです。精神鑑定で自分の存在が確認されれば、あなたは不起訴になって精神科病院で強制的に治療を受けることになる。その結果、自分の存在は消されてしまうと」

「だから出てこないと？」

「私はそう思います」

「……このままだと、私はどうなるんですか？」瑠香子の声には不安が色濃く滲んでいた。

「これまでに確認できているのは『絵里香ちゃん』の人格だけです。けれど、彼女が殺人を犯したとはとても思えない。おそらく、あなたは殺人罪で起訴されるでしょう」

「そんな！」瑠香子の声が高くなる。「私はなにも覚えていないんですよ。和代ちゃんを殺したのは私じゃありません。あの男です！」

「それを証明するためには、桜庭源二の人格を引きずり出す必要があります」

「引きずり出すって、どうやって……？」

「そのために、いま私が面接をしているんです」

凜は軽く前のめりになると、瑠香子の目を覗き込んだ。よく、影山が面接でするように。

「どういう意味ですか？」

「今回の事件の被害者である石井和代さんの写真を見たとき、ある人に似ていると思ったんです」

「ある人？」瑠香子の顔に戸惑いが浮かぶ。

昨夜おぼえたデジャヴを思い出しながら、凜は答えた。

「九年前の事件の被害者、原口美咲ですよ」

「……美咲ちゃん？」

「ええ、そうです。もちろん、顔がそっくりというわけではありませんでした。けれど、大きな丸眼鏡に長い黒髪、二人は全体的な雰囲気が似かよっていました」

凛の脳裏に、屈託ない笑みを浮かべる親友の姿がよぎる。

「さらに美咲は……、原口美咲さんはいつも髪を三つ編みにしていました。それが彼女のトレードマークでした」

瑠香子の表情がさっと青ざめる。

「覚えているみたいですね。事件があった夜、和代さんが髪を三つ編みにしたと」

資料には、死亡した石井和代の髪が三つ編みにされていたことが記されていた。

「はい……」瑠香子は弱々しい声で言う。「あの日、話をしている途中、和代ちゃんが『髪がまとまらないから束ねちゃおう』って、自分の髪を編みはじめたんです。私はワインを飲みながら、その姿を眺めていました」

「こんな感じにですか？」

微笑《ほほえ》んだ凛は、背中側に垂れていたウィッグの髪を束ねて顔の横に持ってくると、見せつけるようにゆっくりと編んでいく。

「なにを……しているんですか……？」

「分かりませんか？　髪を三つ編みにしているんですよ」

「そんなことを訊いているんじゃありません！　なんで、いきなり髪を編みはじめるんですか⁉」

「そんなの決まっているじゃないですか」

凛は髪を編む手を止めることなく口角を上げる。

「あなたの中で息を潜めている人格を引き出すためですよ。あなたの父親の人格をね」

「あいつを引き出す……？」恐怖と嫌悪で飽和した声で瑠香子はうめいた。

「ええ、そうです。今回と九年前の二つの事件の被害者に、外見上の共通点があった。そのことに気付いた私は、すぐに十五年前の事件についての資料を確認しました」

瑠香子の顔に暗い影が差す。

「そうです、ひどい虐待に耐えかねたあなたが、父親を殺害した事件です。その資料の中にあった犯人の写真、そこには女子高生のあなたが写っていました。いまの垢《あか》ぬけて魅力的な姿とは対照的に、髪を三つ編みにし、大きな眼鏡をかけた野暮ったい雰囲気のあなたが」

編み終えた髪をヘアゴムで縛って固定すると、凜は瑠香子を見つめる。瑠香子の顔に恐怖と戸惑いがブレンドされた表情が浮かんだ。

「美咲ちゃんや和代ちゃんが昔の私に似ていたら、なんだって言うんですか？」

「桜庭源二にとってあなたは特別な人間でした。一人娘であり、長年虐待を加え続けた対象であり、そして自分の命を奪った人物」

凜は言葉を続けながら、白衣のポケットに手を忍ばせる。

「以上のことから、私は一つの仮説を立てました。高校時代のあなたを彷彿させる女性と密室で二人きりになること。それこそがあなたの中に巣食う『桜庭源二』を引き出すための条件だと」

ポケットから丸縁の伊達《だて》眼鏡を取り出した凜は、それをかけるとレンズ越しに瑠香子を見つめた。

瑠香子の口が力なく開いた。その瞳がじわじわと焦点を失っていく。

突然、気を失ったかのように瑠香子はがくりとこうべを垂れた。

「瑠香子さん……？」

声をかけるが、反応はない。華奢な体が次第に傾きはじめた。

椅子から落ちる。そう思った凜は反射的に腰を上げて手を伸ばす。次の瞬間、獲物に食らいつく蛇のような動きで、瑠香子の左手が凜の右手首をつかんだ。爪が皮膚に食い込む。

「つっ⁉　瑠香子さん、離してください！」

鋭い痛みに顔をしかめながら叫ぶと、瑠香子は緩慢な動きで顔を上げて凜を見た。

その瞬間、凜は悟った。目の前の人物がもはや、『桜庭瑠香子』ではないと。

瑠香子の双眸には危険な光が宿っていた。肉食獣が獲物に向けるような眼差し。本能的な恐怖をおぼえた凜は、慌てて身を引こうとする。しかし、その前に瑠香子が手首を乱暴に引いた。華奢な女性のものとは思えない腕力にバランスを崩し、上半身が机の上に引き出される形になる。

嬲《なぶ》るかのように、ゆっくりと瑠香子は顔を近づけてくる。凜にはその姿が、巨大な爬虫類《はちゅうるい》が唾液を垂らしながら迫ってくるように見えた。

口から迸りかけた悲鳴を、必死に飲み下す。もし叫び声をあげれば、外に控えている看護師たちが雪崩れ込んでくる。そうなれば、目の前にいる『これ』はすぐにまた姿を消してしまうだろう。

「……あなたは、誰？」声が震えないよう、喉元に力を込めて訊ねる。

「俺が誰だか知りたいのかい」

からかうような口調で言うと、瑠香子は舌なめずりをする。唾液で濡れた唇が蛍光灯の光をぬめぬめと反射した。

「俺は源二、桜庭源二っていうんだ。初めまして、お嬢ちゃん」

「桜庭源二……」

凜がその名をくり返すと、瑠香子は目を細めた。

「ああ、そうだよ。ずっと隠れているつもりだったんだけどよ、あんまり可愛《かわい》いお嬢ちゃんと二人っきりになれたもんだから、思わず出てきちまったよ」

瑠香子は素早く身を乗り出すと、凜の頰をべろりと舐めた。皮膚の上をナメクジが這うような感触に、全身に鳥肌が立つ。

「やめてください！」体を引いた凜は、摑まれていない左手で頰を拭う。

「なんだよ、つれねえな。そんなに嫌がんなくてもいいじゃねえか」

「私はあなたと話をしたいだけです。すぐに手を離してください」

「そう言われて、はいはいって離すわけにゃいかねえんだよ。ずっと隠れてきたのに、あんたのせいで引っ張り出されちまったんだ。こうなると、俺はまた消されちまう。せっかく生き返れたっていうのによ」

瑠香子は大きく舌を鳴らした。

「どうせ消されるならよ。その前にあんたみたいな好みの女と、ちょっとばかし楽しみたいじゃねえか。だから、つべこべ言ってねえで、こっちにこいよ！」

急に乱暴な口調になった瑠香子は、強引に凜の手を引く。

「せっかく二人っきりなんだから、いいことしようぜ。天国へ連れて行ってやるよ。まあ、前の女たちは本当に天国に行っちまったけどな」

瑠香子は醜悪な笑みを浮かべつつ、下卑た含み笑いを漏らした。その意味が脳に浸透した瞬間、めまいをおぼえるほどの激しい怒りが凜を襲った。

奥歯を軋ませた凜は、瑠香子の前腕を力任せに手刀で叩く。「いてえ！」と声を上げ、瑠香子は摑んでいた手首を離した。

「このアマ！　やりやがったな！」

歯茎が剥き出しになるほど唇を歪めた瑠香子が、机から身を乗り出して摑みかかってくる。

「保護室に戻されたいの⁉」

凛が声を張り上げる。首元に伸びていた瑠香子の手がぴたりと止まった。

「……なんだと？」

「ここの部屋の様子は、あそこのカメラで監視されている。あなたが襲い掛かったら、扉のすぐ外に控えている看護師たちがあなたを拘束して、保護室に連れ戻す。そして、明日からあなたを消すための治療が開始されることになる。私はべつにそれでもいいのよ」

瑠香子は首関節が錆《さ》びついたような動きで振り返ると、凛が指さしたカメラを見る。

凛は身構えながら、瑠香子の反応をうかがう。明日から治療が開始されるなどというのはただのはったりに過ぎない。もし看護師が飛び込んでくるような事態になったら、この作戦は失敗だ。『桜庭源二』の人格が存在すると診断するために必要な証拠を摑むことはできず、二度とこの人格を引き出すことはできないだろう。

瑠香子の顔に強い逡巡《しゅんじゅん》が浮かんでいるのを見て、凛は追い打ちをかけるように言葉を続けた。

「ねえ、このままごつい男たちに連れて行かれて、ただ消されるのを待つのと、ここで私とお話をするの、どっちがいい？　あなたが選んでいいのよ」

瑠香子の拳にそっと手を添えた凛は、嫌悪感を必死に押し殺しながら微笑んだ。

瑠香子は大きく舌を鳴らすと、勢いよく椅子に腰かけた。

「で、姉ちゃんはなにが訊きたいんだよ？」

賭けに勝った。内心で快哉《かいさい》を叫びつつ、凛は白衣のポケットからメモ用紙とクレヨンを取り出す。

「まずは、この紙にあなたの名前を書いてください」

「……なるほど、クレヨンね」

左手でクレヨンを受け取った瑠香子は、舐め回すように凜の体を眺める。

「こんなに柔らかくちゃ、刺せねえな」

全身の筋肉がこわばった。二人の女性を惨殺した人物と、いま密室に二人きりでいる。そのことをまざまざと思い知らされる。

「ほらよ、これでいいのかい？」

面倒くさそうに、瑠香子はメモ用紙に崩れた文字で『桜庭源二』と走り書きした。

「……ありがとうございます」

机に置かれたメモ用紙に伸ばした凜の手を、瑠香子が撫でた。

「やめてください！」

慌てて手を引っ込めると、瑠香子は顔をしかめた。

「なあ、姉ちゃん。言われた通りにしてやったんだ。だから、ご褒美くれたっていいじゃねえか。別にアソコをまさぐらせろとは言ってねえだろ」

凜は躊躇《ちゅうちょ》する。手くらいなら、なんてことはない。そう自分に言い聞かせようとするのだが、目の前に座る存在に触れられることに、本能が強い拒絶反応を示していた。

「ご褒美がねえなら、あんたに話すことなんかねえ」拗《す》ねた子供のような口調で瑠香子が言う。

九年前、親友を殺されてからずっとその正体を追っていた『怪物』、それがいま目の前にいる。その正体を暴くための、千載一遇のチャンスを逃すわけにはいかない。凜は奥歯を噛みしめると、そっと右手を差し出した。瑠香子はいやらしい笑みを浮かべ、左手で愛撫《あいぶ》するように凜の手の甲を柔らかく撫ではじめた。おぞましい感触に必死に耐えながら、凜は瑠香子を睨む。

「これで質問に答えてもらいますよ」

「ああ、いいぜ。なにが訊《き》きたいんだい？」指を複雑に動かしながら、瑠香子は上機嫌に言った。

「石井和代さん、そして……原口美咲さん。二人の女性を刺し殺したのはあなたですね？」

「石井？　原口？　名前なんて知らねえ。けど、たしかに俺は二人の女を刺した。それは認める」

悪びれるそぶりも見せず、あっさりと瑠香子は答えた。

「二人をターゲットにしたのは、あなたの娘である瑠香子さんに外見が似ていたからですね」

「ああ、そうだ。あの二人は瑠香子そっくりだった。いまのあんたみたいにな。だから我慢できなかったのさ」

瑠香子の顔に、醜悪な笑みが浮かぶ。頬が引きつるのをおぼえながら、凜は質問を重ねていく。

「あなたは十五年前、娘の瑠香子さんに殺害された。だから瑠香子さんに似た女性を殺害して、恨みを晴らしたんですね」

「あ？　恨みを晴らした？」

瑠香子は笑みを引っ込めると、苛立たしげにかぶりを振った。

「なんだよ、姉ちゃん。あんた、なんも分かってねえな。俺はそんな理由であの女どもを刺したわけじゃねえよ。いくら似ていても、あいつらは瑠香子じゃねえ。それくらい分からないほど馬鹿じゃねえ。舐めるな」

凜は混乱する。てっきり、瑠香子に対する怒りが殺害の動機だと思っていた。

「じゃあ、どうして二人を襲ったんですか？」

「決まってるじゃねえか」瑠香子は唇の隙間からちろちろと赤い舌を覗かせた。「あいつらが好みのタイプだったからだよ」

「好みのタイプ?」

「ああ、そうだ。なあ、姉ちゃん。なんで高校時代の瑠香子が髪を三つ編みにして、眼鏡をかけていたか分かるかい。俺がそういう格好をしろって命令していたからさ」

「……どういう意味ですか?」

「ああ、理解の悪い奴だな。だから、そういう女が俺の好みだったんだよ。教室の隅で大人しく本を読んでいるような目立たねえ女だ。そいつらを力ずくで犯して支配する。それ以上の快感、この世にゃ存在しねえよ」

あまりにもおぞましい発言に眩暈《めまい》をおぼえ、凜は軽く頭を振る。

「……被害者たちに怒りや恨みはなかったというんですか?」

声を絞り出すと、瑠香子は「ああ、そうだよ」と大仰に肩をすくめた。

「じゃあ、なんで彼女たちを殺したんですか。何度も何度も刺して」

「べつに殺したかったわけじゃないさ。ただ、好みのタイプの女が目の前にいたら、ものにしたいのがオスの本能ってやつだろ。けどよ、一つ残念なことがあったんだ」

「残念なこと?」

不吉な予感をおぼえつつも、訊ねずにはいられなかった。二つの悲惨な事件、その本質に迫っているその予感が体を突き動かしていた。

「ああ、そうさ」

瑠香子は猥雑《わいざつ》で醜悪な笑みを浮かべると、自分の股の間を指さした。

「この体にはアレが付いてねえだろ。このままじゃヤリたくてもヤレねえ。だから、手近にあった道具を使うことにしたんだよ。アレの代わりにな」

想像を絶する言葉に思考が真っ白に塗りつぶされる。瑠香子が口にした言葉の意味が脳に染み込んでいくと同時に、内臓が腐ったかと思うほどの嘔気《おうき》が凜を襲った。胃が激しく痙攣し、中身が食道を逆流してくる。凜は顔を背けてえずいた。黄色い粘着質な液体が少量、口から床へと零れ落ちる。痛みにも似た苦みが口全体に広がる。

「おいおい、どうしたんだよ急に吐いたりしてよ。背中さすってやろうか？　それとも横になるか？　添い寝してやるぜ」

瑠香子はくっくっと忍び笑いを漏らすと、「で、他に訊きたいことは？」と上機嫌に言った。

「……もう十分よ」

凜は口元を白衣の袖で拭う。瑠香子が「もう十分？」と首を傾けた。

「もう、あなたはなにも喋る必要はない。このまま連れて行かれて消え去って。……あなたはこの世界にいていい存在じゃない」

凜は伊達眼鏡を外すと、三つ編みにした髪を留めていたヘアゴムを外す。ウィッグの黒髪がはらりとほどけた。

「なっ、おい、ちょっと待てよ！」

立ち上がった瑠香子が、机越しに摑みかかってくる。凜は素早く瑠香子の手を振り払うと、叩きつけるように机に置かれたボタンを押した。扉が開き、数人の男性看護師が部屋に突入してくる。

「やめろ！　来るんじゃねえ！」

瑠香子は左の拳で看護師の顔を殴りつけた。一瞬、看護師はひるむが、すぐに仲間とともに瑠香子の体を捕まえる。

「触るな！　てめえら、ぶっ殺すぞ！」

両手を激しく振り回して抵抗するが、このような事態に慣れている看護師は手際よく彼女の足を払って転ばせた。「いてえ！」と悲鳴を上げる瑠香子の四肢を看護師たちが押さえ込む。床に固定された瑠香子は、獣じみた唸《うな》り声を上げながら必死に拘束から逃れようとするが、屈強な看護師たちの前では無駄な努力だった。

「ハロペリドールを筋注して」

瑠香子を見下ろしながら、凜は冷たい声で言う。指示を受け、看護師の一人がユニフォームのポケットから注射器を取り出して、針のプラスチックカバーを噛んで外す。入院着の袖を捲《めく》って露出させた瑠香子の白い肩に、看護師は迷うことなく注射針を突き立て、鎮静剤を投与していった。

十数秒すると、瑠香子の抵抗が弱くなっていく。血走っていたその目が虚ろになり、四肢のばたつきもおさまっていった。

「保護室に連れて行きます」

脱力した瑠香子の体を起こしながら看護師が言う。凜が「よろしく」と答えると、看護師たちは瑠香子の体を支えながら面接室から出ていった。

倒れこむように椅子に座り込み、凜は俯《うつむ》く。血液が水銀に置き換わったかのように体が重かった。疲労感が全身の細胞を冒している。

床を眺めていた凜の視界に、革靴が入ってくる。顔を上げると、ミネラルウォーターのペットボトルをもった影山が立っていた。

影山が差し出してくるペットボトルを受け取った凜は、蓋を取って中身をあおる。胃液の苦みとねばつきが、冷たい水に洗い流されていくのが心地よかった。

大きく息をついた凜は、「すみません」と頭を下げる。

「もっと情報を引き出すつもりだったんですが、あれ以上は耐えられませんでした」

「いや、十分だ」

影山は机の向こう側に回り込んで、さっきまで瑠香子が座っていた椅子に腰かける。

「さて、いまの面接をどう見る？　本当に『桜庭源二』の人格が出現していたのか、それとも桜庭瑠香子の演技だったのか」

「演技とは思えません。間違いなく、『桜庭源二』の人格です」

「そう考える根拠は？」

「まずは雰囲気です。面接中、私は人間とは別の異質の存在、なんというか野生の獣や怪物と向かい合っているような気がしていました」

「それは君の主観的な感覚だ。鑑定において参考にはなるが、根拠としては薄い」

凜は「分かっています」とあごを引く。

「他の根拠として、先ほどの面接で瑠香子さんが腕を叩かれたり、床に倒れたとき、『いてえ！』という言葉を発していました。中年男性の人格を装っていたとしても、ああいうとっさの状況では、素の言葉を口走ることが多いはずです」

「一理ある。しかし、それも決定的とは言えない。もっと鑑定に説得力を持たせる要素はないか」

「あります」凜は力強く言う。「利き手です」

「利き手というと？」

「クレヨンで自分の名前を書かせたとき、瑠香子さんは左手でこれを書きました」

凜は机の上のメモ用紙を見る。そこには『桜庭源二』という名が走り書きされていた。

「あまりきれいな字ではありませんが、瑠香子さんはスムーズにこれを書きました。これまでの面接を見てきて、瑠香子さんは間違いなく右利きのはずです。いくら演技が巧みな人でも、とっさに利き手を変えることはできません」

凜は乾燥した唇を舐めると、言葉を続ける。

「さらに、看護師が雪崩れ込んできたときも、瑠香子さんは左手で殴っていました。あれは左利きを演じている人の行動とは思えません。間違いなく『左利きの人格』が出現していたと思われます」

「その説明では桜庭瑠香子に『左利きの男性の人格』が出現していたとしか証明できない。その人格が、本人が言うように『桜庭源二の人格』で、今回の犯行を起こしたということはどう証明する?」

「瑠香子さんには右のこめかみから目尻にかけて、父親からビール瓶で殴られたときにできた古傷があります。右側にその傷ができたということは、相手は左手でビール瓶を持って振り下ろしたということになります。つまり、桜庭源二は左利きでした。また、今回と九年前の事件の司法解剖の結果には、犯人が左手で凶器を振り下ろしたと推測されるという記載がありました。つまり、犯行時の人格は『凶暴な左利きの人物』と推測できます。以上の情報に、先ほどの面接の内容を加味すると、瑠香子さんの中に潜む人格は『桜庭源二』で、その人格こそが事件を起こしたと強く疑われます。それが、私が今回の事件について下した鑑定です」

力強く言い切ると、凜は息を殺して影山の言葉を待った。

自分にとって最後となるであろう精神鑑定。そして、九年前から自分がずっと探してきた疑問の答え。それに対して、影山がどのような評価をするのか知りたかった。

影山は小さく息を吐き、答える。いつも通りの抑揚のない口調で。

「私の意見も同じだ」

凜は大きく目を見開いた。

「じゃあ……」

「桜庭瑠香子は解離性同一性障害を患っており、『桜庭絵里香』と『桜庭源二』、二人分の副人格を持っている。そして、今回の事件は反社会的な人格である『桜庭源二』が引き起こしたものだと考えられる」

鑑定書を読みあげるように淡々と言いながら、影山は立ち上がって凜の隣にやってくる。

「鑑定書にはそう記載する。そして、この鑑定にまでたどり着けたのは、君が危険を顧みずに一対一の面接にのぞんだおかげだ。ありがとう」

影山は凜の肩をやわらかく叩いた。

「いえ、そんな……」

凜は目をしばたたく。この半年間で、影山からこれほど明確にねぎらいの言葉を伝えられたことはなかった。温かい満足感が胸にじんわりと広がっていく。

私はやり遂げた。九年前、親友を奪っていったものの正体を、自分の手で暴くことができたんだ。

そこまで考えたとき、凜はふとあることが気になり、隣に立つ影山を見上げた。

「影山先生、このあと瑠香子さんはどうなるんでしょうか？」

「おそらく、九年前と同じように不起訴になるだろう。そして、医療観察法に従って精神科病院に強制入院となり、解離性同一性障害の治療を受けることになる」

「でも、それじゃあまた二年ぐらいで社会復帰しますよね。そのあと、同じようにストレスを受けたら、再び『桜庭源二』の人格が現れて同じような事件を起こすかもしれないんじゃ……」

「その可能性は否定できない」

「そんな！　それでいいんですか？」凛の声が跳ね上がる。

「いいか悪いかを決めるのは私たちではない。これは社会全体で考えるべきことがらだ。我々、精神鑑定医にできることは、可能な限り正確な鑑定を下すことだけなんだ」

いつも通りの平板な影山の口調が、凛の耳にはどこか寂しげに聞こえた。

9

とうとう明日か……。白衣をかけた椅子の背もたれに体重を預けながら、凛は医局の壁にかかっているカレンダーを見る。『桜庭源二』の人格を引き出してから、すでに五日が経っていた。明日の朝には、瑠香子は東京拘置所へと移送される。

時刻はすでに午後七時半を過ぎている。一時間ほど前に業務は終了しているのだが、どうにも帰る気になれず、こうして医局でだらだらと過ごしていた。

明日、桜庭瑠香子は完全に自分たちの手から離れる。約二ヶ月にわたって行ってきた彼女の精神鑑定は終了する。

それでいいのだろうか。この数日間、頭の隅でそんな疑問が線虫のように蠢《うごめ》き続けていた。

瑠香子が解離性同一性障害であり、彼女の中に潜んでいる『桜庭源二』の人格が石井和代を殺害したことは、ほぼ間違いない。だというのに、なにが気になっているのだろう？

凛は瞼を落とすと、意識を自分の内側に落とし込んで、かすかな違和感の正体を探っていく。

彼女がまた不起訴になることに対する不満だろうか？　いや、違う。

まだこの事件の背後に潜んでいる闇。その全てを見通せてはいない。なぜかそんな気がした。

けれど、なにを見落としているというのだろう。凜は薄目を開けると、再び時計を見る。移送までは約半日しかない。二ヶ月間、あの影山が面接をくり返してきても照らし出せなかった闇。それを自分がわずかな時間で明らかにすることなどできるのだろうか？

凜は両手で頭を抱えつつ、この二ヶ月の記憶を思い起こしていく。数分、必死に記憶の中を彷徨っていると、首からぶら下げているＰＨＳが着信音を立てた。

「こんなときになによ。勤務時間は終わってるじゃない」

集中を乱された凜は、小さく舌を鳴らして通話ボタンを押す。

「はい、弓削ですけど」

『こちら、正面受付です。弓削先生に面会をしたいという方がいらっしゃっています』

「面会？」凜は首をひねる。「患者さんのご家族？」

『いえ、太田繊維工業の山崎《やまざき》様という方ですが』

「太田繊維工業⁉」声が跳ね上がる。

『はい、そうおっしゃってます』

「すぐに行くので待っていてもらってください！」

凜は急いで立ち上がると、背もたれにかけていた白衣を羽織りながら床を蹴った。

「突然お邪魔して申し訳ございません。太田繊維工業の山崎と申します」

しわの寄ったスーツを着た中年の男は、深々と頭を下げながら両手で名刺を差し出してくる。薄くなった頭頂部が凜に向けられた。

「頂戴《ちょうだい》いたします。当院の精神科医で、弓削凜と申します」

受け取った名刺には『(株)太田繊維工業　経理部長　山崎光太《こうた》』と記されていた。

医局から急いで一階の正面受付にやって来た凜は、山崎を外来診察室へと連れてきた。外来患者の話を聞くこのスペースは、プライバシーを守るため外部に音が漏れにくい作りになっている。

「それで、本日はどのようなご用件で?」

山崎に椅子を勧めながら凜は自らも腰をおろす。瑠香子の元上司であり、さらに被害者の上司でもあったこの男に聞きたいことは山ほどあったが、まずは状況を整理する必要があった。

「実は先生が先月、桜庭君と石井君の件でうちの会社にいらっしゃっていたということを、昨日聞きまして……」

「昨日ですか?」

「はい。お恥ずかしいことに、あの事件について外部に話を漏らすなという命令が上の方からあったらしく、私に報告はありませんでした」

凜の脳裏に、鍋島専務のいかつい顔がよぎる。きっと、自らのセクシャルハラスメントが事件を引き起こしたかもしれないと知ったあの男が、箝口令《かんこうれい》を敷いたのだろう。

「ただ、人の口に戸は立てられないもので、昨日喫煙室で部下たちが先生のことについて話しているのが、偶然耳に入ったんです。それで今日、こうしてまいりました。遅くなってしまい、まことに申し訳ございません」

山崎は再び深く頭を下げる。

「頭を下げないでください。山崎さんのせいではないですよ」

凜が声をかけると、山崎は大きくかぶりを振った。

「いいえ、全て私が悪いんです。私のせいで、あんな事件が起こったんです！」

「どういう意味ですか？」凜は首をひねる。

「桜庭君はまじめで大人しい女性でした。彼女が石井君を殺すなんてあり得ません。きっと、事件のとき彼女は普通の状態じゃなかった。そうなんでしょう、先生」

「それについては、なにもお答えすることができません」

「答えて頂かなくても分かります。だって、桜庭君はこの精神科病院でいろいろと調べられているじゃないですか。事件があったころ、彼女が心を病んでいた証拠です」

「……もしそうだとして、どうして山崎さんの責任になるんですか？」

「止められなかったからです」

山崎は両手で顔を覆った。凜は「止められなかった？」と聞き返す。

「そうです。彼女の秘書課への異動を私は止めることができなかった。だから、こんなひどいことが起きたんです！」

「山崎さん、失礼ですがお話がよく理解できません。落ち着いて、最初から順を追って説明して頂けますか？」

なにか重大な秘密に近づいている。その予感が凜の心臓を強く脈打たせる。

「ああ、申し訳ありません、興奮してしまい」山崎は暗い顔で話しはじめる。「半年ほど前でした。桜庭君から秘書課に異動をしたいという相談を受けたのは」

「半年前……」

瑠香子が秘書になった頃だ。つまり、希望をだしてすぐに異動がかなったということになる。

「彼女の仕事ぶりはとても優秀でしたし、秘書検定ももっていましたので、ステップアップとして秘書課へ異動するのは悪くないと思いました。ただ、私は少し待った方がいいと思っていました」

「それはなぜですか？」

「その時期、空いていたのが鍋島専務の秘書の枠だけだったからです」

「……鍋島専務には問題がある。山崎さんにはその認識があったんですね」

「私だけではありません。専務を直接知っている社員はみんな、あの人のひどいセクハラを知っていました。桜庭君の前の秘書が、それに耐えられずに退職したのも社内では公然の秘密です」

問題があると分かっているなら、なんで放置していたんだ。凜が顔をしかめると、山崎は非難の視線から逃げるように目を伏せた。

「うちは古い体質の会社で、かなりコンプライアンスに問題がありまして……」

ぼそぼそと聞き取りにくい声で山崎は釈明する。

「ただ、さすがに時代に合わないということで、鍋島専務の次の秘書は男性が務めることになるという噂《うわさ》でした」

「そんな時期に秘書課への異動願を出したら、桜庭さんが次の餌食になるのは分かっていた。それにもかかわらず、あなたは止めなかったんですか？」

堪《こら》えきれず、責めるような口調で言うと、山崎は「止めました！」と声を上げた。

「私は止めたんです。鍋島専務の秘書が決まるまで、異動願は出さない方がいいって」

「瑠香子さんにそうアドバイスしたんですか？」

「アドバイスというか説得です。何度も彼女と話し合いを持って、翻意させようとしました。けれど、彼女は頑として譲りませんでした。このままだといつ派遣切りに遭うか分からない。専務の秘書になったらきっと正社員になれて、そんな心配しないですむようになると言って……」

「鍋島専務のセクシャルハラスメントのことは伝えたんですね？」

「もちろんです。これまでの彼の秘書がどんな仕打ちを受けてきたか、口を酸っぱくして言い聞かせました。けれど、彼女の決意は揺らぐことはありませんでした。なので最終的に、諦めて異動願を受理してしまいました」

「全部知ったうえで、それでも異動を希望した……」

凜は口元に手を当てながらつぶやく。頭の中で火花が散っているような感覚をおぼえていた。脳細胞のシナプスが、これまでに経験したことがないほど大量の電気信号を交換し合っている。凜は目を閉じて、意識を集中させる。次の瞬間、資料で見た事件現場の写真が瞼の裏に映し出された。

「ああっ！」凜は跳ね上がるように椅子から立つ。

「どうしました？」

突然大声を上げた凜を、山崎が怯えた表情で見上げた。

「すみません山崎さん、用事を思い出したので失礼いたします。お話、とても参考になりました」

一礼した凜は、唖然《あぜん》としている山崎を残して外来診察室をあとにすると、すでに明かりが落とされた外来待合を横切り、階段を駆け上がっていく。

目的地である院長室までやって来た凜は、ノックもせずに扉を開けた。

「影山先生！」

部屋に飛び込み、乱れた息の隙間を縫って声を張り上げる。デスクの向こう側に座っていた影山が眉をひそめた。

「どうした、そんなに息を切らして」

「影山先生、いまから瑠香子さんの面接をさせてください！」

影山は表情を変えることなく、「なぜだ」と訊ねる。

酸素を貪りながら院長室の奥まで進むと、凜はデスクに両手をついた。

「全部分かったんです。今回の事件の裏にある闇の正体が」

10

「こんな時間から面接しないといけないんですか？　明日の朝には移送なんですよ」

机の向こう側から桜庭瑠香子が睨んでくる。

三十分ほど前、院長室で直訴してすぐ、影山は詳しい説明を求めることもせずに面接の手続きを取ってくれた。そしていま、こうして凜は影山と並んで座り、面接室で瑠香子と対峙していた。

「明日移送されるからこそ、今夜のうちに最後の面接をする必要があったんです」

「……本当にこれで最後にしてくださいよ」

ふて腐れた口調でつぶやくと、瑠香子はじろじろとぶしつけな視線を送ってきた。

「今日はおかしな変装はしていないんですね」

「ええ、今日話をしたいのは『桜庭源二』ではなく、あなたですから。桜庭瑠香子さん」

源二の名前を出した瞬間、瑠香子の表情が大きく歪んだ。

「『あの男』の名前を出すのはやめてください！　早く『あの男』を私の中から消してください！」

「あなたの治療をどこで行うかについては、私たちで決めることはできません。ただ、近い将来あなたは専門的な治療を受けることになり、『彼』は消え去るはずです。九年前と同じように」

瑠香子の顔からいくらか険しさが消える。

「そうですか。で、私と話したいことってなんですか？」

「石井和代さんについてです。あなたはなぜ、彼女と親しくなったんですか？」

「なぜって……、前にも説明したじゃないですか。同時期に会社に入社したからだって」

「けれど、普通なら少し距離を置こうとするものじゃないですか？　九年前、あなたは和代さんに雰囲気が似ている女子高生を殺害しているんですから」

「あれは……」

「他人の人格に体を乗っ取られていたから関係ないと？」

瑠香子は渋い表情を浮かべて黙り込む。

「たしかに、九年前の犯行は『桜庭源二』の人格が起こしたものであり、その人格は治療により消え去った。そう信じていても、万が一を考えてよく似ている女性に近づきすぎない。ましてや、密室で二人きりになったりしない。それが常識的な行動だと思います」

「私を責めているんですか？　私の不注意のせいで、和代ちゃんが『あの男』に殺されたって」

「不注意？」凜はあごを引いて瑠香子を睨《ね》め上げた。「本当に不注意だったんでしょうか？」

「……なにが言いたいんですか？」瑠香子の口調に警戒の色が浮かぶ。

「最初の面接のときからずっと気になっていたんですよ、気づいたら目の前で友人が血塗れで死んでいたというのに、あなたの行動は冷静だった。事件のすぐあとに自分で通報し、状況を警察にはっきりと説明している」

「それは、なにが起きたか分からなくて、現実だという実感が……」

「ええ、私もそう思っていました。けれど、違う考え方もある」

「私が事件を起こしたって言うんですか？　私が自分の意志で、和代ちゃんを刺したって？」

「いいえ、違います。犯行時あなたの体を操っていたのは、間違いなく『桜庭源二』の人格でしょう。証言通り、犯行時にあなたには意識がなかったはずです」

「じゃあ……」

安堵の表情でなにか言おうとする瑠香子を、凛は掌を突き出して遮った。

「たしかに被害者を殺したのは『桜庭源二』だった。けれど、あなたは事件が起こることを知っていた。私はそう考えています」

「なにを言って……？」

「前回の面接であなたが話したことで、ちょっとだけ気になったことがあったんですよ。被害者が『髪がまとまらないから』と言って三つ編みにしたところです。髪が長いと、たまにうっとうしくなるのは分かります。でも、普通は三つ編みになんかしません。かなり手間がかかるから。普通はポニーテールにするくらいです」

「あの夜、和代ちゃんは酔っていたんです。話をしている間、なんとなく手が寂しくて三つ編みをすることも、あり得なくはないでしょ」

「ええ、たしかにあり得なくないです。けれど、こう考えた方が自然です。あなたがうまくそそのかして三つ編みを作らせた。もしくは、あなた自身が彼女の髪を編んであげた」

凛は声を低くする。瑠香子は苛立たしげに片手を振った。

「だったらなんだって言うんですか!?　そんなこと、どうでもいいじゃないですか」

凛は胸元に手を当て、精神を集中させる。事件の陰に潜む闇に光を当てるために。

凛の覚悟を感じ取ったのか、瑠香子の表情に緊張が走った。

「事件現場の写真を見てから、私はずっと違和感をおぼえていました。なにかがおかしいと」

凛ははやる気持ちを抑え込みながら、ゆったりとした口調でしゃべりはじめる。いつも、影山がそうしているように。

「今日、ようやくその違和感の正体に気付きました。あの現場写真には一つおかしなものが写っていたんですよ」

「おかしなもの？　もったいつけてないで、はっきり言ってください」

嚙みつくように瑠香子が言う。凛はゆっくりと口を開いた。

「アイスペールです」

瑠香子の顔から血の気が引いていく。

「現場写真にはローテーブルの上にアイスペールが置かれていました。そして、中にあったアイスピックが被害者を殺害する凶器に使われました。瑠香子さん、なぜあなたの部屋にアイスペールが置かれていたんですか？」

「なぜって、お酒を飲んでいたからに決まっているじゃないですか」

「どのお酒ですか？」間髪いれずに凛は訊ねる。「アイスペールはロック用の氷を入れておくための道具です。あなたはなんのお酒をロックにして飲んだんですか？」

「それは……」

「あの夜、あなたの部屋にあったのはビールと赤ワイン、どちらもロックにするには適していないお酒でした。にもかかわらず、アイスペールはローテーブルにあった。そう、あなたは明確な意図をもって、アイスペールをあの位置に置いていたんです」

「……私が何のためにそんなことをしたって言うんですか?」

凛はからからに乾いた口腔《こうくう》内を舐めて湿らせる。決定的な一言を放つために。

「アイスピックという凶器を、『桜庭源二』に提供するためです」

瑠香子の顔から潮が引くように表情が消えていく。

「今回の事件において、たしかに実行犯は『桜庭源二』でした。けれど、主犯がほかにいた。綿密に時間をかけて犯行計画を練り、被害者を誘い込み、そして『桜庭源二』を思い通りに操って事件を起こさせた人物が」

凛は大きく息を吸うと、ガラス玉のように感情が浮かんでいない瑠香子の瞳を見つめる。

「あなたですよ、瑠香子さん。あなたこそが、今回の事件を引き起こした本当の犯人です」


沈黙が部屋に満ちる。

告発を終えた凛は、瑠香子の答えを待った。しかし、彼女は反応しなかった。その口はなにも語らず、その顔には表情が浮かんでおらず、そしてその瞳からは感情の光が消え去っていた。

マネキンと向かい合っているような感覚をおぼえつつ、凛は唇を舐める。

「今回の事件があなたによってお膳立てされたものと考えれば、全てのつじつまが合うんです。まず上司から強く止められたにもかかわらず異動を希望したのは、ひどいセクシャルハラスメントをする専務の秘書になるため。そこで強いストレスを受けることで、あなたは意図的に『桜庭源二』の人格を復活させた」

桜庭源二という名が出た瞬間、瑠香子の表情筋がわずかに震えた。

「自分の中に再び『桜庭源二』が宿ったことを感じとったあなたは、かねてから目をつけていた石井和代さんを自宅に呼び込み、そしてうまく誘導して彼女の髪を三つ編みにさせた。黒髪の三つ編みに丸眼鏡、その姿の女性と二人きりになれば『桜庭源二』が出現すると分かっていたから」

瑠香子はいまだに否定も肯定もしなかった。凜はかまわず説明を続ける。

「あなたの予想通り出現した『桜庭源二』は、すぐにアイスペールに入っていたアイスピックに目を付けた。『桜庭源二』が女性を刺し殺すのは性的な意味合いがある。硬くとがっているアイスピックはまさに理想的な凶器だった。きっとあなたはそこまで計算していたんでしょう。後、気づくと自分が血塗れになり、そして目の前に刺殺された被害者が倒れていたことで、全てが自分の計画通りに進んだことを知ったあなたは、警察に通報した。これが事件の真相です」

語り終えた凜が大きく息を吐くと、固く閉ざされていた瑠香子の唇がかすかに動いた。

「証拠……、いまの話になにか証拠でもあるんですか？」

「私たちは警察や検察ではありませんので、証拠を集めるような立場にはいません。提出された資料と面接を通して、もっとも適切と思われる鑑定を下すだけです」

「適切？」瑠香子は小馬鹿にするように鼻を鳴らした。「いまの説明のどこが適切だって言うんですか？　私がわざと心の底から憎んでいる『あの男』の人格を復活させて、和代ちゃんを殺すように仕向けた？　そこまでして和代ちゃんを殺したかったとでも？」

「いいえ、被害者に対する恨みは、あなたにはなかったと思います」

「なら、なんで『あいつ』に和代ちゃんを殺させたって言うんですか！」

瑠香子の怒声を浴びながら、凜は横目で影山を見る。この面接がはじまってから、影山はまだ一言も発していなかった。

影山ほどの洞察力をもっていれば、すでに今回の悲劇を引き起こした元凶、瑠香子の心に巣食っている闇の正体に気づいているだろう。

精神鑑定医失格の自分が、この事件の核心を暴いてもいいのだろうか。その資格があるのだろうか。凜が躊躇していると、影山がこちらを向いた。凜と影山の視線が絡む。

影山は凜を見つめると、力強く頷いてくれた。

普段の心の奥まで見透かすような昏く深い瞳ではなく、子供の成長を見守る父親のような優しい光が宿った瞳。凜はそこに映る自らの姿を見る。

背中を押された気がした。全身に気力が漲《みなぎ》っていくのをおぼえながら凜は瑠香子に向き直り、そして告げる。この事件の本当の動機を。

「和代さんを殺すことが本当の目的だったんじゃない。あなたが本当に殺したかったのは『桜庭源二』、心の底から恨んでいる自分の父親です」

炎で炙《あぶ》られた蠟細工《ろうざいく》のように、瑠香子の表情がぐにゃりと歪んだ。

「九年前、あなたは水商売のストレスから解離性同一性障害を発症し、出現した『桜庭源二』の人格が友人の少女を殺してしまった。精神鑑定の結果、あなたは不起訴となり、精神科病院で治療を受けた。『桜庭源二』を消すための治療を」

細かく震える瑠香子に、凜は話し続ける。

「その治療に対して、『桜庭源二』の人格は強い抵抗を示した。自らの存在を消されることに怯え、治療者を脅し、暴力をふるい、そして最後には命乞いまでした」

こわばっていた瑠香子の表情がわずかに緩んだ。その反応に、凜は自分の想像が正しかったことを確信する。

「あなたは自分の中で少しずつ存在が薄くなっていく『桜庭源二』の恐怖と絶望を感じ取ることができた。それは幼い頃から虐待を加えられ、人生を踏みにじられてきたあなたにとって、なによりの快感だった。そして約二年間の強制入院を終え、社会復帰をしたあなたの心にはこんな欲望が宿るようになった。また、あの快感を味わいたい。また、自分の中で『桜庭源二』が怯えながら消えていくのを感じたいと」

瑠香子の唇が妖しい笑みを湛《たた》えはじめる。その表情に寒気をおぼえつつ、凜は口を動かし続けた。

「よくよく考えれば、あなたのもう一つの人格である『絵里香ちゃん』の発言の中にもヒントがありました。彼女は『全部あの人のせいなの』『絵里香もあの人に消されちゃう』と言っていました。私はずっと、『あの人』と言うのが『桜庭源二』のことだと思っていました。けれどよく考えてみたら、あなたの副人格である『桜庭源二』に、同じ副人格である『絵里香ちゃん』を消すことなんてできません」

一ヶ月以上前に聞いた『桜庭絵里香』の悲痛な叫びを思い出し、凜は拳を握りしめる。

「あのとき、『絵里香ちゃん』はこう言っていたんです。全部あなたのせいだと。そして、『桜庭源二』のように自分も消されてしまうと。いま思えば、私が安心させようと、『ママも絵里香ちゃんに会いに来てくれる』と諭したあと、彼女は強いパニックになりました。私はその反応が、母親が近くにいないことに気づいたからだと思っていました。けれど違った。『絵里香ちゃん』のママ、つまりはあなたこそが、彼女が恐れる『あの人』だった。だからこそ『絵里香ちゃん』はあそこまで怯えていた。以上が私の出した結論です」

語り終えた凜は、「どこか間違っているところがありますか？」と瑠香子の顔を覗き込んだ。

「……私ね、十五年前にあの男を刺し殺したときのこと、全然覚えていないんだ」

唐突に、まるで天気の話でもするような口調で瑠香子は語りはじめた。

「怒りで頭が真っ白になってね、気づいたらあの男は血塗れで死んでた。あの男に包丁を刺した感触も、あの男が上げたはずの悲鳴も、あの男の体から血が噴き出す光景も、全然記憶にない。だから、ただ虚《むな》しかった。解放感も満足感もなにもなかった」

瑠香子は「けれどね……」と目を細める。

「九年前は違った。あの男の人格が自分の中に存在しているって聞いたときは、体の中身をぜんぶ抉り出したいって思うほどの嫌悪に襲われた。けれど治療をはじめてすぐ、これは神様からのプレゼントだって気づいたの」

瑠香子の口角がじわじわと上がっていった。

「耳を澄ますと、体の内側からあの男の悲鳴が聞こえるようになった。私にとってそれは、オルゴールが奏でる子守歌みたいに美しく感じられた。ずっと不眠で悩んでいたのに、その悲鳴を聞きながらベッドに横になると、すごく気持ちよく熟睡できるようになった」

虚空を眺めながら、熱に浮かされたような口調で瑠香子はまくしたてる。

「意識を集中させると、あの男の恐怖と絶望を感じることができた。人生であれほど快感をおぼえたことはなかった」

頰を上気させながら瑠香子は語る。焦点を失った瞳が蕩《とろ》けていく。

「ただただ、幸せだった。この時間が永遠に続けばいいのに、本当にそう思っていた。でも治療が進んでいくにつれ、あの男は消えていった。人生最高の時間が終わってしまった」

「……だから、今回の計画を立てたんですね」

「精神科病院を退院してすぐは、真面目に生きようとも思ったのよ。今度こそ、あの男から解放されて、普通の幸せを摑もうって。けどね……、ダメだった。どうしてもあの快感が忘れられなかった。どんな苦労をしても、もう一度あの男を消したい。殺したい。その想いは日に日に大きく膨れ上がって、止められなかったの」

さっきまで黙り込んでいたのが嘘のように、瑠香子は語り続ける。

「私の想像が正しいと認めるんですね？」

「想像が正しい？」

瑠香子の顔に張り付いていた笑みが一瞬で消え去った。

「ねえ、弓削先生。あなた、本当に理解できたとでも思っているの？　まだ物心つく前から、あの男に全てを奪われ、地獄の底で過ごしてきた私のことを。私がどんな気持ちであの男に辱められてきたか、どんな気持ちでお腹の子を喪《うしな》ったのか、どんな気持ちであの男を殺したのか」

燃え上がるような怒りを全身に纏った瑠香子を前に、凛は「それは……」と言葉を詰まらせる。

「私が事件を裏で操っていたって暴いて、勝った気にでもなっているんでしょ。おあいにくさま、私は最初から別にばれてもいいと思っていたのよ」

「ばれてもいいって……、起訴されても構わないってことですか？」

「ええ、そう。演技をしていたのは、その方が早く治療を受けられるから。早くまたあの男を殺せるからに過ぎない。起訴されて有罪になったとしても、私はあの男を消す治療を受けることになるでしょ」

たしかにその通りだ。もし有罪となり懲役が言い渡されれば、瑠香子は医療刑務所に収容され、そこで治療を受けつつ刑期を過ごすことになるだろう。

「一度消えても、刑務所なんていうストレスの多い環境に入れば、あの男はまた復活するはず。そして、その度に私はあの男を殺すことができる。あの快感を愉《たの》しむことができる。この命が尽きるまで、私は何度も何度もくり返し、延々とあの男を嬲り殺し続けるの」

瑠香子は両手を広げて天井を仰ぐと、大きく口を開いて笑いはじめた。

哄笑《こうしょう》が響きわたる面接室で、凜は瑠香子を見つめ続ける。

表情筋を複雑に蠕動《ぜんどう》させる彼女の姿は、凜の目には泣きじゃくる幼児のように映った。

11

「飲みなさい」

ソファーに腰掛けて俯く凜の前に、影山がコーヒーの入ったカップを置いてくれる。

ローテーブルに置かれたカップを手にした凜は、ブラックのまま一口含む。強い苦みが、乱れていた気持ちをわずかに落ち着かせてくれた。

瑠香子との最後の面接を終えた凜と影山は、院長室へと戻った。瑠香子は笑い続けたまま、看護師に連れられ保護室へと戻っていった。

悲鳴じみた瑠香子の笑い声が、いまも耳に残っている。顔をしかめた凜は、軽く頭を振って影山を見上げた。

「瑠香子さんは、このあとどうなるんでしょうか?」

「私は、今晩君が指摘した通りの鑑定書を提出するつもりだ。その後は検察の判断だが、おそらく小野寺検事は彼女を起訴するだろう」

「有罪になるでしょうか?」

「殺害したのは副人格だが、事件を計画したのは主人格。かなり複雑な裁判になるだろう。あとは裁判官、そして裁判員たちがどう判断するかだ」

「そうですよね」凜はコーヒーをすする。

「それで、答えは見つかったかな？」

「え？」凜は影山を見上げる。

「君は親友の命を奪ったものの正体をもとめて精神鑑定医を志した。そして今日、見事にその闇を暴きだした。九年前、なにが親友の命を奪ったのか、なぜ犯人は裁かれなかったのか、求めてきた答えにたどりつくことができたのか？」

「……分かりません」

数秒考えたあと、凜は正直に答える。

「たしかに瑠香子さんが胸に抱える闇、それを見つけられたと思います。けれど、彼女に指摘されたように、私はその闇の本質を理解できたわけではありません。ただ、輪郭を捉えたにすぎないと思います」

凜は自らの気持ちを慎重に言語化していく。

「彼女の闇を暴いたら、はっきりとした答えが見つかり、自分の気持ちに整理がつくと思っていました。けれど、そんなに甘いものじゃありませんでした。どんなに必死に観察しても、人の心に巣食った闇は、それが疾患によるものか否かにかかわらず、簡単に理解できるものではないと思い知らされました。正直に言って、今回の事件で罰せられるべきなのは瑠香子さんなのか、それとも彼女の胸に巣食った『桜庭源二』なのか分かりません。そもそも、酷い虐待から生じた彼女の闇を他人が裁けるものなのかどうかさえ、いまは分かりません」

語り終えた凜の肩に、大きな手が置かれる。

「それでいい」

見上げると影山が微笑んでいた。これまで見たことがないほど柔らかい表情。

「人の心に巣食う闇は、そう簡単には理解できないということを真摯に認め、その上で少しでもその本質に触れようと努力する。それこそが精神鑑定医に最も必要な素質だ。君にはそれがある」

「私に精神鑑定医の素質が……」

胸に熱いものがこみ上げてくるのを感じながら、凜はコーヒーをすする。さっきより苦く感じた。影山先生に認めてもらえるほどの素質、それを私は無駄にしてしまった。私情を挟んで鑑定にのぞもうとした私には、もう精神鑑定医になる資格はない。

凜が唇を噛んでいると、シックなジャズミュージックが部屋に響いた。影山がズボンのポケットからスマートフォンを取り出す。

「……分かりました。すぐに向かいます」

そう言って通話を終えた影山は白衣を脱いでハンガーにかけると、代わりにジャケットを羽織る。

「鑑定の依頼ですか?」

「ああ、そうだ。傷害事件で逮捕された容疑者がわけの分からないことを口走っているので、簡易鑑定をして欲しいということだ」

出入り口に向かう影山の背中を、凜はコーヒーカップを手にしたまま見送る。

扉のノブを握った影山が振り返る。

「来ないのか?」

「え?」凜は目を見開く。「でも、私はもう精神鑑定医になる資格は……」

「たしかに、君は容疑者との関係を隠して鑑定にかかわろうとしていた。それは許されることではない」

「……すみません」

凜がうなだれると、影山は「しかし」と続けた。

「君はその後、私情を殺して正しい鑑定のために全力を尽くした。そして、私でも炙りだすことのできなかった桜庭瑠香子の闇を暴くことに成功した。君は素晴らしい精神鑑定医になれる可能性を秘めている」

凜は大きく息を呑む。

「私は精神鑑定医を目指してもいいんですか？　先生の助手を続けることを許可して頂けるんですか」

落としそうになったカップをローテーブルに置き、凜は立ち上がった。

「もちろん君がまだ望めばだが。私も助手がいた方がなにかと楽だ」

影山は珍しく、冗談めかして言う。

「望みます。ぜひやらせてください」

「なら、早く準備をするんだ。五分後に病院を出る。それまでに着替えて、駐車場に来なさい」

「はい！」

覇気のこもった声を出した凜は大きく踏み出した。

心の闇を診る医師となるための大きな一歩を。

# エピローグ

『原口家』と記された墓石の前で囁《ささや》いた凜は、墓前に花束を供えて両手を合わせた。

「久しぶり、美咲」

「美咲を殺した犯人ね、ようやく裁判にかけられることになったよ」

先週、検察は正式に桜庭瑠香子を起訴した。それにともない、瑠香子の名前は、彼女が過去に起こした事件とともに大々的にニュースで取り上げられた。もはや瑠香子は姿なき怪物ではなく、一人の殺人者となった。

今後、裁判がどのように進むかは予想がつかない。噂によると、弁護を担当する国選弁護人は瑠香子の責任能力について全面的に争う姿勢を示しているということだ。

自らの中に潜んでいる副人格を操り、意図的に殺人を起こすという前代未聞の事件。果たしてどのような判決が下されるのだろう。瑠香子が父親から苛烈な虐待を受けていたことも考慮され、世論を巻き込んだ激しい法廷論争が繰り広げられるのは想像に難くなかった。

事件の青写真を描いた瑠香子、彼女を虐待していた源二、その人格を再び生み出すきっかけを与えた鍋島、幼い瑠香子を父親から守ることのできなかった社会。本当に裁かれるべきは誰なのだろう?

けれど、それを判断するのは裁判官と裁判員たちの仕事だ。私はもう、自分の仕事をやり遂げた。

凛は軽く頭を振って、脳に湧いた答えのない疑問を振り払う。

精神鑑定医見習いとして、そして親友の死の責任を背負うものとして、桜庭瑠香子の奥深くに潜んでいた闇の輪郭を捉えることができた。

だからこそ今日、けじめとしてこうして親友の墓前に報告をしにやって来たのだ。

もちろん、全てが解決したわけではない。瑠香子の胸に巣食った底なしの闇、その本質を完全に理解することはできなかった。最後の面接で瑠香子が言ったように、彼女はこれからも自らの内に憎むべき父親の人格を創りだしては、それを殺し続けるのだろう。そして、それを止める術《すべ》はない。

凛はそっと墓石を撫でる。冬の外気に晒された御影石《みかげいし》は、痛みをおぼえるほどに冷たかった。

「ごめんね、九年も会いにこないで。なんて謝っていいか分からなかったんだ。本当にごめんね、……あの日、一緒に行かなくて。そうしたら、美咲が殺されずに済んだかもしれないのに……」

声が震える。そのとき、強い木枯らしが、辺りに散らばる枯葉を巻きあげながら吹き抜けた。

――ありがとうね、凛。

背後から親友の声が聞こえた気がして、凛は慌てて振り返る。無人の墓地で、葉の落ちた樹の枝が揺れていた。凛はふっと微笑む。

きっと風の音だったのだろう。けれど湧きあがった懐旧の念が、冷えた体を温めてくれた。

炎がほのかに灯っているかのような胸元に手を当てると、凛はゆっくり目を閉じた。

瞼の裏に、セーラー服姿の親友の姿が映った。

丸眼鏡の奥の目を細めて、幸せそうに微笑む美咲の姿が。

ゆっくりと目を開けた凛は無意識に頬を拭う。手の甲が温かく透明な液体で濡れた。凛は涙が溢れるままに体を反らし天を仰ぐ。滲んだ視界に、突き抜けるように蒼い冬空が映った。

こんなふうに空を見上げたのはいつ以来だろう。凜は両手を大きく広げた。
体が軽く感じる。
九年間、ずっと背負い続けてきた重い十字架が消え去っていた。

初出

第一話　「STORYBOX」2019年1月号　「闇を覗く」
第二話　「STORYBOX」2019年4月号　「母の罪」
第三話　「STORYBOX」2019年7月号　「傷の証言」
第四話　「STORYBOX」2019年10月号　「時を刻む闇」改題
第五話　「STORYBOX」2020年1・2月号「闇の貌」

単行本化に際し、改題、加筆修正いたしました。

**知念実希人**（ちねん・みきと）

一九七八年沖縄県生まれ。東京慈恵会医科大学卒業。医師として勤務する傍ら、二〇一一年「レゾン・デートル」で島田荘司選 ばらのまち福山ミステリー文学新人賞を受賞。翌年同作を『誰がための刃 レゾンデートル』と改題しデビュー。『崩れる脳を抱きしめて』『ひとつむぎの手』『ムゲンのi』で三年連続本屋大賞にノミネート。

編集 奥田素子
幾野克哉

# 十字架のカルテ


二〇二〇年三月十八日 初版第一刷発行
二〇二一年七月十八日 第六刷発行

著者 知念実希人
発行者 飯田昌宏
発行所 株式会社小学館
〒一〇一-八〇〇一 東京都千代田区一ツ橋二-三-一
編集 〇三-三二三〇-五九五九 販売 〇三-五二八一-三五五五
DTP 株式会社昭和ブライト
印刷所 凸版印刷株式会社
製本所 株式会社若林製本工場



ISBN 978-4-09-386572-2